目錄

第一百一十一章

一個月過後，跟蹤姚管事以及姚管事家人的衙役，總算有消息報來，姚家的人應酬很少，鮮少出門，但還是被他們發現了一個可疑之處，姚管事與縣裡放高利貸的張扒皮有關，曾與張扒皮的手下在酒樓會面過。

兩人會面時間極為倉促，只一盞茶的工夫，而姚管事在過程中交給那人一疊銀票。

張扒皮在縣裡是出了名的狠毒，要是誰借了他的錢不還，總要被弄得家破人亡，就算是李源清也拿他沒有法子。一來借錢還錢天經地義，二來受害者都是自願借錢的，也沒有人敢告張扒皮，這種行業，只要民不告，官也管不了。

「奇怪，姚管事不像是要借高利貸的人啊。」

李源清表示贊同。「所以這銀票不是還給張扒皮的。」

「那是？」杜小魚睜大了眼睛。「他也參與了放高利貸的事情嗎？」說出這句，隨之而來的就是更多的疑惑。「他哪來的那麼多錢？」

林家再有錢，可管事們也不至於那麼富裕，竟會有餘錢去放高利貸，聽衙役說的，那一疊銀票，可不得要幾千兩？

「妳不正在查這件事嗎，他肯定是鑽了什麼漏洞。」

杜小魚啪地一掌拍在桌子上。「豈有此理，我真沒想到他撈了那麼多銀子，還會以錢生錢，真不能小看了他。」

李源清笑了笑，輕描淡寫道：「做管事的跟做官的也沒多少差別，有正直的，就有貪墨的。」雖說天下之大莫非王土，可多少臣子是在做著往自己腰包裡塞錢的勾當？真正想為朝廷辦事、為百姓造福的又有多少呢？

想起紫靈芝的事，她叫彩屏把小廝叫來，吩咐他去請丁奉年。

「也不知道我猜得對不對。」

「八九不離十。」李源清鼓勵地摸摸她的頭，自去衙門辦公了。

丁奉年過來後，杜小魚請他坐下，拿出一包藥材。「這是我從鋪子拿來的，你自己不算精通，那麼找個精通此道的人應該能辦到吧？」

「能辦到。」丁奉年點點頭。

「還有一事，你找個面生的人去藥鋪，假裝要買大量的藥材。」

丁奉年驚訝地看著杜小魚，不明白她的意思。

杜小魚取出帳本，點了點最近幾個月新進的幾味藥。「紫靈芝、麝香、人參、牛黃……」都是極為昂貴的中藥材，若不是那次偶爾發現紫靈芝的事，只怕現在都不知道姚管事葫蘆裡賣的什麼藥呢。

丁奉年問：「還請少夫人明示。」

「找個人打扮富貴一些，就說要全部買下來，看他怎麼應付。」

「這……」丁奉年為難道：「若真要把鋪子裡的這些買下來，得要好多銀子。」幾千甚至幾萬兩，也太冒險了些。

「你先問問，他未必會賣，再說，就算要買，也得商量下價錢是不是？總要貨比三家，你找來的人千萬不要慌亂，露出了馬腳，切記。」杜小魚再三叮囑。

丁奉年聽清楚了，便保證一定會把此事辦妥。

過了幾日，他請來精通炮製的師傅，那些藥材在炮製上面確實沒有問題，杜小魚這才放了心。

姚管事還是有分寸的，沒有拿人命開玩笑，不然真去賣添加了有害物質的藥材，他們鋪子就會後患無窮，指不定哪日就有人來告，人命案子可不是那麼好解決的。

丁奉年怕出意外，還把假扮富豪的人帶來給杜小魚看了看，倒也有模有樣，長得極為精幹，穿上專門縫製的袍子後，就更像那個層次的人了。

「明日就去那邊。」

丁奉年點點頭，帶著那人告辭走了。

第二日，那人就扮成富商去了林家的藥鋪。

他本人名字叫許項，裝扮的富商口氣頗大，一連報出幾樣昂貴的藥材，夥計忙叫姚管事過來主持大局。

對面的人身著綾羅綢緞，手指上戴著一個祖母綠戒指，腰間的玉珮看著是羊脂玉，配飾雖然不多，但看得出來來頭不小。

「敢問貴姓大名？」他們藥鋪在縣裡不是有名的藥鋪，還從來沒有人來買過這麼多藥材的，姚管事不免覺得奇怪。

「免貴（注）姓張。」許項轉著手裡的戒指。「你既然是管事，倒說說看這些要怎麼賣？我如今正等著急用，若是你們鋪子給的價錢合適，就一起買了。」

原來還是要貨比三家的，姚管事笑道：「好說、好說，我們價錢一向公平。」他拉著許項進去裡間，喝了一盞茶之後，拿起算盤打了一個數目出來。「您看看，怎麼樣？這是最低的了，咱們的藥材可都是最好的，您買了絕對不吃虧。」

許項看了面色略略一變，沈著臉道：「你是欺負我不懂藥材，門外漢是不是？豈有此理！」

見他生氣，姚管事也不鬆口，皮笑面不笑道：「一分價錢一分貨，這位客人也是做生意的，應該知道裡面的道理。」

「看來你是沒有誠意做這筆買賣了。」許項哼了一聲。「知道你們是新開張不久的店鋪，本是想來照顧照顧生意的，竟然出的價錢比別的老店還高，早知道是這樣獅子大開口，我來都不應該來。」

若是真想成交的，沒有哪家的管事會像姚管事那樣，見到客人發火竟也不勸解，這可是一筆大買賣，幾千上萬兩銀子的生意，他居然就拱手讓給別的鋪子，許項見試探得差不多了，甩著袖子便離開了。

有幾個夥計不明所以，見姚管事放了那客人走，就急道：「沒做成嗎？這樣大手筆的客人，難得見到啊！」

「當咱們鋪子是慈善堂呢！」姚管事憤憤然，說得好像是剛才的富商亂壓價錢，這才沒有做成買賣。

許項立刻就去跟杜小魚彙報。「看樣子他根本不想賣，比別的鋪子高出了幾百兩銀子，傻子才會買，而且一點也沒有好好談的意思。」

在她預料之中，可見那日紫靈芝沒有擺在櫃檯上並不是偶然之舉。

「你看了那幾樣東西沒有？都在檯面上嗎？」

「有些有，有些沒有，麝香跟牛黃就沒有，是空的，但姚管事也沒有說到底鋪子裡有沒有存貨。」

杜小魚點點頭，心裡已經有數，就讓許項走了，當日也沒有去鋪子，而是隔了五日之後，去跟老太太請過安，這才跟林氏一起來了鋪子。

林氏是自己要跟著來的，杜小魚也沒有拒絕。

「去珠寶鋪看看吧？」林氏強烈要求，因為剛才杜小魚跟老太太只提到藥材，說梅雨季節，藥材容易生潮，想去庫房看看擺放是否妥當。真不知道她是怎麼想的，比起藥材，珠寶更是貴重得多。

那珠寶鋪子她真沒有什麼頭緒，人總有擅長與不擅長的，但要揪住姚管事，只用抓住一個錯處就行，到時候不管什麼鋪子，他都要好好交代出來。

「以後再去看吧，反正小姨又不急著走。」她微微笑了笑。

注：免責，自謙之辭。

林氏面色一僵，便不再多話了。

姚管事見到杜小魚來，聽說要去庫房，竟是一點兒也不驚訝，立刻親自領著她去，那庫房離這兒隔著兩條街，行走的話，大概只要半炷香時間，實在不長，要在這段時間內做出補救，好像不大可能。

杜小魚走到庫房門口，瞧了一眼姚管事，他依然很淡定，全沒有心虛的樣子。

「少夫人怎麼會想到看庫房的？」他笑著問。「裡面味兒很濃，怕少夫人不習慣呢。」

「她想看還要你批准不成？」林氏翻了個白眼。「莫非是藏了什麼見不得人的東西？還不把門開了！」

姚管事不同她計較，拿出鑰匙把庫房門開了。

果然一股濃重的中藥味迎面撲來，林氏不由得捏住了鼻子，杜小魚早前給兔子治病，終日跟草藥打交道，早就習慣了，在裡面逛了一圈，四處看看。

還是照顧得很好的，怕地面潮濕，中藥材都放在高處，昂貴一些的，都放在錦盒裡，杜小魚目光掠過，立時就看到了麝香、紫靈芝等幾味藥材，全都放在一個地方，她走過去拿起一盒打開來。

「這是麝香，少夫人。」姚管事還細心地介紹。

聞上去有股淡淡的苦味，這麼大一盒子，裡面數量倒是不少，跟帳本上記的一模一樣，可櫃檯上怎麼就沒有放呢？杜小魚問道：「這東西買的人多不多？好像挺貴的。」

小戶人家出來的自然覺得貴，姚管事嘴角一扯，面上又笑道：「不太多，所以都放在庫房裡，拿出去香味就散了，要是有人想買，再叫夥計來取也是一樣的。」
聽起來合情合理，杜小魚把錦盒又關上，隨後又把別的錦盒都看了一下。紫靈芝、牛黃、人參樣樣齊全，沒有少的，跟帳目核對的話，絕對沒有絲毫錯漏，這姚管事真有通天本領不成？他那些銀票哪兒來的？

林氏看姚管事很不順眼，眼見杜小魚沒有找到錯處，便哼了一聲道：「如今是少夫人管鋪子，怎麼鑰匙還給你拿著？小魚，我回去跟娘說，既然妳管，這庫房也得妳看著才行，叫個外人算怎麼回事？」

姚管事聽到這句話，面色終於微微一變。

打草不能驚蛇，杜小魚忙道：「這倒是不用，庫房還是姚管事看著好，我平日裡又不能天天在鋪子裡的，要是有人來買，總不能都到我這兒來取鑰匙吧？太麻煩了，所以還是得辛苦姚管事呢。」

姚管事面皮又鬆了下來。

從藥鋪回到府裡，丁奉年已經等在門口。

「少夫人進去沒多久，就有一個小廝急匆匆跑出來去尋姚管事了。」

朝中有人好辦事，姚管事樣樣都做得天衣無縫，也是因為有人在林府的關係，一有風吹草動什麼都知道，早就提前做好準備了。

杜小魚剛去林府時就吩咐丁奉年帶著幾個人在外面盯著，就是守株待兔呢，結果她跟老太太說要去庫房看看，果然就有人去通風報信。

「他是怎麼補救那些藥材的？總不會臨時買的吧？」杜小魚十分好奇。
「是在隔壁的庫房拿的，小的已經叫人去查了，應該一會兒就會有消息。」
杜小魚點點頭，先行進去休息。
剛坐定，青竹就端了一碗木瓜燉雪蛤羹來，笑吟吟道：「夫人最近勞累了，奴婢叫廚房做的，不知道合不合夫人心意。」
「不錯，我正好也有些餓了。」杜小魚喝完，看了一眼彩屏，問道：「那綠蕊是家生子嗎？」
青竹聽了一頭霧水，不明白夫人怎麼會問起綠蕊來，她今日本想跟著一起去的，結果夫人卻叫她留下來，看幾個丫鬟整理庫房，眼見彩屏沒有立時回答，她搶著道：「綠蕊是家生子，她老娘在南洞村別院裡做灑掃的。」
既然就這麼說出來了，彩屏不由得暗嘆一口氣。當時老太太房裡就四個丫鬟在，本是彩玉在伺候茶水的，結果綠蕊卻端了茶碟出去，而泡茶的時候又耽擱了，若不是她通風報信，又會是誰呢？可到底有幾年的情誼，所以她才猶豫了會兒，沒有馬上說出來。
青竹不問緣由急切地接話，杜小魚眉頭略皺了一下，這姑娘最近極為殷勤，像是想從她身上得到什麼好處。可想來想去，也就只有在兩間鋪子上能打打主意，莫非她也想分一杯羹不成？
丁奉年很快就來了，杜小魚讓兩個丫鬟退下。
「是萬家藥鋪的庫房。」

杜小魚一愣——竟是萬家？

杜黃花離開京城之後，他們家就鮮少與萬家打交道了，不過萬老爺、萬太太都是八面玲瓏的人，她成親的時候也送了禮來，就算是平時，萬太太得了些精巧東西也會送過來，她都沒有拒絕。

因為萬家曾給予過他們很多幫助，所以將來就算真的有有求於她的時候，只要不太過分，還是會盡一份力的。

「看來是兩家的管事勾結起來了。」丁奉年稍作分析。「姚管事得到少夫人要來庫房的消息，立時就跟萬家的管事聯繫，然後把他們庫房的藥材搬來充數。」

昂貴的藥材數量並不多，兩家庫房連在一起，不過是一會兒的工夫，但是，就是這些為數不多的藥材，整個鋪子的大部分資金都是花在上面的。姚管事卻私吞這些銀子拿去放高利貸，簡直是無本萬利。

「林家進貨的人肯定也被他收買了，等他放高利貸拿到利息，賺到一大筆錢，再重新把藥材買回來，真是打的好算盤。」杜小魚挑起眉。「你給我找人好好盯著庫房，再派人告訴舅父一聲。」

丁奉年應一聲告辭而去。

既然牽扯到萬家，少不得要去走一趟。

聽到杜小魚來了，萬太太親自迎出來，今時不同往日，以前的那個小姑娘如今已是縣主夫人，自是不可同日而語。

萬太太請她坐於上首，吩咐下人倒茶。

杜小魚笑道：「萬太太您客氣了。」自己坐到了萬太太的對面。

萬太太臉上露出笑意。「這麼晚過來，夫人肯定是有什麼急事。」

「也算不得急事。」杜小魚說著目光落到萬太太身後的兩個丫鬟身上，既然老太太那裡有與姚管事通消息的人，這兒未必就沒有。

萬太太是精明人，立時就讓丫鬟們退了下去。

「是關於藥材鋪的事情。」

聽完杜小魚一番話，萬太太臉上蒙了層寒霜，厲聲道：「沒想到我們家的張管事肚子裡也有這些心思！」張管事肯幫姚管事的忙，肯定是收了什麼好處，這兩人只怕是一丘之貉，指不定還有別的勾當！她看向杜小魚。「夫人放心，我知道怎麼做，只要夫人到時候說一聲，我會立時叫人拿下張管事。」

杜小魚要的就是這個答覆。

兩人聊了會兒閒話，杜小魚看天色已經微黑，便要告辭回去。

萬太太送她出去的時候，一笑道：「本來過幾日想送帖子去府上的，既然夫人來了……」她遞過來一封燙金大紅帖。

杜小魚只看了眼便知道是喜帖，驚喜道：「萬姑娘要嫁人了嗎？」

「她是得償所願了。」萬太太忍不住喟嘆一聲。

萬芳林比杜小魚大了兩歲，杜小魚都成親幾個月了，她現在才要成親，可總算是讓章卓予轉變了心意，也未嘗不是一件好事。

那一定是嫁給章卓予了，杜小魚微微一笑。「恭喜萬太太，我一定會來討杯喜酒喝。」萬太太笑了。「那我就先謝謝夫人賞臉了。」

回到家，晚飯都已經擺好一桌，李源清跟杜文濤正坐著等她。

「幹什麼等我，你們先吃啊，飯菜都涼了。」杜小魚把喜帖放在書桌上，去洗了把臉才過來坐下。

「這天氣要涼了還不容易呢。」李源清笑道：「聽說妳去萬家了？」

「嗯，鋪子上面的事。」杜小魚嘴裡放了菜，說話含糊不清。

李源清搖搖頭。「這萬家就不捨得留妳吃一頓？看妳這餓的。」一邊連連挾菜，堆得她飯碗高高的。

飯後，杜文濤自去看書了，李源清拿起喜帖一看，驚訝道：「師弟要成親了呀。」

李源清盯著她看，見她反應稀鬆平常便沒有再說什麼，只認真道：「妳要送份大禮才行。」

「他年紀不小了，成親還不是很正常。」

杜小魚微微一愣，旋即點點頭。「今兒才整理了一下庫房，裡面有幾樣好東西，到時候你也幫我看看。」

李源清應一聲，又問。「鋪子的事怎麼樣了？」

「還算順利，不過我明兒還是跟祖母提一下為好，姚管事的事瞞著是不對的，畢竟祖母才是當家人，總不能最後才告訴她吧？」杜小魚咬了咬嘴唇。「可我又有點不知道怎麼說，你說，祖母會不會不相信我說的話？」

「妳有證有據，為何不信？」李源清握住她的肩。「妳不要怕，祖母最看不起不能擔當大任的人，妳這件事辦好了，她肯定會對妳刮目相看的。再說，姚管事再怎麼得她信任，但畢竟不是林家的人，妳可不同，妳是她外孫媳婦。」

「可舅父說，祖母不信他說的話呀。」杜小魚擰著他腰間玉珮上掛著的五色絲條。「難道我還能比得上舅父跟祖母親嗎？」

李源清噗哧一聲笑了。「祖母一直生舅父的氣，不理他也是正常的，那只是她的發洩方式而已，未必心裡就不信，妳知道這個就行了。」

林嵩一直未娶是老太太的心病，杜小魚訝然，原來老太太並不是看不清。

第一百一十二章

杜小魚沒有了後顧之憂，第二日就去老太太那裡了。

見到她又來了，林氏笑著道：「看小魚多孝順，娘您真有福氣啊！」

老太太也笑起來。「我正好乏了，妳來得好，我進去躺一會兒，妳來給我捶捶肩。」說著就去了裡屋。

綠蕊看在眼裡，急在心裡，她不過是個二等丫鬟，裡間的話是不好進去的，只能在外面乾瞪眼。

杜小魚隨老太太進去，把彩玉手裡的美人捶拿過來，在老太太肩上輕輕敲起來。

「去，端一盤寒瓜來，要井水涼過的。」老太太又吩咐。

彩玉也退了出去，屋裡就只剩下三個人。

杜小魚一下一下敲著，昨晚上雖然李源清給她不少提示，做了保證，老太太不會怪她，可他們兩家結親，老太太心裡頭是不樂意的，這次未必就會偏向她，一時在斟酌語句怎麼開口。

誰料老太太卻說話了。「人都遣了，妳還藏著不說等什麼呢？」

林氏聽得莫名其妙。「娘在說什麼呢？」

老太太哼一聲。「不是在跟妳說。」

杜小魚只好道：「孫媳婦是有話要跟祖母講，關於姚管事的事……」

「妳是聽了妳舅父的話？」老太太冷冷道：「人云亦云，別聽風就是雨的，咱們林家不要這種牆頭草！」

這話可不好聽，杜小魚神色一肅。「舅父只說姚管事有問題，並沒有找到任何證據，所以孫媳婦才一直沒有跟祖母提起，這次既然提了，自然是有把握的。」

她滿臉自信，比起大兒子在面前吞吞吐吐，卻是爽快得多了，老太太平緩了神色，淡淡道：「妳倒是說說看。」

「前幾日，我叫人假扮富商去藥材鋪，結果姚管事卻把藥材的價格報高了幾百兩，分明是不想做這筆生意，敢問祖母，對於一個管事來說，這是正常的做法嗎？」

老太太瞇了下眼睛。「不妥。」

杜小魚繼續道：「姚管事為什麼不肯做這筆生意，只有一個原因，那就是庫房的藥材不足，他根本拿不出來，所以才故意提高價錢，好讓別人知難而退。」

沒等老太太有何反應，林氏聽了驚訝道：「昨日去過庫房，明明都是有的啊！」

自家兒子是個什麼性格，老太太豈會不知道，表面上沒有相信林嵩，不代表她真的就沒有放在心裡，眼下杜小魚把這事給捅開，還涉及到倉庫的事，老太太才知道事情竟然這麼嚴重，臉色不由陰沈下來。

「那是從別的地方借來的。」杜小魚篤定道。

「什麼？」林氏大為吃驚。「這麼多藥材，他從哪兒借來的？」

老太太沒想到姚管事的膽子那麼大，啪地握緊了把手，沈聲道：「妳可有證據？是親眼所見不成？」

「我昨日來就叫人在門口候著，結果剛說要去庫房，就有人去給姚管事通風報信，他很快就從隔壁的庫房把藥材調了過來，數量絲毫不少，可見是早就準備好的，他應該也預料到我會這樣做。」

林氏一臉驚怒，看向老太太，控訴道：「娘，這姚管事簡直是不把咱們林家放在眼裡，當鋪子是他自個兒的了，想怎麼來就怎麼來，真是個白眼狼，娘您對他如此仁厚，他就這麼恩將仇報！」

姚管事是家生子，還是服侍過林家老太爺的，這些年來，老太太對他多有依仗，結果還是錯信了人。

她好一會兒沒說話，嘴唇微微抖動，平靜下來才開口問：「那妳打算怎麼辦？」

見是詢問自己，杜小魚知道老太太是準備把這事交給她處理了，便說道：「姚管事與府裡進貨的管事勾結在一處，把買藥材的銀子拿去放高利貸，通過這個法子也不知道賺了多少錢財，孫媳婦覺得應該讓他都吐出來才行。」

老太太目光一閃，姚管事以前是負責別的鋪子的，這次跟著來飛仙縣才接手了這兩家，若早前就那麼操作的話，只怕真不知道他置辦了多少家產了。

若是直接抓了拷問，他說不定會給自己留條後路，她沈吟著點點頭。

過了會兒，老太太就叫人把姚管事請過來。

姚管事輕鬆過了杜小魚那一關正得意呢，誰想到第二天又要見他，也不知道出了什麼事，面上就有些緊張。

「少夫人剛才在誇你呢，說你辦事妥當，樣樣都想得周到，鋪子有你管著，放心。」老太太叫彩玉賞了幾個大銀錠給他。

姚管事哪裡想到竟是要獎賞他，忙推辭，說是自己分內之事，受之有愧。

老太太笑著道：「你在林家這麼些年，辛勞我都看在眼裡，這些算什麼？我們林家就是有你這樣的人在，才能有如今的景象。老爺以前就常叫我不要苛待下人，說人心都是肉長的，對你們好，就是對自己好，林家才能壯大起來。」

聽到這一番話，姚管事極為不自在，吶吶道：「小人慚愧。」

「今兒叫你來還有件事要你去辦。」

姚管事恭謹道：「老太太儘管吩咐，小人一定辦好。」

「小魚妳來說。」老太太又靠回玉榻上，微微瞇了眼睛，林氏忙拿起美人捶給她捶腿，一邊豎起耳朵聽。

杜小魚喝了口茶才緩緩道：「我前不久認識一個製藥師傅，他做的藥丸極有名氣，像保命丸、養神丸這些都是祖上傳下來的，聽說手藝能比得上京裡的御醫，就想聘他來府裡。反正咱們的鋪子生意也不太好，要是賣藥丸的話指不定還能開闢一條新路。」

姚管事不知道她想說什麼，但隱隱覺得有些不安，皺起眉頭道：「少夫人的意思是……」

「我看帳本上好些藥材都沒有賣出去，庫房也是有的，若是請了那位師傅來，就用自家的藥材給他製藥，你這段時間好好在庫房收拾下，再去買些貨物來。」杜小魚拿出一張單子，上面寫了各種藥材的名字。

姚管事臉色一僵，要不是他極力忍住，恐怕就要露出馬腳來。

那些都是極為昂貴的藥材，也是他私吞了銀子的藥材，但不可否認，確實是好多藥丸需要用到的珍貴材料。

怎麼就這麼巧？偏偏這時候要拿這些藥材，姚管事極為焦急惶恐，偏偏自己才把銀票送去張扒皮那裡。張扒皮什麼人，你給他好處的時候自然是哥倆好，但要是出爾反爾，損害了他的利益，立馬翻臉不認人。

姚管事暗暗著急，這要怎麼辦？要是現在就要這些藥材的話，自己真是大難臨頭了！

屋裡的人把他的反應都看在眼裡，杜小魚嘴角揚起一絲玩味的笑，但很快就隱了下去。

「那師傅也不知道什麼時候請來，怎麼也要一、兩個月的，我只是提前讓你準備下而已。」

老天保佑！

姚管事終於鬆了一口氣，提起精神道：「小人知道了，請少夫人放心，小人一定會儘快把這些藥材準備好。」

趁著這段時間去買回來就行了，反正也是神不知鬼不覺，姚管事也笑了。

從老太太房裡告辭出來，他後腳跟就去找專門負責買辦的羅管事，把那事一說，羅管事驚慌失措。「怎麼會這樣？」

「你別急，我還沒說完呢。」姚管事笑嘻嘻道：「是一、兩個月之後的事情，又不是現在，你慌什麼？只要你後面去置辦藥材的時候，順便就把缺的那些補上就行，反正都是淮南一帶的，揪不到你的錯處。」

「可哪兒有那麼多錢，都放在張扒皮那裡了，你敢去問他要？說好是半年的期限。」羅管事可沒有他那麼放鬆。

姚管事就這一點也有些頭疼。「只好我想想辦法了，你知道不？今兒老太太還賞了我，這件事要辦成了肯定有好處，指不定就讓我去管理齊東那邊的藥鋪。」

「那藥鋪可是大。」羅管事眼睛一亮。「那你這回確實不能失手，怎麼也得弄好了。」他頓一頓，挑了挑眉。「要不把河縣那邊一個院子賣出去？你那幾個妾室暫時挪一挪地方，等這事遮掩過去了，再置辦個更好的，你老弟還不是溫柔鄉裡享福啊？」

想到那幾個美豔的女人，姚管事的心就騷動起來，摸著下巴，一狠心道：「也只能這樣了，不然湊不起來。」

兩人商議完才各自走開。

這幾天姚管事連續見了好幾個人，都是他的同夥，殊不知全被杜小魚派的人盯著，正等著一網打盡。

因章卓予的婚事，杜小魚挑選東西有點犯難，叫青竹索性把庫房裡幾樣東西都一一拿過來，有產自臨西的十景彩墨，共一套，色彩鮮活，出自名家之手，有深海出的紅珊瑚盆景，有碧水一般清澈透明的碧玉鐲，又有極為瑰麗的錦緞……

桌子上琳琅滿目，看得人眼花繚亂。

「還沒選定？」李源清正好從衙門回來。

兩個丫鬟已經養成習慣，只要他回來，定然就不要她們再待在房裡面，便識趣地退了下去。

「等著你幫我選呢。」她站起來，幫他脫下官服。

這天氣穿著官服可不好受，往往都是悶得一身汗，她不由得擰起眉。「就不能向上頭建議建議，換一身輕薄些的？」這樣下去，可不得捂出痱子來呀？

李源清笑起來，捏捏她的臉。「哎，也只有自家娘子心疼，上頭哪會管這些，連厚些的衣服都受不得，只會惹來別人非議。」

那些人除了說迂腐還能說什麼？好像大夏天穿厚衣服就能表明自己能受苦一樣，杜小魚搖搖頭，叫外面的丫鬟去準備水。「你看選什麼好？」

李源清瞄一眼，點了彩墨跟錦緞。「就這兩樣吧。」

彩墨給章卓予，美麗的錦緞給萬芳林，也算妥當，杜小魚笑了笑。「好，明兒我等你回來，咱們再一起去萬府。」

萬家張燈結綵，門前車水馬龍，一派喜慶。

杜小魚跟李源清到達的時候，新人正在行拜堂之禮。

此時，章卓予已然跟以前不同，當了一年縣令，他褪去了些許青澀，看起來是個有擔當的樣子了。

禮畢，眾人皆去了客廳，萬老爺親自過來招呼，又命下人安置上座，沒等他們坐下來，立時又有幾位商人攙太太過來問好。

杜顯夫婦早已到了，等陸續見禮的人都散開這才坐到一處。

李源清任官期間，為人和善，不喜擺官架子，所以眾人頻頻來敬酒，新郎官出來的時候，他已經喝了幾杯酒下肚。

再見時，也不知說什麼話，四目相對，杜小魚站起來，認真地說了些恭賀的詞。

章卓予笑笑，執酒回禮，與李源清對飲了三杯。

鬧哄哄中，他走向了別的桌子。

想起那些年的回憶，杜小魚不免有些感慨，有些人來了走了，有些人走了來了，一生中總是在遇見不同的過客，能從始至終陪在身邊的少之又少，哪怕是朋友。

「聽說他在琦玉縣頗有清名……」杜顯看著章卓予的背影，那時候他是多麼喜歡這個少年的，如今看來，當初的眼光也確實沒錯，只到底不是有緣人。

趙氏在桌底下捏了他一把，杜顯忙轉移開話題。

宴席用完後，他們也不多停留，便從萬家告辭了。

過不了幾天，姚管事籌到了錢財，羅管事便出去進貨。

沒等買到藥材回來，老太太又召了姚管事來。

杜小魚也在那兒，等待了這些日子，就是為了收網的這一天，好把姚管事一干同夥一網打盡。

「製藥師傅已經請到了，叫你來就是想把庫房的藥材都取出來，好讓師傅拿去煉藥，先試試手。」

這句話不亞於晴天霹靂，明明之前是說要一、兩個月的，結果才不到半個月就說請到師傅，還立即要拿藥材，姚管事豈會不震驚？他煞白了臉，但多年的歷練早就讓他鍛鍊了許多，因而又很快鎮靜下來。「少夫人此前說要給小人一、兩個月時間準備的，怎麼突然就請到人了？」

是在責怪她的時間觀念嗎？杜小魚笑了笑。「沒想到製藥師傅這麼容易就答應了，也是讓我始料不及。」

姚管事這時看向了綠蕊，分明是有暗示。

綠蕊略微頷首，姚管事又道：「敢問少夫人，是要取多少藥材呢？練練手的話，小人一會兒就叫人送過來。」

「有多少拿多少。」

姚管事的心一下子沈入了谷底，掙扎道：「總不能全拿了，會有客人要買的。」

「我看過帳簿，這幾個月來，藥材都沒有怎麼動，可見沒什麼人要買這些，要麼是咱們鋪子不夠有名氣，都去別的鋪子買了，既然這樣，放著也是放著，還不如都製成藥丸呢，您說呢，祖母？」杜小魚徵求老太太的意見。

老太太語氣有幾分陰沈。「姚管事，你囉嗦什麼，儘管去拿了來。」

姚管事沒有法子，知道今日這關是必定要過的，只得硬著頭皮道：「是，小人這就去庫房取。」

綠蕊忙找藉口跟了出來。

姚管事咬牙切齒地盯著綠蕊。「怎麼事前一點消息都沒有？妳怎麼在老太太面前當差的？我每月給妳老娘的銀子是白給了！」

綠蕊脹紅著臉。「我也不知。」

「還愣著幹什麼，妳還不去找人去萬家庫房救急。」

「那張管事肯嗎？這次不像以前，只是充充數，可是要拿來給別人煉藥的……」

綠蕊話未說完，姚管事惡狠狠打斷道：「他之前拿了這麼多好處，用一用他們萬家的藥材又怎麼樣？反正羅管事已經去進貨了，到時候再補給他就是，他們萬家也不至於這些天就能用到這麼多藥材。」

又見綠蕊還是杵著不動，姚管事恨不得一腳踢過來，吼道：「木頭似的，難怪當不了大丫鬟！」

綠蕊滿臉通紅的急急走了。

姚管事則往相反的方向而去。

他想得比較多，要是張管事真的挪不了藥材，那麼事情就會一發不可收拾，到時候被揭發出來，老太太這樣火爆的性子，自己肯定沒有什麼好下場。

可家裡還有娘子、女兒、女婿、孫子呢，怎麼也得安排好後路。

見他一頭汗地跑回來，方氏奇道：「你這是怎麼了？」
「快把家裡值錢的東西都拿出來。」
「啊？怎麼了？」方氏驚道：「出了什麼事了？」
「叫妳拿就拿，收拾下帶孩子們僱輛車去河縣。」
「河縣？」方氏被他弄得一頭霧水，但看著那麼驚恐的樣子，只怕是出了什麼大事，她一邊從房裡翻出來銀票，又把首飾都包起來，一邊問。「現在就去嗎？那相公你怎麼辦？你一會兒來不來？到底怎麼了？是不是林家出事了？」
「妳囉嗦這麼多幹什麼?!」被她一迭連聲的問，姚管事更是煩躁不安，揮著手道：「總歸妳聽我的，快點走。」
「那老太太要問起來……」
「就說女婿家裡有事，還不好說嗎？到了那邊找一個叫老麼的人，他會知道的，妳快點收拾，我先走了。」姚管事轉身又奔出門去。
方氏心裡七上八下，但她向來聽從相公的話，更是手腳麻利地收拾起家當來。只方氏攜著女兒、女婿和孫子正要踏出家門的時候，卻見外面站著一個管事，領著十幾個家丁，個個身強力壯，把他們的院子團團圍住，她不由大驚失色。
姚玉蘭之前就十分不滿這次倉促的離家，問她娘也得不到一個答覆，正煩躁不安，卻沒想到居然還走不了，她幼年是經常在林府出入的，豈會認不出來這些人，當即便大聲呵斥道：「你們這是幹什麼？堵在咱們家門口做甚？」

方氏此時已經極為不安，看來自己相公是出事了，不然怎麼會前腳叫她收拾東西，後腳林府就派了人過來。

「老太太吩咐了，叫你們在家待著。」負責的管事面色冷淡，語氣也很不客氣。

姚玉蘭眼見形勢不對，回頭看了一眼方氏。「娘，怎麼辦？您倒是說啊，到底怎麼回事？」老太太親自下的命令，她自然是不敢違抗的。

幾個人又退回院子裡。

方氏眼睛已經紅了，手足無措，抓著姚玉蘭的手，哆哆嗦嗦道：「妳爹也沒有細說，只叫我收拾東西帶你們去河縣，妳爹怕是、怕是出了大事啊！」

第一百一十三章

這邊攔住了姚管事的家人，那邊杜小魚也通知了萬太太。

正當綠蕊找人去報信的時候，萬家藥材鋪關門了，自從知道張管事沾了那件事之後，萬太太也派人四處查證，找到不少錯處，所以在當張管事又要動手的時候，先發制人，也切斷了姚管事的後路。

綠蕊得知這一消息，立時臉色慘白，魂魄都差點嚇飛了，思來想去才弄清楚原來這是一個陷阱，而他們都掉入了這個陷阱之中，原形畢露。

雖然羅管事去了淮南進貨，只怕回來的時候很快也會被抓獲的，她憂心忡忡地想了一路，自己還未贖身，娘仍在林府別院，逃是逃不了的，還是坦白從寬為好。

看到伏在地上痛哭流涕的綠蕊，老太太厭惡地撇開了眼。

一群吃裡扒外的東西！

綠蕊還是個家生子呢，平常只是有些笨拙，沒想到卻也長了一顆黑心腸，夥同著姚管事一起坑林家的錢。

「老太太，是奴婢一時貪心，才聽了姚管事的鬼話，老太太、少夫人，奴婢已經知道錯了，懇請老太太、少夫人原諒奴婢這一回，奴婢只從姚管事處得了幾十兩銀子……」綠蕊在身上一陣摸索，掏出一些碎銀來。

「拉她出去。」老太太實在不想看到她了，揮揮袖子。

自己會是個什麼結局，綠蕊也知道，要麼是賣到窯子裡，要麼是被直接打死，她身子一陣顫抖，往前爬過去，揪住杜小魚的裙子哭喊道：「少夫人，求求您幫奴婢說說情吧，奴婢只是一時貪念，並沒有想這麼多。奴婢的娘身體一直不太好，奴婢拿這些錢也是為了給她養好身體，少夫人不信的話，可以去問問別的丫鬟，還有大夫也可以作證的！」

她聲淚俱下，慘不忍睹，但言辭裡感情也似真切。

這樣就要她的命委實太過殘酷，杜小魚輕聲道：「祖母，綠蕊年紀還小，若真是為了她的娘親，也算是有一份孝心。」

林氏暗地冷笑幾聲，看不得杜小魚的仁慈，可卻開口道：「娘，小魚說得也不錯，她一個小姑娘，被姚管事哄兩句就上鈎了，也怪不得，姚管事什麼嘴兒，娘還不是……」她掩住嘴。「就給她一個機會吧，好好交代交代，再打發去漿洗房就得了。」

要是平時，她是絕不會幫這些下人的，老太太看看女兒，又看看綠蕊，綠蕊老娘倒是個實誠的，在林家勤勤懇懇做了二十來年，要不是這樣，她也不會挑綠蕊過來做二等丫頭。

想到自己曾經的喪女之痛，綠蕊的老娘也不知道能不能承受得了，她終於還是鬆了口。

「隨妳們吧，我乏了。」

老太太原也不是鐵石心腸，杜小魚看著她的背影已經有些佝僂，在林家操持那麼多年，老太太也確實很辛苦。

綠蕊知道自己保住了命，用力磕起頭來。

林氏不耐煩道：「得了，妳給我好好說說，姚管事是什麼時候來找妳做內應的？」

綠蕊一五一十地全招了。

至於姚管事這頭，他手下的人不少，綠蕊得知萬家的張管事出事後，其他人便很快告訴了姚管事，他跟一條泥鰍一樣，立時就想著要逃命。但後面早就有人跟著，又豈會給他溜走，所以姚管事剛想去縣大門，就被兩個家丁給捆綁著押回來了。

看到院子裡一溜跪著的十幾個人，好些都掛了彩，他知道自己大勢已去，只怕老太太現在全都知道了，當下就覺得眼前發黑，差點背過氣去。

人總有膽大跟膽小的，就算有幾個嘴硬不肯老實交代，可幾個沒膽子的眼見把人全都翻出來了，哪兒還敢反抗，把矛頭立即對準了姚管事，只要稍微知道點兒的全都說了出來。原來，姚管事還不只河縣一處房產，別的地方也有，他操這高利貸的行當也不是到了飛仙縣才做的，早前就已經偷偷摸摸了。

只不過越演越烈，膽兒也越來越大，這次才敢空手套白狼，坑了上萬兩的銀子，完全是仗著老太太對他的信任。

雖然來龍去脈都摸了清楚，姚管事最後也給打殘扔進了牢房，但老太太最近氣不順，想到自己被下人欺瞞這麼多年，飯都吃不下。

林嵩也從外地回來，哄著老太太高興，還請了唱戲的來，在家裡開堂會。

選的是李源清休沐的日子。

老太太倒確實好久沒有看戲了，專注得很，臺上咿咿呀呀地唱，杜小魚在下面就打起瞌睡來，頭一點一點的，李源清看到忍不住發笑，伸手托起她腦袋，慢慢倚在自己肩膀上。
後來出來武戲，一陣震天鑼鼓響，杜小魚就被驚醒了。
「幸好祖母沒看見，不然要說妳不孝順。」他握住她的手，輕輕搖了下。「要不一會兒我跟祖母說一聲，讓妳回去好好睡會兒？」
還不是昨晚睡得晚！杜小魚白他一眼，現在來裝好人，都說了明兒要去祖母那裡的，結果他非勾引她，想著她臉微微一紅，手指甲就戳到他掌心裡。
李源清吃痛，輕輕擰起眉，小聲道：「好吧，今兒讓妳早點睡。」
不說還好，一說她更惱了，又要戳他，林氏這時側過頭來，笑咪咪道：「哎喲，你們兩口子，真是甜比蜜糖。」
兩人立時坐正了身子。
林氏又笑了幾聲。「我看娘今兒心情總算好了，大哥也沒有白回來一趟，哎，小魚啊，現在那兩個鋪子可是實打實的由妳看管了。」
姚管事的事還牽扯了不少夥計，前幾日已經換了新一批，杜小魚知道林氏還在打珠寶鋪的生意，當下也不作聲，只微微笑了笑。
看完戲，老太太果然滿意，叫廚房準備了豐盛的飯菜。
空閒時，林嵩就找李源清說起話來，兩個人關在書房裡，好半天都沒有出來。
「這庫房鑰匙以後就放妳那兒了。」飯後，老太太叫彩玉給杜小魚拿來兩支大鑰匙，是管藥材跟珠寶的。

她很滿意杜小魚這段時間的表現，此前對她頗有偏見，只想著拿兩個鋪子去試試她，可沒想到竟然揪出這麼大一條貪蟲來，還是自個兒養肥的。

此後也沒見杜小魚有任何邀功、得意的表現，她從頭至尾都那麼平靜，像綿延不絕的流水一般，不容易起什麼波瀾。這樣的涵養功夫，在那麼年輕的姑娘身上的確少見，老太太遙想當年，也不得不欣賞她的心智。

要是自己的小女兒也能如此，這家裡操心的事情就會少很多。

杜小魚也沒有拒絕，跟老太太相處這段時間，她委實體會了作為林家當家人的不易，既然自己尚有餘力，那麼，為老太太分擔也沒有什麼不好的，畢竟他們是一家人。

都說家和萬事興，這句話絕對沒有錯。

林氏喜笑顏開，她自覺這段時間跟杜小魚的關係得到了很大的改善，現在杜小魚掌管了鋪子，念及之前她出的力，肯定會對她信任幾分。

「小魚啊，妳可得好好做，別辜負了娘的心意啊！」

老太太瞪她一眼。「妳也要跟小魚學學，別成天的想這些有的沒的，錢財都是身外物，本事才是一輩子用不掉的。」

聽這意思，竟然是准林氏沾手了？

林氏差點哭出來。「娘，您真讓我跟著學嗎？」

「不然怎麼樣？等我死了，我怕妳飯都吃不飽！」老太太氣道：「反正妳賴著不肯走，那就去鋪子轉轉，什麼都學學才好。」

杜小魚眉梢不由微微一挑，這當口兒，老太太居然改變了主意，到底是什麼意思？她難道不知道林氏的性子嗎？

「小魚，別看她是妳小姨，有什麼不對的妳儘管說她，要是不聽，妳就來找我。」老太太又說道，態度倒是極為認真。

林氏忙表明態度。「娘，我肯定會好好學的。」

杜小魚點點頭，沒有多話，但林氏的加入，顯然讓她的負擔更加重了一些，將來到底要如何應付才是最合適的？

隔了幾日，聽說那些農戶的芸薹種子都發出苗了，李源清笑道：「我明日隨妳去北董村視察視察，看看他們種得如何了。」

「也好。」杜小魚嚥下一瓣橘子，酸酸甜甜的極為可口，不由讚道：「這橘子很不錯，下回我弄幾棵種咱們後院。」

「三年才出果，能吃到嗎？」他伸手摸摸她腦袋。

三年說長不長，可對於他們兩個來說，卻是個未知數，一個月前，李瑜從兵部尚書降職為江西巡撫，前兩日才到的江西。林嵩那日跟他關在書房內談話，說的就是這樁事情，如今政局不穩，林嵩雖然早已離開官場，但並不表示他不關注。

杜小魚稍稍一愣，才反應過來，她如今是個官太太，嫁雞隨雞，卻不似從前那般隨心所欲。李源清將來調任，這處官邸由別人接替，這些橘樹自然是不會屬於她的。

「那就算了，我叫爹種去，反正一樣的。」她很快又笑了。

第二日一大早兩人就去了北董村。

最近幾日天氣晴好，種芸薹最合適，去了之前發送種子的一些農戶家裡，發現苗都發得不錯，有些已經提早種去了田裡。

見到縣主親自來探訪，那些鄉民都極為激動，幹勁十足，又抱出家裡的母雞、剛收穫的糧食，非要他們收下來，好說歹說才推辭掉，又去田裡看了一遍，溝渠有沒有到位、噴灑的藥水是否都已經配製好，見都一一準備妥了才放下心來。

杜顯早就準備好一桌子的飯菜，等到坐下來，他便笑道：「我也經常去看的，都用心得很，畢竟種出來了好大一筆錢財，哪個會偷懶呢？」

到時候芸薹成熟了他們會高價收購，只是需要收集種植的一些經驗，那些農人自然樂意，到底是能改善生活的。

用完飯，趙氏把杜小魚叫到臥房說話。「我打算過兩日去妳大舅那邊看看，小梅生孩子後一直都沒去，現在黃花那邊也穩妥了。」

杜小魚擰了擰眉。「我最近卻是沒有空……」

「妳現在是縣令夫人，他們也知道妳忙，再說，我也沒想著叫妳去，只是說一聲。」趙氏摸摸她肩膀，又把她裙子上黏著的一根草拿起來，關切道：「妳也要多休息，唉，我是不知道妳怎麼想的，一個人總不能分成兩個人啊，妳爹多盼著抱孫子呢。」

她的臉微微一紅。「爹老是這麼著急，我才成親多久啊。」

趙氏笑了笑。「妳爹是閒著沒事做，清秋也大了，平日裡也不用怎麼管，她鬧歸鬧，罵兩句也聽的，他就想帶個孫子玩呢。」

只怕趙氏心裡也是這麼想的，杜小魚為難道：「這我也沒辦法呀。」再說，才成親幾個月，真的不著急。

「也不多說了，妳自己注意點兒，我跟妳爹大概後日去，禮都準備好了，省得妳再花時間。」趙氏從櫃子裡拿出來一個小錦盒。「挑了一個金鎖，還有些布料，這孩子長得快，衣服總是要新做出來，以前小錦送了好些，咱們也用不光，就拿去送人情了。」

「等孩子大了，叫小梅過來玩玩。」

「是啊，我也有這個意思。」趙氏連連點頭。

在那兒住了一晚，兩人早上又回去了。

天剛濛濛亮，李源清便起來去衙門，杜小魚是睡到日上三竿才被彩屏喚醒，聽說林氏正在堂屋等著。

她洗漱一番，穿好衣服，因為早飯也沒吃，就叫丫鬟把飯菜端到見客的地方，反正是一家子，也用不著那麼多虛禮。

林氏果然一點不介意，笑咪咪道：「有好東西給妳，妳快吃著吧。」

杜小魚好奇道：「什麼東西？」

「正好當添菜了，只是淡了些，以為妳吃過了，這當兒本是拿來當點心的。」林氏解釋。

丫鬟從食盒裡端出來一碗色澤濃黃的湯，聞著味道，像是牛肉。

這大早上的給她喝牛肉湯？杜小魚撓了一下頭，露出疑惑的表情。

「是娘叫我端給妳的，裡面好些補藥呢，吃了有好處。」林氏眨眨眼，掩嘴笑道：「娘還不是為了抱曾外孫。」

杜小魚聽了只能心裡哀嘆一聲，老太太的好意也不可能拒絕，便端起湯幾大口喝掉了。

味道是真的好，鮮香無比，有種說不出來的誘人，讓人喝了還想再喝，她不由問道：「這湯還是家裡的廚子做的？怎麼感覺手藝進步了呀？」

林氏像是極為歡喜。「妳喜歡就好，廚子當然還是那個廚子，只不過原先也不做這種湯，妳沒喝過是正常的。」

倒也有道理，杜小魚點點頭。

「今兒去不去鋪子？」林氏終於說起來意。

也確實有一些日子沒去看了，杜小魚又吃了點東西，才跟林氏去了珠寶鋪子。

說起林家的這家珠寶鋪子，生意也是平平，其實也怪不得，林家原先是做錦緞、木材生意發家的，後來才逐漸擴展到別的領域，雖有涉獵，但始終不精，老太太也沒有把太多的精力花在上面，像藥材鋪這種，只要不虧錢幾乎就不太管，因為有別的產業支持，這些都不算什麼。

鋪子裡琳琅滿目，滿眼都是閃耀的金子、寶石、珠玉。

林氏愛不釋手，雖說她身上也配戴了一些，但好多都是老款式，陳家生意不景氣，也不知道多少年沒有添置新的了。

杜小魚掃了她一眼，只當作沒看見，走到了裡間去。

現在的管事姓陶，做事極有規矩，也分得清輕重緩急，是林嵩舉薦的，老太太就讓他取代了姚管事原先的位置。

陶管事上前行了禮，拿出帳本來。「這是上個月的明細，請少夫人過目。」

杜小魚坐下來，林氏這時也從外頭走了進來，見到是鋪子的帳本，立時湊上前去要一起看。

杜小魚也沒攔著，甚至想藉此看看她的反應，便把帳本微微攤開來，好讓林氏看得更加清楚一點。

確實賺得不多，扣去人工費還有成本，一個月只賺到八十多兩。要知道，一般的小飯館每月還有三、四十兩銀子的收入，可見其營運的失敗。

原因很多，一來畢竟是新店，沒什麼名氣；二來首飾設計不夠突出，花樣少；三來做工不夠精巧，就像趙氏給小梅的兒子送的那個金鎖，他們店就絕對比不上，如此下來，光顧的人自然就少了。

林氏看得連連搖頭，嘖嘖道：「這怎麼成，才賺那麼一點兒？還不如人家雜貨鋪呢！塞個牙縫都不夠。」

陶管事看著杜小魚道：「已經換了師傅了，過幾日就有新一批首飾送過來。」

林氏伸手握住杜小魚的胳膊，讚賞道：「還是妳想得周到啊，果然娘把鋪子給妳管是做對了，唉，不然這兩家鋪子都不知道開了做什麼，白白浪費了好地段。」店面是直接買下來的，就算租出去都能賺到不少錢呢。

珠寶店的打造師傅是杜小魚上回跟老太太提議撤換掉的，老太太也欣然接受，只不知道哪兒有合適的，還是尋了一段時間從廣平府的邯鄲聘來的。

那師傅姓馮，在一家珠寶鋪做了二十來年，後來因為僱主去世，其兒子掌管了鋪子，內部引發矛盾，他便成了犧牲品被撤下來。起先冷了心，再不想從事這個行業，誰料家中生了變故，兒子病重亟需銀子救命，這才重操舊業，正好就有人推薦給林嵩，才請了過來，馮師傅為此還帶了兩個徒弟來。

杜小魚看過他的功夫，也是獨具一格，在設計上很有自己的想法，督工也很嚴格，不容許有絲毫的瑕疵，心下也很滿意。

其實她自己也有一些想法，畢竟是後世的人，見識比較多，只現在還不到時候，要把現代的理念與古色古香融合，還是要花一些時間去琢磨的。

「新的首飾要做好了？」林氏驚喜道：「小魚，咱們去看看？」

杜小魚也正有此意，便跟林氏一道去了做首飾的工坊，工坊裡除了那馮師傅跟他兩個徒弟，統共有五十個夥計，裡面分工細得很，畫圖的、雕刻的、做磨工的、做模具的、鑲嵌的、磨光的……有十幾樣程序。

見到二人，馮師傅從裡間迎上來行禮，他四十六歲的年紀，膚色黑中帶紅，乾瘦的臉上有著很重的倦意，眼睛裡也有血絲。

「馮師傅也不用那麼著急，有空還是多去陪陪你兒子吧。」他的兒子也一併帶來養病，此前預先付了半年的工薪，杜小魚知道為人父母的牽掛，說得很是真心實意。

馮師傅極為感激，他們林家一點沒有乘人之危，反而給足了工錢，自家兒子也能安心看病，當下抱拳道：「謝謝少夫人，小兒已經好了不少了，小人總不能耽誤事情，少夫人，請過來這邊看看成品。」

裡間的桌子上擺了很多光彩耀眼的首飾，一下子吸引住他們的目光。

林氏滿臉驚喜，手一個個撫過去，連呼漂亮。

杜小魚拿起一個手鐲細細打量，果然是精巧，那手鐲雕刻著鳳凰圖案，一邊一隻，兩隻鳳凰中間是朵鏤空的金蓮花，大氣又優雅，絲毫不刻板。

「這是我徒弟大金督造出來的。」看得出來杜小魚的欣賞，馮師傅笑著叫周大金過來。

周大金是個比較老實的，個子有點小，往橫裡發展了，比較胖，而另一個徒弟則看著比較精明，叫古華英。

杜小魚就誇了他幾句，把周大金高興得都找不到眼睛縫兒了。

「麻煩馮師傅把價格也擬定一下。」對於金銀珠寶，她委實不清楚價格，就算接手這家鋪子，裡面的首飾也是按照以前的價格出售的。

馮師傅是其中老手，便應了一聲。

林氏豔羨了一陣，要是自個兒是林家的繼承人那該多好，這裡的首飾想要哪個就拿哪個，但現在也只能看著解解饞，老太太對陳家極為不滿，以至於厭惡女婿，連帶著對她這個女兒也不滿起來，若是年少時，她要哪一樣東西，老太太會不願意給？

想著，心裡不免委屈，眼睛竟覺得酸澀起來。

杜小魚看了一圈，也不想妨礙他們工作，便示意林氏一起離開。

「小魚，這珍珠真不錯，馮師傅，是不是南珠啊？」林氏卻拿起一串珠鏈請教起來。

「看起來倒像是的。」

馮師傅笑了笑。「南珠可不好得，多是要上貢的，小人做了二十幾年，也只見過數次這麼大的南珠。」

當時的珍珠開採業並不發達，尤其是南珠這種產自於海水裡的珍珠，更為稀有罕見，像林氏手裡那麼大顆，若真是南珠，只怕是無價之寶。

林氏遺憾地放下來，問道：「南珠就真的那麼少見嗎？南珠跟別的珍珠區別真的很大不成？」

杜小魚不知道她為何突然執著於南珠，便也留心起來，看向馮師傅。

「當然少見，不然也不至於那麼貴重。」馮師傅搖搖頭。「只可惜小人也未見過幾次，要說區別，還真說不出來，只那色澤就不一般。」

看起來馮師傅對珍珠瞭解不多，不過他們鋪子主要還是售賣金銀玉石首飾，珍珠是裡面最為稀少的。

林氏像是鬆了口氣，對杜小魚道：「娘那裡倒是有幾顆的，別的我也沒見過呢，所以才好奇問問。」

一時也猜不透她的意圖，杜小魚便沒說什麼。

第一百一十四章

李源清這日回來笑著問：「聽說祖母天天叫人送湯給妳喝？」

她抽了下嘴角。「誰告訴你的？彩屏還是青竹？」雖是誇張了點，但這湯味道不錯。

「又不是什麼見不得人的。」李源清見她臉微微發紅，伸手撫了上去。「要是不好喝的話也不用勉強，我去跟祖母說。」那些補湯有時候因為放了大量藥材的緣故，會有股怪味，他怕她喝不慣。

杜小魚盯著他瞧。「你不是很想有個孩子嗎？」這湯據說就是有這方面的功效的。

他身子傾過來，在她額頭上親了親。「妳不是不著急嗎？我也怕妳太辛苦了。」

聽了渾身暖暖的，看著眼前那張英俊的臉，她似感覺到自己的心跳在慢慢加速，成親以來，他們的感情真如同小橋流水，可是卻那樣溫熱，像冬日裡的炭盆，只要有他在身邊，就永遠不會覺得寒冷，不會覺得孤單了。

「那湯很好喝，真的，下回你也嚐嚐。」若真的有孩子了，她猜想自己必定是欣喜的，就算放下生意又有何妨？

兩人相視一笑，李源清伸手把她抱入懷裡。

杜小魚這兩日回了一趟娘家，田裡的芸薹已經長出葉子來，三里村的兩位能人十分負責，也專程來過北董村，把最近幾日琢磨好的農藥貢獻了出來，說應是比較適合芸薹，因而那八十畝地將將都灑過藥水，走過去便是一陣撲鼻的藥味。

此時正是豐收季節，他們家也是堆了滿院子的糧食，過來幫忙的鄒巒夫婦倆曬得皮膚黑黑的，一車一車的裝著東西過來。

家裡的老黃牛早就退休了，新養的小牛長得半大不小，還是用那匹馬拉的平板車。

趙氏道：「這兩年都風調雨順，村民們日子好過多了，好幾家都翻新了院子呢。」

「還不是咱們女婿治理得好？」杜顯迫不及待地稱讚。「幾個老村民說好幾十年都沒見過這麼好的縣令了，徵收米穀的時候從不貪那些米糧，也沒見衙役們再欺壓人，女婿將來肯定是個名留青史的好官呀！」

杜小魚笑道：「做個名留青史的好官可不容易。」想起那日晚上李源清說的話，他好似是有些猶豫，多半還是在顧慮她，可一個人不管在任何一個領域想要獲得成就，勢必是要犧牲很多東西的，比如親情。

一生就那麼多時間，總會顧此失彼，得享天倫之樂，夫妻情深，也許就消磨了意志。

杜顯哪知道杜小魚的想法，反而勸說起她來。「妳如今是他夫人，也該收收心相夫教子，女婿做好官不容易，還得要妳在後面支持著不是？還要去管兩家鋪子，照顧得了那麼多嗎？」

杜小魚聽了有些不樂意，李源清的事她什麼地方沒有注意到？吃的用的穿的樣樣都當心著，但也不願反駁杜顯，笑了笑道：「這芸薹要是種好了，對他幫忙可大呢，我這不就是在支持他嗎？」

「芸薹我也看著的，哪需要妳經常過來？」

「那我來看看您們都不行了？」

見兩人你一言我一語，趙氏拿了桌上的茶點塞到杜顯嘴巴裡，笑道：「他看到小梅的兒子後，不知道多喜歡，昨兒就夢見抱孫子了，就想妳多待在家裡面。」

杜小魚立時無語，也拿了點心吃起來。

趙氏忽然嘆口氣。「不知道黃花怎麼樣了，一直也沒有消息來。」

「哪兒能天天聯繫呢？肯定好好的，娘您也不用擔心，姊夫那邊要是有什麼消息，源清他會知道的。」李源清在京城也待了那麼多年，朋友不算少，偶爾也通通信，所以京城那邊的消息也算靈通。

趙氏便不說了，杜小魚看看她，心想倒是可以讓他們倆去京城玩玩，只不過得有個合適的時間。

第二天一大早，老太太就派彩玉端來兩碗湯。

「這是少爺的，這是少夫人的。」彩玉把湯放好，往後面站去，目光往彩屏瞟了下。

估計是知道李源清昨夜沒怎麼休息，老太太還是時刻關注著這個外孫，杜小魚喝湯已成習慣，每日早上都空些肚子出來，因此這一大碗也算不得什麼。

李源清喝完後便要去衙內辦公了。

「你空閒的時候瞇一會兒，別累壞了身體。」杜小魚給他穿上官服，叮囑幾句，心疼他公務繁忙。

他們兩個在房裡的時候，彩玉便乘機跟彩屏說上幾句話。

「妳怎麼一點不會把握時機？」彩玉手指點著她腦袋。「老太太看重妳才把妳派了來，可倒好，過去這麼久時間了，妳什麼好消息都沒有。」

彩屏無奈道：「少爺跟少夫人那麼恩愛……」

「感情好怎麼了？少夫人小日子的時候，總不能伺候在旁邊的，妳就不會動點腦筋？唉，妳跟青竹，一個老實，一個滑頭，結果兩個人一點不成事，老太太算是白培養妳們了，也白信妳們了。」彩玉恨鐵不成鋼。「老太太說了，妳們都是她信任的人，陪在少爺身邊放心，不像別的瞎七瞎八的。」

彩屏吶吶道：「少夫人對我很好……」

「對妳好，才要給少夫人分憂啊，以後少夫人懷了孩子，總要有人伺候少爺的不是？妳要是跟少夫人有些感情，那就更好了。」

彩屏頓時說不出話來，老太太派了她們兩個來是什麼目的，她自然是知道的，可這段時間相處下來，她發現如果自己真要去那麼做，下場肯定不好。一來少爺只專情於少夫人，根本看都不看她們一眼；二來，少夫人太過聰敏，她怕自己一旦露出這種心意，只怕就不好再待下去了。

彩玉見她不說話，更是氣了，她跟彩屏兩個人都是家生子，從小一起長大的，感情最好，也希望彩屏可以有個好的歸宿。

「少爺這樣子的人，妳給他做妾是幾輩子修來的福分，妳自己看著辦。要是再不成，老太太也失望了，隨便找個人把妳配出去。」她說完轉身就走。

彩屏手伸出來想叫住她，可背後的門吱呀一聲開了，李源清從裡面走出來。清晨的陽光沐浴在他的身上，整個人好像都放出光來，修長的身形、精緻的五官，那笑起來眼裡恍若有星河一般的眼眸。

幾輩子的福分……彩屏心裡冒出剛才彩玉說的話，是，她又豈會不清楚？自己不過是個丫鬟，能夠做他的妾室自然好，可現實總是不如意十之八九。

她低下頭，任李源清從她身邊走過去，沒有任何留戀。

這十幾年來，她學到的不過是四個字——自知之明。

假若沒有機會，假若沒有百分百的可能，她一定不會去冒險，她要的只是安安穩穩地生活下來。

她本想就這麼好好的服侍著杜小魚，可今日彩玉的話卻不得不讓她改變決定。身為一個家生子，這一生都捏在主子的手裡，也許，是時候該為自己打算了。

青竹站在牆後面，方才彩玉跟彩屏的話她聽得清清楚楚，看來老太太已經對她們有些不滿，再這樣子下去，也許哪天真的隨便把她們給嫁出去也不一定，畢竟年紀擺在那裡，已經不小了。

她吸了口氣，走到彩屏身邊，面上露出笑來。「老太太那麼希望抱曾孫，不然我們跟少夫人說說，去進香求子怎麼樣？」

彩屏還在剛才的對話裡沒有回過神，過了會兒才道：「去進香？」

「是啊，老太太不是也經常去天行寺嗎？妳看，馬上又是達摩祖師爺的聖誕日，老太太肯定要去的，少夫人陪著去不是更好？又能敬敬孝心，少夫人最近為了那些事也勞累了，去看看秋景也是好的。」

天行寺到了深秋也是別有一番景象，彩屏點點頭。「倒是個好主意，老太太每日都送補湯來，少夫人心裡肯定也感激，正好去跟老太太說，老太太肯定高興。」

「正是，我就是這麼想的。」青竹越發笑得高興，親暱地挽住彩屏的手。「那咱們現在就去跟少夫人說。」

兩人說著便進屋去了。

聽到兩個丫鬟的提議，杜小魚很欣然地接受了。

一來，老太太這麼持之以恆地送湯水來，雖說是為了子嗣，可作為外孫媳婦，對這份心意卻不能不表示感激。二來，最近確實太過忙碌，她覺得自己的神經有些緊繃，出去散散心也是件好事。

至於求子不求子的，她不太信，命中注定的事，還是順其自然為好。

聽到杜小魚要陪同她去天行寺，老太太露出笑意來。「沒想到妳還知道達摩祖師，好，就一起去吧，大後日早些過來，到了那邊正好嚐一嚐素齋。」

林氏則幫杜小魚說好話。「娘看小魚多孝順，專門陪您去進香呢。」又熱絡地拉著她的手。「順便去求求子，聽說很靈驗的，對了，源清那日有沒有什麼空？」

「好像沒有空。」杜小魚想了下回答，恰巧不是休沐日。

說定後，老太太又問了珠寶鋪的事情，叫她選兩件珠寶出來，說是林淑娟四十歲生辰。老太爺在世時，跟那位堂弟算是感情比較好的，因而比較疼愛這位堂弟的女兒林淑娟，老太太也從來不虧待她。

林氏聽到她提起林淑娟，忙問起陳妙容的事，老太太那日是說要去問問林淑娟的，只一直也沒有回應，反而陳家那邊倒是答應了。

老太太既然體恤那一邊，只要稍許分些羹給他們，就比那賣米的商人不知道強多少，陳家豈會不懂得打算？

「他們家就一個兒子，總要想一想的，妳急什麼？」

林氏便噤口不言。

來到珠寶店，杜小魚四處看了一下，既然林淑娟是四十歲的年紀，那麼也不適合戴一些顯得嬌俏活潑的首飾，就選了一支鑲翠石的累絲金鳳簪，跟一對手工精巧的赤金手鐲。

她叫夥計包裝好送去林家給老太太。

林氏在旁邊撇撇嘴。「她就會裝可憐騙老太太的憐惜，也不知道拿了多少首飾回去了，老太太生辰也不見送貴重的東西來，就會弄些自己做的衣服鞋子糊弄人。」

杜小魚聽得好笑，那陳妙容不就是靠一雙鞋子改變了自己的命運嗎？再說，林淑娟將來也許就是陳妙容的婆婆，她也不應當在背後講這些話。

林氏好似也意識到不妥，忙笑道：「我當妳是最親近的人才這麼說的，其實淑娟這個人沒什麼毛病，就是性子軟，老是被她相公欺負，要不是有我娘幫襯著，只怕早就被休了也不一定。」

她頗有幾分優越感，自家相公是待她極好的，別說休了，連妾室都沒有討一個。

杜小魚對這些事不太感興趣，只問陶管事最近鋪子的情況。

自從新的首飾擺放出來之後，生意果然慢慢變好了，客人進進出出，每日的進帳，也比往常多了不少。

這是個不錯的開始，至少馮師傅的手藝是得到別人的認可的。

過了兩日，便是去天行寺的日子，杜小魚一大早便起來了。

因為早就跟老太太打過招呼，老太太也沒有在意，她跟林氏一輛馬車，前往天行寺而去。

到了天行寺，彩屏跟青竹也跟了過來，扶著她們隨石階而上。

來過這裡數次了，但每次來都覺得很漂亮，深秋的楓葉紅了，像燃燒的火焰一般，讓她想起那次李源清請他們去楓村所看到的景象。

比起楓村，這邊的楓葉自是少了太多，但因為有高山流水，各有情趣。

走到山腰就聞到淡淡的香味，寺廟裡已經在準備素齋了。

今日是達摩祖師爺的聖誕日，來進香的香客特別多，整條山路都是人，彩屏不時提醒杜小魚小心路滑，慢慢地終於走到了廟裡。

因老太太和杜小魚是知縣的家人，林家每年奉上的香油錢又數額巨大，是以天行寺住持不敢怠慢，親自出來迎接她們去上賓房享用素齋。

是個極雅致的院子，曾經杜小魚也來過一次，那日恰好遇到老太太也在，說是要見見她，結果再次來這兒的時候，卻已經是一家人了。

素齋清淡可口，十幾道菜被吃掉了大半。

老太太飯後又說要去聽住持講經，倒沒有叫她一起去，知道是年輕人，慣來又不信佛的，只怕聽了會睡著，衝撞了菩薩反而不好，只讓她留在這裡，或四處看看，反正也就是一個時辰的樣子。

杜小魚歇息了會兒，就走到院子裡觀賞外面的花兒，窗臺上擺著兩盤淡紫色的菊花，庭院裡還有個花圃，也種著各色的菊，兩側沿著白牆卻豎著兩小排木槿，開著粉紅色花朵，比起菊花的孤高，多了些熱鬧。

青竹上前殷勤道：「老太太還有一會兒才能回呢，要不奴婢領夫人去翠竹林看看？那條路老太太也很喜歡的，可惜風景雖然漂亮，但是路有點兒滑，老太太年紀大了不好走，便也看不成了。」

杜小魚前幾次來，家裡都還沒有馬車，因為要趕在天黑前回去，便只注意到來的路上，還有臺階兩旁的風景，要說寺廟周圍，還真沒有全部看過，聽到翠竹林，一時也覺得新鮮得很，便問彩屏。「妳也去過？」

「只在路口看過一眼。」彩屏如實回答。

想著時間還早，杜小魚便想去看一看了，可就在準備走的時候，彩屏忽然捂住了肚子，一臉的羞窘。

「奴婢，奴婢……」

這副樣子肯定是要去上茅廁，杜小魚笑道：「去吧，我們再等等。」

結果等了好一會兒彩屏都沒有過來，杜小魚就有些擔憂了，便叫青竹去看一下，青竹回來說彩屏肚子不舒服，不能陪她們一起去。

像是吃壞了肚子，不然豈會出不來？

「寺廟裡有沒有大夫的？」她問。

「有，我跟綠翠說了一聲，她會過來照顧彩屏的，夫人不用擔心。」

兩人隨後就去了翠竹林。

翠竹林在天行寺的西北方，顧名思義，便是種了大片的翠竹，遠遠就看見一眼的碧綠，跟楓葉的火紅相比，又是一番靜謐的美。

穿過一道月亮門，腳下是青石小路，兩邊有從山上引過來的溪水淙淙流過，加上耳邊清脆的鳥鳴，讓人有種身在清幽空谷、世外桃源之感。

杜小魚不由驚嘆一聲。「這地方真漂亮，倒是沒有來錯。」

青竹抿著嘴笑。「奴婢豈會騙夫人呢？老太太也說好的，只不過不方便來，夫人就是要注意腳下，不然奴婢罪可大了。」

兩人一路行去，已經看得流連忘返，只腳下確實不太安全，有時候要走過一處淺水，勢必要跨過去，若是踩到長了青苔的石頭，就很容易摔倒了，因而杜小魚便決定返回去。

然而，小心注意，還是出了狀況，杜小魚本是青竹扶著的，結果青竹先行踩滑，鬆開了手，她一時收不住往前的勢頭，一腳落下來，只見滿地都是青苔，根本沒有合適的地方踩踏，若是強行落腳的話，只怕要摔個大跟頭，這四處都是石頭，這一跤肯定不輕，只怕要躺床上好幾天。

幸好杜小魚是農家出來的，滑下去的時候，兩手往邊上一撐，坐倒在地上。此刻她又看到兩邊的石頭尖銳突起，也不禁後怕，這要是直接摔倒，只怕腿都要斷掉了也不一定。

青竹惶恐地衝上來。「都是奴婢的錯，請夫人責罰，要不是奴婢說來看翠竹林，夫人就不會遇到危險了，奴婢該死！」

杜小魚擺擺手。「只是意外罷了，也不關妳的事。」

她站起來，只見裙子被溪水浸到，全都濕了，出來的時候好似也沒有帶衣服，這麼冷的天可是不要凍到了？

二人趕緊走回去，杜小魚一到房裡就拿出銀錢叫青竹去寺廟外買條裙子過來，今兒香客如織，做買賣的也都湊一起，全聚在山腳下，裙子什麼的自然也有，將就穿穿罷了。

青竹剛走，彩屏就進來了，看到她，不由驚道：「夫人這是怎麼了？」

「不小心摔了一跤。」

「怎麼會……」彩屏忽然臉色一變，不由自主掩住了口。

這表情落在杜小魚的眼裡便覺得有些怪異，但也沒有追問，只問她肚子好了沒有，到底是怎麼回事。

「大夫說吃壞肚子了，奴婢也不明白，奴婢也沒有吃別的東西。」

她們吃的也是素齋，寺廟一併招待了的，怎的她們都好好的，唯獨彩屏吃壞了肚子？

「那現在好些了嗎？」杜小魚關切的道：「肚子不舒服要多喝些水。」

彩屏忙道：「好些了，後來、後來沒、沒怎麼如廁。」

「妳之前難道去了好多次？」

彩屏臉上一紅，尷尬極了，可也不好不回答，小聲道：「奴婢去了四次，肚子很疼，現在已經不疼了。」

去那麼多次可是很嚴重的拉肚子，如今又不是夏天，食材不容易腐壞，又不是葷腥，哪會吃到那麼毒的東西？杜小魚更加覺得疑惑，彩屏向來身體也很好，沒見她得過什麼病，這次是跟幾個丫鬟一起同食的，難道……

她眉頭深鎖，可這有什麼好處？

青竹隨後就把裙子買來了，杜小魚立刻換了上去。

彩屏看到青竹之後，目光驟然一冷，剛才跟杜小魚一番對話，她自己也體悟到了一些東西。

忽然就肚子不舒服，隨後青竹陪夫人去了翠竹林，結果就摔了一跤，幸虧沒有傷到，只把裙子弄髒了，不然……她想著又覺得不對頭，夫人要是受傷了，這對青竹有什麼好處呢？作為下人伺候不周，可是要跟著一起受罰的。

第一百一十五章

從天行寺一回來，李源清也到家了。

杜文濤這會兒剛練完劍，滿頭的汗。

杜小魚叫丫鬟端來熱水，杜文濤擦了把臉，也坐在旁邊。

李源清看看他，忽地問道：「明年縣試，你要不要試著去考考？」杜文濤雖然才六歲，可才思敏捷，比之他年幼時一點不差。

「好。」杜文濤毫不猶豫，立刻點點頭。

「你不怕考不過？」杜小魚伸手摸摸他的頭。「考不過要被人笑話的，年紀那麼小就跟那些哥哥們去學著考縣試，不是自不量力？」

「考不過也無妨，別人要笑自由他們笑去。」杜文濤神情很平靜。「多考過一次就多一次經驗。」

這孩子真是早熟，想她六歲的時候懂什麼，滿腦子都是吃喝玩樂，要不是自己是穿越的，肯定比不上他，杜小魚越發喜愛，稱讚道：「說得不錯，失敗乃成功之母，考不好，就當提早練習罷了。」

天氣慢慢地變冷，是嚴寒的冬天了。

因為那次在翠竹林差點踩到青苔的事情，杜小魚一直對青竹很是懷疑，她們兩人被送到身邊當貼身丫鬟，老太太的心思不難猜出來，所以兩人就是很直接的競爭對手。

當日彩屏因為肚子不舒服沒去成翠竹林，而青竹雖然陪她去了，卻發生危險的事情，倘若她那日真的摔傷了，躺床上十天半個月，青竹也討不了好，畢竟是她建議去翠竹林的，那麼，她最終能得到什麼呢？

難道是想趁她摔傷臥床，去勾引李源清，從奴婢上升為姨娘不成？

她冷笑了一聲，真是作夢呢！

當清晨一縷陽光照入紗窗的時候，杜小魚揉著眼睛醒了，等到穿好衣服，李源清已經在院中打完一套拳。

兩人一起吃早飯。

只見李欽急匆匆跑過來。「少爺……」

「有什麼事？」

李欽道：「是知府王大人的管家常路要見少爺。」

前任濟南知府上回因為工部貪墨的事已經被牽連，進而被罷黜，新任知府上任，李源清也曾去參見過。

「他沒說什麼事？」他把手裡的筷子一擱。

李欽回答：「沒有……但態度很是倨傲，非要這時候來見少爺。」他是憋了一肚子的氣，那管家也不過是個下人，卻狗眼看人低，頤指氣使，可李源清早告誡過他，不要仗著李家的威勢，是以也沒有跟他硬碰硬。

新來的王大人不只比他品級高，岳父更是聖上新提拔的兵部尚書，取代了原先李瑜的位置。李源清臉色沈了沈，拿起筷子把剩下的飯吃完，這才站起來。

常路此刻已經大搖大擺走到了院子裡。

「見過李大人。」他抱拳彎腰，面上並無多少尊敬之意。

「不知常管家有何貴幹？」

「是來給咱們大人處理些私事的，順便還有事要問問李大人。」常路整了整身上的灰鼠皮褂子。

李源清便讓他一起去了堂屋。

常路閒聊一會兒便說到正題上。「我們大人聽說李大人弄了芸薹種子在試種，頗有興趣，想聽聽李大人的想法。這芸薹種好了真能榨出油來？比之麻油又如何？好不好種？還請李大人細細說來，小人也好交差。」

竟是為芸薹的事，李源清暗自冷笑。「不遜於麻油，只在試種階段，別的我不敢貿然說什麼結論。」

常路見他態度冷淡，便有些不高興，他雖說只是管家，可去到哪一個縣裡不被巴結？先就是銀子送上來，好酒好菜招待，在這裡卻是連口茶都沒有奉上，他們李家今時不同往日，李瑜已經不受聖上重用，也不知道還有什麼好依仗的？

「李大人，等明年種子收上來，你應該知道怎麼辦。」常路忽地說道。

李源清挑起眉，目光冷厲。「是王大人要你如此傳話的？」

常路被他一看，立時有些心虛，他是知道自家大人的心意，但並沒有直接下令，所以這句話是他自作主張說出來的，因此，他膽子再大，倒還不敢胡亂承認，只咳嗽一聲道：「小人以為大人是明白人。」

李源清對這種人深為厭惡，拿著雞毛當令箭，狗仗人勢，但也不想同他計較，淡淡道：「常管家來此只為這事嗎？」

已經有下逐客令的意思，常路感覺事情要辦砸，忙又說道：「李大人，再過一年多可就到政績考核的時候了，李大人要多為自己打算、打算啊！」說罷自己就先告辭了。

李欽在旁邊憋得滿臉通紅，此時喝道：「不過是個知府，竟敢來威脅少爺，豈有此理！」

李源清忍不住笑起來。「那也比我高了三級，為何不能威脅？」

「啊，難道少爺真要屈從他嗎？那芸薹種子是少爺從衡陽帶回來的，又是跟少夫人一起找人試種的，憑什麼要給他白白奪了功勞？」李欽怒道：「要不少爺寫封信送去給老爺，老爺再怎麼樣，品級也比他高，他姓王的算什麼東西？」

李瑜在京城曾是呼風喚雨的人物，李欽雖是下人也與有榮焉，何曾受到過這種鳥氣？就算是六大部門二堂官家的管家，見到他都不會如此趾高氣揚。

李源清並不接話，徑直去了裡屋。

杜小魚正等在那裡，見他進來，笑問道：「知府大人的管家怎會來咱們飛仙縣，莫不是來找你打秋風（注）的吧？」

「打秋風？他倒是敢。」李源清哼了一聲。「是咱們的知府大人眼紅了。」

「啊？眼紅什麼？」杜小魚奇道，知府大人還會眼紅一個縣令的東西？

「芸薹。」

若是種植芸薹成功，將會大大改變農作物的結構，一旦適應芸薹油，又懂得種植的法子，國家一定會大力推廣，這是一個很好的政績，被聖上認可的話，升官賞賜那都是可能的，知府大人又怎會放過眼前的好機會？

杜小魚罵道：「這知府真不是好東西，你打算怎麼做？他是想等明年收種子了，全都搶過去自己試種嗎？」

「給他一些也無妨。」

「憑什麼？」杜小魚豎起眉。「咱們辛辛苦苦研究那麼久才種起來的，他嘴巴動一動就要分一杯羹，天下哪有這樣的好事。」

「妳稍安勿躁，他未必種得好。」李源清笑了笑。「還有大半年的時間呢，這事要從長計議。」

「倒也是，也不知道明年怎麼樣呢。」

轉眼間，新的一年便來臨了。

芸薹長勢良好，據兩位能人說，看今年開春的境況，應是風調雨順，是以試種了芸薹的各家各戶都極為興奮。春暖花開，正是長蟲的時候，便一個個撲在田裡除蟲，起早貪黑，小

注：打秋風，向富有的人抽取小利，或藉故向人求取財物。

心呵護著將來會給自家帶來利益的芸薹田。

這麼看來，應是算成功的，到九月份就會收穫到無數的芸薹種子，想起那日來的常管家，杜小魚就氣不過。

「你說，到時候那王大人又派人來討要種子，那該如何？總不能真讓他壞了你的考績結果吧？能不能寫封信去彈劾他？就說他仗著官大欺壓人！」

看她怒氣沖沖的，李源清噗哧笑起來。「妳當往上頭遞摺子那麼容易？只怕還沒送過去，他就知道了，到時候被他反咬一口，我這政績考不考都未必呢。」

這官場上的事就是磨磨唧唧、彎彎繞繞。「那你想到好的法子沒？要不給他一些發黴的種子？」

「妳盡想這些鬼主意，他既早就覬覦這件事，肯定也派人探查了的，我是想……」他頓一頓。「不如給予他大部分種子，這王慶雲好大喜功，得了芸薹種子肯定會大肆種植，藉以邀功，這裡頭只要有一個不當，便能授人以把柄。他岳父如今升遷為兵部尚書，其實不服的人不在少數，偏人又高調，把自己女婿提拔到濟南來做知府……」

他說話的時候眼眸熠熠生輝，每當談到政事，總是那樣充滿熱情，把整個時局都看得很透澈，謹慎又不畏縮，膽大又不冒進。

「妳盯著我幹什麼？」他停下來，衝她一笑。「可是覺得我太英俊了？」

「是啊，我覺得你真是當官的料，將來前途不可限量啊！」她嘻嘻笑起來，伸手摟住他脖子。「喂，我以後能不能做到那什麼一品夫人呢？」

「野心倒不小，妳真希望我……」他定定的看著她。「真希望我繼續走下去嗎？」

「我早說過，只要你喜歡就走下去，我一定會支持你的。」

「官途一道風雲莫測，我只是怕妳哪日受到牽連。」他嘆一聲，這個問題早就在心裡想過無數遍，可左右為難，總是有那麼一點不甘心。

見他把話挑明，杜小魚正色道：「人生自古誰無死，只要你做到了自己想做的事，那麼，就算死又有何懼？人來世上總不能白走一趟，你說是不是？」

她小小女子居然有這樣的胸襟，李源清一時怔住，只隨著她唸道：「人生自古誰無死……」

她是有這樣的覺悟的，此前一生都在盲目中度過，最後死的時候才發現自己兩手空空，如今撞大運能再活一次，她一定要按著自己的心意來過，無論這心意是什麼……所以李源清的抱負，她絕不會無視，兩個人必須互相尊敬才能更加長久。

「遇到妳，是我三生有幸。」他終於明白了，伸手把她緊緊地摟入懷裡。

她不像別的女子，嫁夫隨夫，自不會對自己丈夫的選擇有任何怨言，而杜小魚可貴就可貴在她也有自己的抱負，並不依賴他，可又信任他，願意與他一起面對風風雨雨。

「我也是。」她輕聲道，把頭更深地埋入他懷裡。

假如不是李源清，她不會有那樣多的自由，也不會有那樣多的選擇，她如此對他，也只因為李源清是在用同樣的方式在對待她。

其實比較起來，他付出的更多。

所以，她也是三生有幸，能在這樣的時空遇到他。

珠寶鋪這日迎來了一個販賣珍珠的商人，原本他們鋪子不會輕易考慮上門推銷的生意，然而，這商人卻來得正是時候，因為專門給鋪子提供珍珠的供應商派來的人幾天也不見來，也不知道是不是在路上出了什麼事，珍珠就缺貨了。

偏偏那商人賣的又是少見的上好貨色，陶管事一時拿不定主意，便稟告了杜小魚。

杜小魚得到消息，立時就趕到了鋪子裡。

馮師傅早就被陶管事請來了，正挾起一粒玉白色珍珠細細打量，他看得十分專注，眼睛都快要貼在上面。

那商人則一副「我的東西就是好，隨便你看」的態度，優哉游哉地靠在櫃檯上，手裡把玩著一串五顏六色的珠鏈。

「是好珍珠。」馮師傅呼出一口氣，但面上卻不肯定。「這莫非是從雷州出來的？」

那商人拍起手來。「好眼力，陸某總算沒有找錯鋪子，看來你還是有些本事的，我這珍珠可是貨真價實的南珠。不怕貨比貨，就怕是真貨，你們這鋪子聽說是林家開的，我就是知道你們出得起這個價錢，才會拿過來，不然別的鋪子，想都別想。」

馮師傅驚訝的看著手裡的珍珠，雖然不夠大，但勝在光彩好看，比起一般的珍珠確實是美得多。

那商人口氣很大，也很自信，杜小魚看他一眼，問道：「你是從雷州來的？」

「這位是……」那商人一雙魚泡眼盯著杜小魚。

「是我們少夫人。」陶管事忙道。

「哦，那就是能作主的人了。」商人嘿嘿笑了兩聲，把手裡的彩珠鏈子遞給杜小魚。「俗話說珍珠配美人，少夫人戴著一定不錯，您要是想買的話，陸某價錢上面肯定會讓幾分。」

杜小魚不接，還是問剛才的問題。「你是不是從雷州來的？」

「是，不然我這珍珠難不成是偷的？當然是我陸某專程從雷州買回來的。」他冷哼了下。「你們的師傅也看過了，這絕對是好貨色，你們在附近肯定是買不到的。我要不是缺銀子，急於脫手，斷然不會做這門生意，這珍珠拿到京城去賣，價錢可就翻一倍了。」

杜小魚聽了問馮師傅。「這珍珠你確定是雷州出來的嗎？」

馮師傅還是不肯定。「這個……」

「你們居然懷疑我這珍珠不是雷州出來的？這樣吧，您隨便去那些個珠寶鋪把他們家的師傅請過來，要說不是雷州出來的，我這些珍珠白送給你們，行不行？」那商人大怒，氣呼呼的道：「還當你們林家的人是有些見識的，竟然這種作風！」

這番生氣不假，難道真是雷州出的南珠？

正當杜小魚猶豫之時，林氏過來了，看到那商人在，又覺得店裡氣氛古怪，便問是怎麼回事，聽到那商人是販賣南珠的，立時眼睛一亮，拉著杜小魚去到一邊，輕聲道：「可讓馮師傅看過了？」

「看過了，馮師傅說確實不錯，可不能肯定是雷州的。」

「哎喲，妳先問問價錢啊，既然珍珠好，連馮師傅都分不清是哪兒的，妳就當成南珠賣，又有什麼不好？」

「那怎麼成？萬一被人識破，咱們鋪子的名聲就沒有了。」

林氏眼睛一轉。「要不叫請別家的師傅來看看？妳要知道，這南珠可不好買到，要是錯過這個機會，也太可惜了。」

她表現得極為熱絡，不過對於珠寶鋪，她向來是這樣的態度，杜小魚搖搖頭。「這也不成，咱們鋪子跟別的鋪子是競爭對手，要讓別人知道咱們的師傅分不出真假南珠，傳出來沒有好處的。我看先問問他價錢，若是與別的珍珠相當，倒也罷了。」

可商人哪兒肯，只說自己的珍珠是南珠，她卻要用普通珍珠的價錢收購，實在是欺負人，他一氣之下掉頭就要走。

眼見到門口了，林氏急道：「小魚，妳看他不肯賣，肯定是真貨，不然早就賣給妳了！」

林氏越著急她越覺得奇怪，當下把那商人叫回來，又派一個夥計速速去稟告老太太，就說有人手裡有南珠，想賣給他們鋪子，想請示下老太太。

林氏不知道她為何這麼做，當下就有些心虛。「妳幹什麼跟娘說這事，鋪子既然交給妳了，自然由妳全權負責才對。」

「這珍珠要價太高，我可不敢私自下決定。」杜小魚隨意敷衍她一句。

很快，老太太那裡就派了劉管事來，這速度令杜小魚有些驚訝，好似老太太早就在等著似的。

「聽說鋪子來了個賣珍珠的，老太太叫我來看看。」劉管事呵呵笑道：「老太太正想要大量的珍珠呢，價錢不拘，只要成色好就行。」

林氏像抓到救命稻草似的，眼眸閃閃發光地看向劉管事。「娘真的這麼說的？她要珍珠幹什麼呢？」

劉管事向來看林氏不順眼，語氣冷淡了幾分。「劉某不知。」

杜小魚沒料到老太太竟然問都不問清楚，直接就要買下這些珍珠，看來老太太是猜到了一些事。不過東西尚沒確定，那商人就要南珠的價格，全買下來至少要上萬兩銀子。

若是假的，可不是打水漂了？

然而，劉管事一來，這鋪子就輪不到她作主了，劉管事得了老太太的指令，一應把那人手裡的珍珠全買了，杜小魚也插不上嘴。

林氏看到銀票到了那商人手裡，心裡一根弦終於鬆了，臉上也露出笑容來。

那商人一走，林氏便想去看老太太。

豈料劉管事伸手攔住林氏，語氣越發冰冷。「老太太說了，姑奶奶在這兒也待得夠久了，是時候回去陳家。姑奶奶若還顧念妳們母女情分，就不要再來林家了，不然別怪老太太狠心，這些珍珠就全當餵狗了。」

林氏臉色頓時煞白，兩行眼淚落下來，她也不懂得擦，只木頭一樣立在那裡。

「少夫人，您隨我去見老太太吧。」

杜小魚此刻才完全明白老太太的想法，原來老太太都看得清清楚楚，這珍珠果然與林氏脫不了干係。

第一百一十六章

堂屋裡，老太太端坐在高椅上，低垂的眉藏著哀傷，她老了，臉上皺紋四處橫生，讓人不忍細看，露出的一段手腕也開始長出了斑點。

「坐吧。」她抬起頭，微微笑了笑。

杜小魚一時不知道說什麼好。

「他們陳家不小心進了一批人工養的南珠，被人坑了大筆錢。這珠子雖然看著比一般的好，但是價錢是遠不及野生的南珠的，陳家這些年越來越敗落，要是不把這珠子倒手賣了，可能連住的地方都要抵押掉。」老太太自嘲一笑。「妳看看我養的好閨女，就想著把這珍珠賣到這兒來。」

這聲音是失望透頂的，因為自家女兒的不孝。

「小姨只是沒有想明白……」她輕聲安慰。「總有一日，她會看得清的。」

老太太長嘆一聲。「養兒一百歲，長憂九十九，我這個女兒真是讓人操心透了！」她沈默一會兒，又道：「小魚，妳處理得很好，沒有貿然就買下這些珍珠，是個謹慎細心的。我們林家是要妳這樣的人來管才好，妳舅父是個容易心軟的，不知道拿著錢財救濟了多少人，也有人乘機就占他便宜。」

這意思是……杜小魚忙道：「舅父仁厚乃是好事，有道是窮者獨善其身，達者兼善天下，舅父有此胸襟，天下無不成之事。」

老太太笑起來。「咱們林家的產業光他一個人也是管不過來的，我想過了，這飛仙縣也不適合我，還是住慣了齊東那邊。妳跟源清兩人情投意合，我是多慮了，等我走了，這邊的鋪子妳要多費心。」

聽她去意已定，杜小魚知道老太太性子執拗，便也不再說挽留的話。

兩人說笑了一陣，杜小魚說起彩屏跟青竹。

老太太目光微微閃動，這丫頭就是精明，雖語氣謙遜，但骨子裡有一股傲氣在，所以，就算留下那兩個丫鬟，也根本成不了事。如今她既然已經清楚杜小魚的為人，知道她做事顧及大局，不然當時也不會派人專程通知她，就是念著林氏跟她的一份親情。

這樣的人既雷厲風行又不是無情無義，跟她當年是一模一樣，如此，又何必再做破壞兩人感情的事？當下便笑道：「妳要是不想要也便罷了，這兩個丫頭我也很喜歡，就隨我一起回去吧。」

杜小魚很感激老太太的深明大義，當下就說要再想一想。

一回到府裡，青竹就迎上來，笑盈盈道：「聽說姑奶奶回陳家了？」

她消息倒是靈通，杜小魚點點頭。

「姑奶奶成天的膩在這兒，奴婢看著都不舒服，還妨礙少夫人做事，不知道的，還以為是她掌管著鋪子呢。」

杜小魚側過頭看了她一眼。「老太太過幾日要回齊東了，妳幫我把彩屏也叫過來。」

青竹一愣，心裡頓時有種很不好的預感。

莫非老太太要在走之前把她們二人許配給人不成？她恍恍惚惚，不小心，差點就摔了一個跟頭。

彩屏聽說這件事，心裡也是咯噔一聲，之前彩玉已經來提醒過她，沒想到老太太忽然就要離開飛仙縣了，這一轉變令她始料未及。

「妳說老太太會不會……」青竹支支吾吾，臉色惶恐，她一直殷勤討好杜小魚，奈何卻從未得到任何回應。可惜上回的計劃落空，不然杜小魚傷了身體，十天半月下不了床，或者更久，就會出現以下情況，一來李源清要人服侍，二來鋪子也要人看管，那麼，她就能想到辦法來代替杜小魚去處理這一切。

可惜天算不如人算，偏偏那日杜小魚躲過了這一跤。

彩屏對青竹的心思頗為瞭解，但她並不想走這些邪門歪道，只淡淡道：「我們也只能聽從老太太的吩咐。」

這個時候還裝腔作勢，青竹微微哼了一聲，背地裡還不是搶著討好夫人，現在又來裝清高。

兩人去到堂屋，身子都有些繃緊。

「老太太要回齊東了，我想聽聽妳們是怎麼想的，想跟老太太走的話便告訴我。」杜小魚目光掠過她二人。

青竹忙表明心意。「奴婢已經習慣服侍夫人了，再說，也是順著老太太當初的意思，奴婢並不想走。」

「那妳呢？」杜小魚問彩屏。

「奴婢一切聽夫人的安排。」彩屏自問自己做得本本分分，絲毫沒有不軌之舉，而且她也從不曾想過那些別的心思，若是夫人實在看不出這一點，她留在這裡也沒有什麼意義了。

兩相比較，彩屏顯然是坦坦蕩蕩的，杜小魚微微一笑。「青竹，妳回去收拾收拾，去老太太那裡吧。」

青竹一下子愣在那裡，臉色尷尬不已，結結巴巴地道：「夫人，可是奴婢，奴婢做錯了什麼事……」

「做沒做錯，妳心裡有數。」杜小魚早就對她不滿，既然老太太願意收回，她自然要把這個不安分的丫鬟給送走。

青竹心虛，立時就不敢說了，灰溜溜地退了出去。

彩屏心裡緊繃的一根弦終於鬆了，杜小魚笑著看看她。「妳知道我為什麼留下妳嗎？因為妳足夠瞭解自己，也能洞察別人，有道是知己知彼百戰百勝，妳是個聰明人。」

「夫人謬讚。」彩屏臉微微一紅。

「這次祖母要去齊東，把這裡的鋪子都交由我管理，我其實也忙不過來，很想有個幫手，妳……」她問彩屏。「妳會不會一些算術？」

聽到此話，彩屏只覺自己的心快速地跳動起來，激動地脫口道：「會，不瞞夫人，奴婢以前跟著老太太也學過一些算術，自來這裡後，夫人也不太拘著奴婢們，奴婢也會去書房找些相關的書來看，一般的算數都懂。」

其實杜小魚早就注意到了，彩屏雖然安安分分，可是她有一顆自強的心，所以才會留她下來。

「這就好，明兒開始，妳隨我好好學。」

「是，夫人。」彩屏高興得差點流淚，夫人不同於旁的女子，所以她在她面前不敢有一絲隱瞞，但這也是她尊敬夫人的原因，就跟老太太一般，她也想掌握自己的命運，如今，夫人給她這個機會了。

她跪下來，認認真真磕了三個響頭道：「奴婢一定不會辜負夫人的心意的！」

三日後，老太太就啟程去了齊東，留下五家鋪子給杜小魚打理，同時也留下了一批管事、僕從，都是用以協助她的。

只杜小魚沒想到，她竟然還把地契、房契，那些下人的賣身契一併都派人送給了她。

「祖母是怕我這個七品官沒錢養活娘子呢。」李源清笑道：「既然是讓妳看管，妳也不用推辭。」

「這可是好大一筆錢財啊！」杜小魚咂舌。「怎麼好就那麼收了？」

「祖母送出去的東西是不會再要回來的，妳又不是不知道她的脾氣，就暫時拿著吧，以後看情況再說。」李源清知道老太太對他生母一直懷有愧疚，早前因為嫁給李瑜的關係，母女倆爭吵不休，這條裂縫從來沒有癒合過，後來生母去世，老太太萬分心痛，才會那樣疼愛他。

這些東西也許是老太太做出的補償。

杜小魚也只能如此，細心收好。

此時的芸薹早就成熟了，農戶們收割好芸薹，一大袋一大袋的運到杜顯家門口，按照之前早就商談過的，由他們出價收購。

歡聲笑語不斷地傳出來，一方面農戶們賣到了好價錢、改善了生活，自然高興；另外一方面，他們還可以期盼明年的芸薹，這是希望之光，只要不停地種下去，總會發家致富。

「你們手裡頭留了多少？」可收上來的卻不足三分之二，杜小魚立時問他們。

有些農戶就開始支支吾吾。「咱們總要留一些明年再種的。」

當然也有老實的，把芸薹種子全都拿過來賣了，杜小魚看了一眼那些不老實的，斥責道：「之前都說好的，種子你們都要上繳出賣，怎麼臨時就變卦了？我沒說不讓你們種，可你們這樣偷偷藏著像什麼話？」

杜顯看女兒生氣，也幫腔道：「是啊，你們不能說話不算數！」

「誰說話不算數了？可也太不公平了，咱們自己種的芸薹，留一些下來怎麼就不行了？」有些口氣還很硬。

原本都是本分的人，結果裡面有一部分人就變了，杜小魚推測，他們應該是把種子高價賣給了別的人。既然濟南知府都知曉了，別的縣只怕知道的也不少，這些農戶有錢財撐腰，膽子都大了起來。

杜小魚臉色一沈。「可是都賣給別的縣去了？三德縣？青口縣？還是……賣給知府派來的人？」

那些人沒想到她都猜到了，立時臉色不自然起來。

「你們賣了也就罷了，我不追究，只必須要好好回答我，記好了，這裡可是飛仙縣，別的人再怎麼樣，我就不信會為了你們幾個小民來插手別縣的事宜，這要上報朝廷，也是掉腦袋的事！」

聽到掉腦袋，那幾個農戶都是身子一抖，有意志不堅定的立時就承認了。「是有幾個縣派人來收種子，夫人，咱們也是沒辦法才賣給他們的，家裡上有老，下有小的，他們給的價錢高……」

杜小魚擺擺手。「揀重要的說，都有些什麼地方的，各自買了多少。」

這事只要有人開頭，別的人也就不堅持了，紛紛說了出來。

附近十幾個縣大部分都派人來收過種子，還有出錢問怎麼種植的。

等人一散，杜顯氣咻咻罵道：「都是白眼狼，種的時候說得好好的，結果人家一拿錢，全都不管不顧了。唉，人心難測啊，怪道說知人知面不知心，吳大娘也有看錯人的時候啊！」

「再正常不過，但也罷了，反正就算別縣的不來討，知府也得派人來。」杜小魚冷笑一聲。「或者，他們可能就是收了孝敬知府的。」這世上沒有不透風的牆，有多少善於鑽營的人，也許早知道知府的心意，不等他動口，就先自己忙起來了。

趙氏搖頭道：「唉，說起那青口縣，我上回還聽妳吳大娘說，那縣主貪婪不堪，什麼案件到他手裡，只要出銀子，就沒有贏不了的。」

「哎喲，那不是跟那知府一丘之貉？」杜顯現在膽子也大了，也敢罵起做官的來。「小魚，那女婿準備怎麼做？真要把種子白白相送？」

「現在就算不給，也沒多少區別，不過知府大人既然那麼想種芸薹，就讓他種個夠。」杜小魚嗤地一笑。「以後有他受的。」

六月初，濟南知府王大人果然又派了那管事來，李源清這回爽快地給了知府很多種子，還順便把新榨出來的芸薹油給送去了兩桶。

聽說那知府像得了寶似的，立刻就送去給他在京城的岳父享用。

聖上很快就得知芸薹的事，頒下聖旨誇獎知府，還讓他細心培育，日後若有成效，看得出來，升官發財不在話下。

知府心想事成，回應聖上旨意，不惜派人去衡陽大規模收買芸薹種子。

杜小魚這會兒正在勸杜顯夫婦去京城見見杜黃花，順便開拓下眼界。

「你們有什麼好擔心家裡的？等你們走了，清秋也住我那兒去。」

杜清秋一聽，立時不幹了。「我也要去京城看大姊！」

「妳只會添亂，等大些了再去。」杜小魚橫她一眼。「再吵，我就不給妳買紅袖坊那件漂亮裙子了。」

她馬上就閉了嘴，討好地看著杜小魚。

年紀小小就知道裝扮了，不過也算是她的弱點，杜小魚繼續道：「不就是多請幾個傭工的事，娘，您就真的不想看看大姊？出一趟門又要不了多少銀子的，咱們還不缺這點錢呢。」

「罷了，罷了，那我們就去一趟吧。」到底也想念大女兒，趙氏終於同意。

過了幾日，路上要帶的東西都準備好，杜顯夫婦就去京城了。杜小魚為他們安全著想，專門在武館僱了幾個身手好的陪同，這樣，她也可以比較放心。

杜清秋現在也住在官邸，村裡的田已經全權交給鄒巒夫婦負責，又多找了幾個傭農，她如今在農田方面是個甩手掌櫃，又多了幾家鋪子要管理，實在是精力有限，顧得了這裡就顧不了那裡。

在忙忙碌碌的生活中，時間飛速而過。

杜顯夫婦一到京城，見到杜黃花很快就寫了封信過來，杜小魚才知道崔氏得了重病，而白士英身體也不太好，杜黃花怕他們擔心，竟然都沒有如實告知，只一個人撐著，既要帶白念蓮，又要照顧公公婆婆，即便買了丫鬟，人也還是瘦了一圈。

所以他們決定留在京城一段時間，幫杜黃花分擔些，等白家度過這一關再回來。

杜小魚看到信的時候已經是深秋。

消息不太好，她眉頭不由緊皺起來。

李源清從她手裡拿過信看了一遍。

「現在我真希望自己也在京城。」她跟杜顯夫婦從來沒有分開這麼遠過，如今得知他們要在那邊住一段時間，而且還不知道到底是多久，聽起來崔氏的病好像不太好治，立時就有些憂心了。

「妳要真擔心姊，也去一趟京城吧。」李源清建議。

杜小魚搖搖頭。「我去了也幫不了忙，再說，真去了，爹可不得急死？就留下你一個人在這兒，他心疼你沒人照顧呢。」

李源清笑了。「那就再等等，明年或許有機會。」

「有機會？」杜小魚挑起眉，想起前兩日有個年輕公子來找李源清，聽那口音就是京城人士。「可是有什麼消息？」

「妳還記得父親上次徹查工部貪墨的事嗎？其中關乎一位王爺的。」

杜小魚忙點頭。「那王爺不是去跟聖上請罪了？」

「現在有新的線索查出來，是另外一位王爺設計誣陷，反而顯得之前的景王寬厚仁義，為了保護自己的皇兄，不惜站出來認罪。聖上憐他在邊疆吃苦，立刻就派人把景王迎回來，一連幾日都住在宮裡，如今擁戴者甚多。」

真是峰迴路轉！杜小魚不由擔心道：「那案子是公公審理的，是否和他牽連到？」

「不會，父親只秉公辦理，更沒有越權，都是聖上親自下公斷的。」

朝廷之事錯綜複雜，不是她一個門外漢可以理得清的，故而又問道：「那這事對咱們家有利嗎？」

「至少無害，現任兵部尚書就是力挺那位設計誣陷的王爺的，如今惶惶不安，偏他那位女婿不知收斂，妳知不知道，咱們的知府王大人種了多少芸薹田？他強行下令濟南府十餘縣都種植芸薹，違抗者立送衙門處置。」李源清冷笑幾聲。「我上書數次均無果，種子已經都種下去了。」

果然是好大喜功，而且沒有個度！杜小魚斜睨李源清一眼。「你明知道他不會聽你的，還勸了幾次？」

他眯眼一笑。「功夫總要做夠。」

「難怪你要他們全種糧食，到時候雪中送炭。」她雙目明亮。「明年都不知氣候如何，這王知府真真是膽子大。」

新年過後，杜顯夫婦仍是沒有回來，杜小魚擔心他們，又聽說治病不易，託人送了銀票去，結果杜黃花雖然收了錢，卻寫了借款，託那送的人又帶給了杜小魚。

「你看，還是跟我們見外。」她把借款對著李源清晃了晃。「咱們這個大姊啊太要強，不過也罷了，她肯收已經不錯。」

「有沒有提到那邊的情況？」

「說是崔大嬸的病情有好轉，她想勸爹跟娘回來，但是他們不肯。」杜顯夫婦倆兒女心重，如今杜小魚順風順水的，自然會比較關心杜黃花。

「那就讓他們留在那兒，不然心裡掛念，晚上睡不好，反而會影響身體。」

「我看也是。」杜小魚嘆口氣，到底太遠了，她除了能拿些銀兩出來，愛莫能助。

濟南府如今大部分地方都種了芸薹，一帆風順，知府王慶雲已經在幻想日後的錦繡前程，等待皇上的接見封賞。

誰料接連幾天都有彈劾他的摺子，說他不顧百姓死活，只顧種植芸薹討聖上歡心，以致民怨載道，其心可誅。又說周邊地方遭遇旱災，濟南府毗鄰而居，本可施以援手，可就是因為王慶雲的私慾，導致災情更為嚴重，一時餓殍遍地。

聖上震怒，立時派人去濟南府查核實情。

有道是一朝天子一朝臣，當王慶雲被抓捕審理後，各縣令為撇清關係，紛紛供出王慶雲在任上做的壞事，不知被誰就捅出了王慶雲是搶了李源清的功勞，原本芸薹是飛仙縣第一個嘗試種植的，卻被說成是王慶雲發現並培育。

審理此案的乃是戶部左侍郎常坤，常坤是李瑜的門生，去年李瑜被降職調至江西時，他是雲南府的巡按，但景王這事過後，他突然被升任為戶部左侍郎，官跳一級，因此來之前便已經有所準備。

當下立刻把王慶雲處斬，又把李源清有功的事稟告了上去。

第一百一十七章

不到兩個月，京城就下了聖旨，李源清調遷戶部主事，只等飛仙縣新任縣令到達，即刻去京城上任。

這消息讓杜小魚喜憂各半，正如李源清說的，官場一事風雲突變，這王慶雲轉瞬間就丟了性命，而李源清卻升官了。

喜的是，她到時候隨行，便可以去跟親人團聚。

至於李源清，這一切早在他預料之中，景王復起，擁護另一位王爺的現任戶部尚書等人自然是要倒臺的，王慶雲就是頭一炮的犧牲品。而他們李家，李瑜做事沈穩，從沒有貿然站隊，在這時刻，皇上最信任、最願意起用的便是他們這些人。

所以，不過是順理成章罷了。

「你預計那新任縣令大概要多久會到？」杜小魚斜躺在美人榻上，這秋日爽朗，睡上一個午覺人更是舒服極了。

李源清坐過來，把她的頭放在自己膝蓋上，用手順著她頭髮，笑著道：「大概還有十來天吧，妳準備準備，要帶的東西都帶上，這次去了可就不知道什麼時候能再回來。」

「那咱們住在哪兒？」聽說配給的房子是很小的，至於李家，雖然那院子是李瑜置辦的，可她卻不想住在裡面，聽說李源清的嫡母偶爾會來京城的娘家看看，便會住在那裡，還有李源清的兩個哥哥、一個妹妹都在那兒。

李源清想了想。「那就買一處吧。」

「買在大姊的旁邊！」她笑起來。「不過你這次調任得太急，我們過去也只能先借住在大姊那裡，到時候再慢慢挑選，總不好隨隨便便就買了，到時候後悔。」

「妳想怎麼樣就怎麼樣唄。」他笑了笑。

要去京城的話，那幾家鋪子也是個大問題，杜小魚跟李源清商量過後，立時就給老太太去了封信，想問問她的意見。

老太太很快就回信過來，說一切都交由他們作主。

他們林家雖然是商賈之家，但在京城並沒有任何產業，不過以實力而言，想在那邊占據一席之地，倒也不是什麼難事，只老太太年紀大了，雄心壯志已被磨滅，故而也從不曾有這方面的行動。

而杜小魚還年輕得很，正是朝氣蓬勃的時候，若是能在京城有一番闖蕩，未必不行，是以信中又透露出贊成的意思。

「看來要把幾家鋪子變賣出去了。」杜小魚為難道：「時間有些緊，只怕要被人占便宜，不好脫手。」

「也不用急著全部賣掉，我看不如跟舅父說一聲，妳先把容易著手的鋪子解決了再說。」李源清建議。

老太太共給了她五家鋪子，其中珠寶、藥材她算是比較瞭解了，而其他三家，木料、茶葉、古玩，則還不算熟悉，就決定先把前兩家鋪子解決了。這兩家鋪子的生意很不錯，像珠寶的款式都有改良，藥材是頗為全面，對想經營這兩個行業的買家來說，絕對是價有所值。

其他三家，目前看來，交給林嵩慢慢打算，也是個合適的法子。

除開這件事，便只有家裡的田，還有兔子的問題要處理了，田還比較容易，都是良田，賣出去是很容易的。而兔子，她想來想去卻不知道交託於何人，李錦的錦緞鋪生意現在很好，哪有時間管她那些兔子？可徹底交給別的人來養，她又不放心。

到底是自己一手培育出來的，最後她作了一個決定，把那幾個優良品種的種兔一併帶到京城去，還有兩頭白鹿，既是李源清送她的，自然也要帶走，但別的兔子、幾條狗、羊等只能忍痛割愛，送給村裡那些擅長養牲畜的人，叫他們好好對待。

這幾天杜小魚便忙得不可開交，還要抽空跟吳大娘，秦氏她們聚一聚，畢竟這一走，也不知道何時才能相見。

轉眼間，半個月就過去了，新任知縣到任，李源清與杜小魚即刻便啟程往京城而去。

看著那一排身影漸漸模糊，直至消失不見，杜小魚只覺一顆心被揪著似的難受，從小長大的地方、從小相處的人，竟真的就這樣分別了。

可是，人生就是這樣，天下無不散之筵席。

此刻正是八月，金桂飄香，氣候不冷也不熱，李源清因為是升官的緣故，手裡持有兵部發放的勘合（注），每一站都能去驛站住免費的官辦旅館，不只吃喝都免費，臨走時，還會送

注：勘合，古時以竹木做符契，上蓋印信，分為兩半，當事雙方各執一半，用時二符契相合，勘驗真假。

上一份禮金。

杜小魚還是頭一回聽說這種事，但跟著李源清住過幾次，也總算見識到了做官的另一種特權。

行了幾日後，這次住進了宏西驛，比起之前的驛站，這個地方看起來占地比較大，由驛卒領著穿過一個前庭，立時就看到一個三進大院，往裡走，又見還連著幾個套院，遠遠就聽到絲竹之聲從裡面悠揚飄來。

同時間，又有粗魯的調笑聲夾雜其中，極為突兀。

這驛站是給過路的官員借住的，李源清聽著微擰了下眉，問驛卒裡面是何人。

驛卒猶豫了會兒，低頭道：「回大人，是大理寺卿江大人的三公子。」

李源清眉頭立時揚了起來，但看驛卒惶恐不安的樣子，也沒有多說，只讓他帶路，去了一處偏院。

因一路帶的東西較多，李欽便跟著驛卒一起去安排妥當。

偏院收拾得很乾淨，窗明几淨，庭中角落種著幾株芭蕉，又有美人蕉三兩株散落周圍，很是清爽，讓人不由想起那句——「流光容易把人拋，紅了櫻桃，綠了芭蕉。」

杜小魚問李源清。「咱們這回住在偏院，那個住主院的大理寺卿三公子可是什麼大官？」她早就注意到李源清聽到那個三公子，面色有些異樣。

「他能做官，只怕整個京城的百姓都能當官了。」李源清嗤笑一聲。「只沒想到他竟然仗著他老子的名頭，跑來驛站胡作非為。」

「啊，他不是官也能住驛站嗎？」

「如非與他父親同行，自然不能。」李源清說著露出無奈的表情，這驛站的規定雖是如此，可早就形如虛設，看驛卒的態度便知道，這驛丞根本是管都不敢管，所以那三公子才敢囂張地在此地飲酒作樂。

杜小魚一拉他袖子。「你可不要插手。」

「這本是驛丞該檢舉的事，我初來乍到，尚未到任，也不宜打草驚蛇。」他坐下來，拿起桌上的茶壺給自己斟了一杯，一口飲了下去。

杜小魚便轉身收拾起隨身攜帶的衣物，一會兒也好洗個澡換身衣服。

過了半個時辰，李欽才返回來。

「少爺，那個江巨業真是狗仗人勢、膽大包天，您不知道，那驛丞被他逼得在房裡下跪呢，到現在都沒出來！唉，這狗東西在京城看著就厭煩，誰想到在這兒也能遇上真是倒大楣了。」他見杜小魚好奇的看過來，又忙解釋道：「夫人，是這樣的，這江巨業是二少爺的朋友，以前常來府裡作客，對少爺極為不敬。呸！其實自個兒就跟坨狗屎似的，也不照照鏡子，對誰都敢蹬鼻子上臉！」他說的二少爺是李家二少爺李源雨。

杜小魚這才知道原委，難怪李源清對他有別的情緒，兩人原是有私怨的。

李源清聽了會兒，問道：「驛丞因何事要下跪？」

「江巨業讓他去找幾個姑娘作陪，把他當拉皮條的了，驛丞哪兒找得到，想是那江巨業又拿自己老子嚇唬人，驛丞迫於淫威，只得給他下跪。」李欽指指主院方向。「明明帶了好幾個粉頭，是耍著驛丞玩呢。」

「為官的給一個平民下跪，這驛丞也是當得好！」李源清冷笑著諷刺了一句。

李欽低聲為驛丞抱屈。「他也惹不起啊！一個驛丞算什麼？上頭一句話就能叫他丟小命呢！」他是下人，自然能體會到這種屈辱。

李源清看他一眼。「你再去打聽打聽，這江巨業是打哪兒來，又打哪兒去。」

「是。」李欽應一聲退下了。

杜小魚第二日才知道，那主屋的絲竹之聲直鬧到三更才停歇，幸好她住的那屋還好，隔得比較遠，聽說後來的幾位官員就住在隔壁，被吵得不能休息，但沒有誰敢出來指責江巨業，只好忍著噪音蒙頭睡覺。

「那江巨業來頭真那麼大？」她離開驛站後，在路上問起。

李源清微微瞇了眼睛。「他嫡親姊姊是新近被封的貴嬪娘娘。」

杜小魚倒吸一口涼氣，這還沒到京城呢，就聽到貴嬪這種稱呼了，京城果真是藏龍臥虎之地，而她就像劉姥姥進大觀園，對這些是全無瞭解。這貴嬪……算是幾品？看李源清的臉色，大概至少有個四品差不多。

隨後的大半個月裡，還是時不時住進驛站，除了那次見識到江巨業的橫行霸道舉止之後，又陸續遇到各種各樣的事件。

比如有哪家的僕役拿著雞毛當令箭，大搖大擺來驛站索吃索喝的，有請朋友過來，把驛站當飯館的，有問驛丞借錢周轉的，只有想不到，沒有不可能。

看來這大明朝真算不上吏治清明，以前在小小一個飛仙縣住著，杜小魚只當這朝廷是太平盛世，結果跑出來一看，弊端甚多，官官相護，以大欺小，屢有發生，也難怪李源清這一路都沒什麼好臉色。

但其實，驛站不是必須要去住的，以他們的財力，完全也可以住進別的高檔旅店，可李源清不樂意歸不樂意，偏偏還每次都要去住驛站，讓杜小魚哭笑不得，卻也明白他的想法。他是想更多的瞭解驛站的情況。

到了九月下旬，一個月的旅途終於結束了，杜小魚遠遠看見前方巍峨的城門，極為興奮，不停從車窗裡探出頭去看。

「這是永定門，一會兒咱們就從這裡進去。」李源清指著城門給她解釋。

「還有很多城門嗎？」她對這個不太瞭解，只依稀記得北京確實有好幾座城門的，但至於什麼樣子，又有什麼用途，全不知曉。

「當然，內城有九門，外城有七門，這西直門，是專門供水車，德勝門則是兵車的出入口。」李源清侃侃而談。「宣武門是走囚車的……」

聽著他的講解，杜小魚一顆心卻安靜不下來，馬車漸漸地離得更近了，很快，喧鬧的聲音就從裡面傳出來。

她終於來到京城了，馬上就要見到爹娘跟大姊了！

白家的府邸在西玉街，這街道雖不比安前街那般繁華，但卻幽靜安寧，最合適白與時夫婦倆這樣性子的人住。

早前半個月前，杜黃花就收到了杜小魚寫來的信，其實就算杜小魚不寫，因白與時也在朝中為官，她肯定也會知道李源清升遷京城戶部主事的消息，也一定能猜到杜小魚會同行，是以這幾天估摸時間差不多要到了，隔一會兒就叫小廝到門口張望。

那小廝叫周通，今年才十四歲，身材倒已經很魁梧了，長得濃眉大眼，他這回一出來就看到幾輛馬車往這邊行過來，立時衝上前去。

「請問可是李大人跟李夫人到了？」

等聽到肯定的答覆，他都顧不得迎接，一溜煙地跑回去跟杜黃花稟告去了。

不到一會兒，杜顯夫婦跟杜黃花就跑了出來。

杜小魚帶杜清秋、杜文濤下得車來，幾人互相看著都覺得像是隔了好久好久的時間。

杜清秋迫不及待地撲到趙氏懷裡撒嬌，說自己如何如何想念他們，杜文濤還是老樣子，小大人一般，立在旁邊靜靜地笑。

「姊，妳瘦了啊。」她心疼地看著杜黃花，一年多未見，那張臉兒尖了，顯得眼睛特別的大，幸好面色還是紅潤的，笑容也是發自內心的，便略略放了心。

李源清也上前拜見杜顯夫婦。

杜顯親暱地拍了下他的肩膀。「累了吧，快進去歇歇。我算是體會到了，坐一個月的車真不是人受的，有些地方平也就罷了，要是坑坑窪窪的，顛得人飯都吃不下去。唉，你跟小魚是吃苦了。」

「才沒吃什麼苦呢，爹，咱們都住在驛站裡頭的，待遇可好呢。」杜小魚笑著道。

幾個人說著就進去了，杜小魚隨行也帶了四個丫鬟、四個僕役，這時便把東西往院子裡面搬。

趙氏也不知道她帶了什麼，走過去一瞧，笑道：「她爹，你看看，把兔子都帶過來了，還有兩頭白鹿。哎，你們是怎麼運過來的？還好這天氣不熱，不然可不得折騰死了？」

「多花點錢唄，馬車稍微改良了一下就能帶了。」杜小魚嘿嘿一笑，隨即就問起崔氏跟白士英，說要去拜見一下。

「妳崔大嬸剛睡著了，過會兒再去，妳白大叔倒是好一些了，就是腿腳還不太方便，今兒在院子裡走了一圈，又沒力氣了，妳跟源清去看看他吧。」杜顯一邊說，一邊領著二人往主屋去。

聽得出來口氣不太穩，可能是崔氏的病情不穩定，杜小魚就有些擔憂，小聲問杜黃花。「崔大嬸到底得的什麼病，你們在信裡也沒有細說，只說是胃裡的毛病。」

「老是吃東西吐，勉強塞了一點就飽了，人瘦了好些。」是趙氏回答的。「妳說說，這樣人哪有力氣，只好天天躺在床上。」

聽著像是胃炎？杜小魚以前工作起來經常不吃早飯，後來胃就不舒服了，得了胃病，症狀倒是有些像，只沒有那麼嚴重，後來又吃了好幾年的藥，注意身體的調理才好的，這胃病要根治確實比較難。

到了白士英房裡，李源清跟杜小魚三姊弟上前問好。

「哎喲，你們總算到了，兩孩子是成日盼著你們呢。」白士英想站起來又不行，無奈地指指枴杖，對杜黃花道：「黃花妳可要好好招待啊，叫廚房多弄幾個菜。」

「知道了，爹。」杜黃花微微一笑，上前給白士英倒了碗茶。

閒聊幾句，杜小魚問。「念蓮呢？怎麼沒見她？」

「跟親家大姊一起睡著呢，這孩子黏得很。」趙氏笑道：「親家大姊也喜歡得很，自己不舒服都要帶著念蓮。」

「我也想她了，等會兒醒了我可要好好看看她，這會兒長得什麼樣了？」

「長得漂亮呢。」趙氏瞇眼笑。「眼睛像女婿，鼻子跟嘴兒像黃花，來的客人哪個都說她好看。」

杜清秋在旁邊嘟起嘴，氣咻咻道：「有沒有我好看？」

「一會兒妳自個兒去比比。」趙氏也不正面答她，又問起杜文濤的事情，杜文濤肯定要跟著來的，那邊私塾自然就不能上了。「都還不知道送他去哪邊唸好呢，有說姓李的夫子教得最好，又有說……」

沒等趙氏說完，杜黃花笑道：「娘，等他們休息會兒，晚一點再說，這事兒又不急，文濤這樣好的學生，我就不信哪家的夫子不會要。」

「看我糊塗的，是了，是了，快先休息去吧。」趙氏忙領著他們去早就收拾好的房間。

連家具都是全的，杜小魚道：「可能要打攪一段時間了。」

「妳這說的什麼話，還跟我客氣？」杜黃花皺起眉。「這樣的話再不要說，不然我可要生氣了。」

「好，好，我不說了。」杜小魚又問。「姊夫什麼時候散班呢？」

「快回來了，我去廚房催催，你們要洗澡的話跟外面的秀紅說一聲。」杜黃花說著就出去了，杜文濤跟杜清秋兩個自是由趙氏帶著去了別的房間。

秀紅是個身材顯得有些壯實的小姑娘，臉龐也大大的，但是充滿了活力，杜黃花一走她就進來，問杜小魚要不要準備熱水。

他們這一路上確實有些疲憊，是再好的驛站也沒法子祛除的，現在亟需泡個熱水澡，再躺一會兒。

秀紅立刻就去了。

「明兒我就要去戶部了，可不像以前在飛仙縣，午時還能回來一趟。」李源清歉疚道：「才上任肯定有不少事情，家裡的事只好煩勞妳了。」

知道說的是找房子的事宜，還有各種事情安排，杜小魚道：「你只要給點意見就行，反正我這會兒也沒有鋪子管，休息幾天就會去看的。對了，那院子就買在西玉街了，一會兒我問問姊，可有合適的。」

兩人說了會兒話正好秀紅讓人把水抬來了，就各自去洗了個澡。

過了半個時辰，天色漸黑，白與時也從工部回來了，與眾人寒暄幾句，就跟李源清去了書房，兩人一說就是好久。

第一百一十八章

第二日一大早，李源清就起來了，比在飛仙縣起的還早，不過白與時是這會兒起來的，戶部跟工部的辦公場所都是在紫禁城內，兩人正好結伴前去。

杜小魚起床用早飯時，才知道杜黃花竟然是跟白與時同起的，不由得驚訝道：「姊妳起那麼早幹什麼？妳又不用去點卯的。」

「瞎說什麼呢妳。」杜黃花點點她腦袋。「也就妹夫寵妳，妳倒好，還真睡起懶覺來。」

「早飯有廚房做的，我難道起來專門給他做早飯不成？」杜小魚不服氣。「我也是有事情要忙的，睡不好可不行，第二天沒有精神。」

趙氏聽了斜睨她一眼。「妳是幸好婆婆不在身邊……」說著又覺得有些不妥，忙道：「黃花一向比妳賢慧，妳要多學學才好呢。」

二十四孝老婆她估計做不到，杜小魚不吭聲，只顧低頭吃飯，又去逗弄白念蓮玩，她如今兩歲多了，不像小時候五官不太好分辨，如今看著果然漂亮。

杜黃花這時端了飯菜送去白士英跟崔氏那邊，崔氏是消瘦得很了，看起來都有些恐怖，每頓飯只吃那麼一點點東西，不過人也確實是好了一些，比起之前每天都吃半個饅頭那麼多的食物，現在算是進步不少了。

「就是銀子花得快，幸好妳上回捎了些過來。」趙氏見杜黃花走了，才小聲在杜小魚耳邊道：「妳大姊生性要強，現在晚上還在幫別人刺繡呢。女婿也勸不了她，我跟她說咱們是一家人，妳富裕些，幫助她這個大姊也沒什麼不對，可她偏聽不進去，覺得拖累妳了。唉，這孩子有時候就是死心眼。」

杜小魚嘆一聲。「娘您都勸不了，我怎麼好說服得了她，上次就是寫了借據的。現在當務之急，是要把崔大嬸的病治好。您倒是給我說說，請的是什麼大夫，真那麼好嗎？」

趙氏道：「是京城有名的大夫，再說，也請過好幾個，都說得大差不差，這次的總算有點成效，我看藥用下去是會好的。」

聽起來好像很篤定，杜小魚也不清楚究竟是個什麼情況，再說，她初到京城，對這裡的人跟事都不瞭解，也給不出什麼好的意見來，更不能說哪個大夫好哪個大夫不好，便不提了。

這天過後，李源清就是正式的京官了，宅子裡因為多了他們幾個人，呈現出以往沒有的熱鬧，稍稍掃去了之前崔氏跟白士英生病所帶來的陰霾。

趁著這段時間，杜小魚也好好休息了下，等到體力充沛，她就要開始著手自己的事情了。

來京城也好幾日了，杜小魚去外頭接連逛了好多次，才算把城裡的地方都走了個遍。這兒確實是繁華，什麼東西都能買到，就算她是個穿越過來的人，竟然也見到了好多稀奇古怪的玩意兒，是她那個時代所沒有的。

李源清這日回來，她提了幾個禮包往桌上一放。

「這是要去哪兒送禮？」他瞟了一眼，隨意地問道。

「去哪兒？你真打算不去拜見你嫡母了啊？」杜小魚挑了下眉，古代重孝，就算再怎麼不待見這個後母，該有的禮數卻是不能少的，況且，李源清新官上任，被人抓到把柄的話，後悔也來不及。

李源清解腰帶的手停了停，回過身笑道：「我倒是疏忽了，也好，明日妳跟我去一趟李府。」

她本來就是挑的李源清的休沐日，這才買了那些禮物，空手去總不像話。

趙氏聽說他二人要去李府拜訪，一時臉色有些異樣，杜顯也同樣如此，杜小魚才想到，他們兩個是那麼懂禮數的人，若按照正常情況的話，根本不用杜小魚自己想到這件事，早就會催著了。

所以裡面肯定藏著什麼。

她見杜黃花照例端著飯菜去崔氏的房裡，便說要去看看崔氏，兩人就一起去了，剛踏出房門，就小聲問道：「爹跟娘到底怎麼回事？」

杜黃花自然是知道的，嘆一口氣道：「我原也不想告訴妳，其實，爹跟娘一來京城，就去李府拜訪李夫人，結果……我也不知道發生了什麼事，他們回來後臉色很不好，問他們也不說，我估計是李家的人怠慢了。」

只怕還不是怠慢這麼簡單，杜小魚很惱火，杜顯夫婦是多麼樸實的人，她很清楚，明明是捧著一顆真心去探望親家的，到頭來卻被人欺辱了。

「妳也不要衝動，不一定是李夫人。」杜黃花頓了頓道：「娘是什麼都沒說，爹後來被我問得急了，倒是說了半句，應是跟那李家兩位少爺有關。」

李家的另外兩位少爺，大少爺李源輝，二少爺李源雨，二者都已經成婚，前者現任禮部員外郎，娶的是蘇州巡撫張少民的二女兒；後者娶的是光祿寺丞陳允的小女兒，原是通政司右參議，後因辦事懈怠，被降職為通政司知事。

杜小魚對其二人並不瞭解，李源清也從未提及，是以也講不出什麼來，只跟杜黃花去服侍崔氏用飯後，才回到房裡。

第二日便坐轎去了李府。

李府就位於安前街上，這一帶住的都是權貴，沿路過去，家家戶戶門口都有四到六個護衛把門，李府也不例外。

見到李源清跟杜小魚下了轎子，護衛自是認識李源清的，忙叫人進去通報。

李府有幾個白府那麼大，轎廳到過庭都有老長一段路，兩邊種著許多梅樹，可以想像開春時必是梅香飄揚。前院跟過庭又夾著一個大花園，再往前走，後院就是李夫人住的地方了，此刻已經派了丫鬟迎上來。

李夫人端坐於鋪著錦墊的太師椅上，面上滿是笑意。「本還想叫源輝、源雨去趟白家，看看你們初來京城可有什麼要幫忙，沒想到就過來了。」

兩人上前見過李夫人，李源清拱手行了個禮道：「沒有當日就來拜見娘，還望娘見諒。」說著把幾個禮盒送上。

「咱們一家子說這些客氣話幹什麼？不過你們也確實不應該，怎麼能住在白家呢？不知道的，還當我這個做娘的故意不給你們住。」李夫人瞟了一眼禮盒，嘆口氣道：「老爺都寫了信過來說了，叫我一定要好好照顧你們，所以你們還是儘快住過來才是，不然老爺肯定要怪我呢。」

這也是客氣話，真要邀請他們住豈會是這樣平平的語調，就像在複述一件事一般，幸好他們也不想住，李源清道：「這事兒我會跟父親說清楚的，還請娘不用自責。」說完這幾句話就該走了。

李夫人假意挽留。「既然來了，還是吃頓飯再走吧。」

「還有事情要辦，只能改日再陪娘了。」李源清淡淡回道。

兩人告辭後，李夫人才收斂起面上做作的笑意，手指了指禮盒，吩咐身邊丫鬟。「妳們自個兒拿去分了。」

都是不錯的禮物，那些丫鬟們聽了，高興地擁了上去。

剛來就走，杜小魚都還沒看清楚李源清曾經住在這裡三年的家，便笑了笑問道：「你以前住哪兒？」

他遙遙一指。「看到那個屋簷角沒有？」

清晨的陽光下，那屋簷的角像展翅欲飛的燕子一般，十分醒目，瓦片是碧藍碧藍的玻璃瓦，明亮閃耀，與藍天交相輝映，杜小魚再看看四周，卻沒有那樣的院子了。

看來李瑜對李源清真的很好。

也難怪另外兩個兒子會討厭李源清，可能不只因為他是一個庶子的關係，所以那日才會遷怒到爹跟娘的身上吧？

杜小魚如是想著，沒走幾步，卻忽然聽到身後傳來一聲嘲諷的聲音——

「喲，怎麼，假惺惺的不願意搬過來，可是想要父親親自回來接你們呀？」

她回頭一看，是個油頭粉面的年輕公子，看得出來跟李瑜是有些相像的，就是沒有繼承到更多的優點。按年紀看，可能比李源清只大上一、兩歲，那麼，應該是李府的二少爺李源雨了，杜小魚心裡立時湧起一股厭惡感。

李源清也不想理他，徑直往前走去。

誰料李源雨卻不放過他們，快跑上幾步攔在面前，指著李源清的鼻子道：「你裝什麼清高，想搬進來住就直接說，別弄這些噁心人的伎倆！」

李源清看著他，淡淡道：「我不會搬回來的。」

「你不會？你不會？」李源雨像聽到天下最好笑的笑話一樣，捧著肚子叫起來。「哎喲，好笑真好笑，你當我是白癡嗎？你這狗嘴裡什麼狗屎都吐得出來的人，你當我會信？上回你假意去飛仙縣，真以為不貪咱們李家的東西了，結果還不是憋不住，又要回來呀？嘖嘖，真是龍生龍，鳳生鳳，老鼠的兒子會打洞，你娘死都要做下賤的妾，你就死都要回來當個搶錢的雜種！」

這番話惡毒之極，杜小魚真沒想到與李源清同父異母的人竟然會說著這種話，他是完完全全都不要臉面了，連裡子都不要，就想痛快地辱罵李源清。

杜小魚真恨不得衝上去狠狠踹李源雨幾腳，不過，她這個念頭才閃過，就聽李源雨慘叫一聲，整個人往後飛了出去，咚地一聲撞在了後面的照壁（注）上。

李源清目光似雪，能把人凍僵了。

李源雨疼得齜牙咧嘴，面容扭曲。「你、你竟敢打我？」

「又不是第一次打，你早該習慣了。」他拂了一下衣袖。

李源雨怒極，可偏偏他不會武藝，便立刻大叫起來。「來人，來人，把這個雜種給我綁了！」

那聲音洪亮得很，不一會兒就跑出來七、八個家丁，可一看是要抓李源清，都面面相覷，不敢往前一步。

他雖說是李家的三少爺，可也是朝廷命官，他們不要命了才敢去綁呢。

李源雨的心腹李杜上前小聲在主子面前道：「少爺，夫人才吩咐過的，叫你不要闖禍，你怎麼又跟三少爺鬧起來了？哎，少爺你又不是沒吃過虧，別說現在幾個人，就算十幾個一起上，也不是他的對手啊！」

李杜說這話是有事實根據的，當初李源清剛入李家的時候，李源雨只當他是個死唸書的好欺負，想找人狠揍他一頓，結果反而被李源清打得幾天下不了床，這事被李瑜知道後，一句重話都沒有對李源清說，而是把這個二兒子又狠狠打了幾板子，傷上加傷，愣是躺在床上

注：照壁，廳堂前與正門相對的短牆，作為遮蔽、裝飾之用，多飾有圖案和文字。

一個月才恢復。
後來，便再也不敢挑釁李源清了。
只幾年過後，他又故態復萌，李杜怪主子忘性大，便又提起這個事，李源雨臉色立時難看起來。
「那怎麼辦，就讓他打老子了？你們一群窩囊廢白請了人教你們武功了，膽子跟芝麻一樣小！」他罵罵咧咧。
正當這時候，李夫人派了一個丫鬟來，叫李源雨過去，李源雨正愁下不了臺，打也不是，不打也不是，乘機便罵了幾句，叫李源清以後小心點，就由下人扶著走了。
那些家丁自也是一哄而散。
杜小魚這時才真正體會到李源清在那三年過的是什麼日子，雖說有李瑜的愛護，可他到底忙於政務，不太顧著家裡，而屋裡的幾人都各懷鬼胎，怕是經常找空子欺負人的。
「幸好你跟舅父學了武功啊。」她由衷地感慨一聲，不然李源雨這種人，光是罵罵實在不解氣，非得狠狠揍一頓才痛快。
「他不過是嘴巴毒了點。」比起另外一個的心機，李源雨實不足為道，他屢屢挑釁，還不是因為李源輝在身後慫恿？
聽他話裡有話，杜小魚安慰道：「反正咱們不住這兒，這些人不提也罷。」
他微微一笑，伸手握住她的手。「說得是。」
兩人遂肩並肩出了李府。

李夫人頭疼地盯著面前的二兒子，李源清剛到京城，她就叮囑過兩個兒子，叫他們不要去惹事，結果今天李源雨就被打了。

「娘，是他打我，我、我可什麼都沒做啊！」李源雨心虛地否認。

「你是我生出來的，我會不知道你？」李夫人猛地一拍桌子。「你是不是想跟上回一樣，被你爹打得起不了床？」

李源雨看娘震怒，忙討好的道：「娘，父親不在京城，只要娘不說就行了。」

李夫人哼了一聲，看他用手捂著胸口，面色又陰沈起來，暗暗罵李源清粗鄙，動不動就打人。「去找王大夫來看看，你最好給我老實點。你父親雖然不在京城，可家裡的事你以為他不知道？」

「是，兒子一定聽娘的話。」李源雨忙不迭地應了。

路過李源輝住的院子，他想都不想就拐了進去，迎面看到大嫂張氏帶著兩個丫鬟走出來，他不由得嚥了下口水。

那張氏長得花容月貌，大哥真是好福氣，對比之下，他立刻想到了自己的娘子陳氏，恨不得就往牆上砸上兩拳。當年他跟惠平公主的婚事最後還是泡湯了，雖說是因為父親被降職調往江西，可他想來想去，覺得這個不是最主要的理由，真正的原因肯定還是因為李源清。

惠平公主是被他勾了魂，所以才找藉口不嫁給他的，害他討了一個容貌平平的女人做娘子，不懂一絲的風情。

這一切都是拜李源清所賜！

「大哥在不在裡頭？」他笑嘻嘻地問張氏。

張氏不喜歡他的目光，點了下頭就往前走了去。

他又看了會兒，這才走向李源輝的書房。

「大哥，你剛才怎麼不出來，奶奶的，那小子仗著有武功，無法無天了，竟然敢在咱們家打人，要不是娘叫我過去，看我不把他皮都剝了去！」

李源輝知道這個弟弟的脾氣，做事不動腦子，被李源清打一次是打，打幾次也還是這樣，但面上卻憤慨地道：「早知道我就出去了，哪曉得他竟敢打你，你怎麼不讓家丁把他抓了，身為朝廷命官，私自動武也是要受罰的。」

「哎喲，我怎麼忘了這個？」李源雨敲了一下自己腦袋，又湊上去道：「大哥，這小子看著太不順眼了，你倒是想個法子治治他啊！」

「我能有什麼法子？娘叫我們不要惹事，你也安分點好了。」

「這怎麼成？那小子雖然討厭得緊，可腦袋瓜還是很聰明的，要是將來爬到你頭上去怎麼辦？難道咱們日後還得仰他鼻息過活嗎？我看，斬草就要除根，爹那麼偏袒他，難保不會扶他上去，你看看，這次就是常坤給他說的好話。這常坤，咱們也沒少跟他吃喝玩樂吧，怎麼就不見他在聖上面前說我的好話呢？」

李源輝聽得哭笑不得，李源雨的本職工作做得一塌糊塗，沒有撤職是給父親天大的面子了，竟還要別人說他好話，真是毫無自知之明。

「大哥，你倒是說句話啊。」李源雨催他。

「唉，誰讓咱們父親偏愛他呢，有什麼法子？」李源輝瞄了弟弟一眼，父親偏愛李源清，娘卻是偏愛這個弟弟，從小到大，任何東西，只有弟弟擁有了之後才會輪到他，這種被人奪去疼愛的感覺，沒有誰比他更清楚、更深刻了。

李源雨皺起眉。「總不能讓他這麼逍遙的。」

「他真不搬回來？」李源輝冷不丁問了一句。

「他是這麼說的，可誰知道，咱們李家這樣好的環境，他會不羨慕、會不想搬過來住？」李源雨呸了一聲。「只騙騙父親罷了。」

「那倒未必。」李源輝斟酌了下道：「也許真不會搬回來，你想想，他孤身一人，咱們可是一起的，他哪有那麼大的膽子再住回這裡？肯定要另尋住處，至於什麼環境，你別忘了，他外祖母是誰，林家還會付不起銀子在京城置辦住所嗎？」

李源雨立時又黑了臉，李源清也是命好，有個那麼有錢的外祖母。

「不過他置辦房子跟我們有什麼關係？」李源雨翻翻眼睛。「總不能一把火燒掉的，他們林家錢多，燒了還能再買！」

李源輝笑笑。「只是隨口這麼一提罷了。」

李源雨白說了半天話，結果什麼主意都沒有討到，氣呼呼地就跑了出來，看到李杜在門口等他，一揮手道：「你去查查，那雜種是不是要去置辦房子。」

「是，小的這就去查。」但他人並不走，小聲道：「少爺，查了幹什麼？」

「查到了再說！」李源雨找不到法子出氣，煩躁得很。

李杜眼睛一轉。「他跟那白與時是連襟，估計也會置辦在西玉街那邊，要不……」他湊上去小聲說了幾句話。

李源雨一下子瞪大了眼睛。「這種陰損的東西你聽誰說的？」

李杜還當他在責怪他，立馬低下頭，囁嚅著道：「這、這……小人跟幾位元道長認識，聽他們閒聊的時候說的。」

「好、好、好！」哪裡知道李源雨興奮地拍起手來，恨不得從地上蹦起來，說不出的高興，拍著李杜的肩膀道：「好小子，這主意實在太好了，你速速去辦，辦好了有賞，大大的有賞！」

「不過，這得……」李杜搓著手。

李源雨從袖子裡取出一張銀票，慷慨的遞過去。「錢不夠你儘管說，只要辦好就成了，千萬別搞砸。」

李杜眉開眼笑，二少爺的錢果然好拿，還是大少爺有辦法啊，不過這法子是陰損，也不知道會不會折壽的，他自個兒可不想沾手，還得出錢讓別人去弄。

第一百一十九章

卻說杜小魚跟李源清回到家裡，趙氏幾人就過來了，她仔仔細細看了眼杜小魚，生怕她在李家吃了虧，見絲毫沒有異色才放下心來，卻沒有多問李夫人的事。

李源清看到杜文濤，便說道：「我有個朋友，他家裡請了一個西席教他兩個弟弟，我想讓文濤去跟著一起唸。」

還是第一次聽他提到京城的朋友，杜小魚想起在飛仙縣見過的那個年輕公子，問道：「可是那位……」

他這次仔細說了。「他姓鍾，是文安侯的嫡長子。」

竟是個世子，杜小魚立馬認真回想了一下那個年輕公子的樣貌，但卻想不起來，只記得那個人很謙和。

聽到「文安侯」，身邊幾個人都露出驚訝的表情，杜顯口吃道：「這、這、這不行吧，咱們跟那、那侯爺又沒有什麼交情，怎麼好……讓文濤過去跟著唸、唸書呢？」

白士英笑著道：「這是多好的機會喲，侯爺家請的西席肯定是京城很好的夫子，親家不是一直很擔心文濤找不到好夫子嗎，這可是最好不過的法子了。」

趙氏都說不出話來了，只連連搖頭。

杜小魚也看著李源清。「這，能行嗎？」

「他已經跟侯爺說了，侯爺也同意了。」李源清態度很隨意。「只要文濤願意，明日就可以去，文安侯府離這裡也不是很遠。」

看樣子他跟那個世子關係很好，不過想想也是，李源清在飛仙縣這三年裡，也只有那個公子來過一回，別的人都是用書信來往的，他做事穩妥，這次也不會是隨隨便便就想出來的主意。

「那世子的兩個弟弟好相處嗎？」杜小魚還有一個疑問。

「就是太好相處了，才叫文濤去，令伯說他兩個弟弟跟女孩兒似的，扭扭捏捏，就應該多找些小夥伴才好，只是家裡不同意送去私塾。」

聽到這裡，杜小魚就放心了，但想到兩個男孩子竟然跟女孩兒差不多，就忍不住想笑，這侯爺是怎麼培養孩子的呀？

杜顯夫婦聽了也放心了，既然對侯爺家的孩子也是好的，那自然再好不過，只對杜文濤叮囑了又叮囑，恨不得耳朵都說出繭子來。

晚上，趙氏又來找杜小魚說話。「妳表哥立樹唸書沒唸成，冬芝知道你們來京城了，還問過我意見的，能否叫立樹來京城，就是給你們做個管家也是行的，總比做匠人好。」

杜小魚對黃立樹的印象不深，此前見面已經隔了好久，便問道：「表哥的性子現在如何？」只記得那會兒好似很調皮。

「穩重了，就是不愛唸書，秀才之後就考不上了，我瞧著叫他來不錯。」

聽趙氏這麼講，杜小魚想想也好，到底是親戚，總比一般人容易信任些，再說，趙氏也不是護短的人，要是黃立樹不好，她肯定不會要他來的。

這就要寫信送去南洞村。

「我早送了信去，就是先問問妳，若是妳不缺人，他在這裡管管事情也是一樣的。」趙氏這次是先斬後奏了。

杜小魚就點點頭。

誰料到，黃立樹竟然第二日就來了，可見趙氏那封信寫得多早，足見她早就打定了主意，看來是挺喜歡這個外甥的。

幸好人看著也順眼，不認生，小夥子已經長得很高了，五官端端正正，身板也強壯，雖然之前不熟悉，但很快就投機起來。

杜小魚想看看他的能力，便讓他出去找鋪子。

他做事倒也有效率，大半日工夫就從外面跑了回來，一邊擦著頭上的汗一邊道：「有兩家鋪子很合適，我按妳說的問了，價錢適中，大小正好，年後就能交易。」

珠寶鋪子跟藥材鋪雖然已經在飛仙縣變賣掉了，但不等於不能重新開張，杜小魚早就吩咐過那些夥計和幾位師傅，叫他們願意來京城闖蕩的，年後就一起過來，不願意的也不勉強，人數不夠在京城重新再僱便是。

「是哪條街上的？」杜小魚出去逛街的時候對每條街道、每個胡同都一一留意過了，故而才問起黃立樹。

「惠林街的。」他得意道：「我看過了，地段很好，周圍治安也不錯，不像新潭那邊，什麼人都有，光走來走去的官兵都得看膩了。」

還挺有頭腦的嘛！杜小魚笑道：「那兩家掌櫃態度如何？」

「都很熱心的，有一個還非要請我去吃飯，我沒有去。那家是賣香料的，聽掌櫃的說，他要回老家養老，不想留在京城了，所以才急著要變賣鋪子。」黃立樹又接著說：「不過，咱們非得買鋪子嗎？我看租的也不錯，租鋪子的話，挑選的餘地就更大了。」

「租鋪子是不錯，不過租金要是貴的話，還不如買下來。」杜小魚主要是考慮房價上漲的一個空間。

黃立樹若有所悟，點了下頭。

因李源清要去戶部點卯，也沒有空送杜文濤去文安侯府，便叫了黃立樹代勞，杜小魚雖然很想跟著去見識見識，可到底是婦道人家，總是不便的，也只得作罷。

這一去就是大半日，到了傍晚才回來。

黃立樹看起來比杜文濤還興奮，連連說侯府的好話，從下人到飲食，從府邸布局到侯府兩位公子，都說了個遍。

杜顯好奇地道：「這京城裡都是達官貴人，一般人家的普通管事都眼睛長腦門上呢，侯府就更不一樣了，當真還能這麼禮待你們？」這兩人午飯都是留在那兒用的，還是跟兩位公子坐一處。

「姨父，我哪還能騙你？」黃立樹嘖嘖兩聲。「難怪表妹夫會願意把文濤送去唸書呢，肯定不會受欺負，那兩個公子人好得不得了，空閒時候，就把自個兒玩的東西拿給文濤玩，把他當弟弟一樣，就是面皮有點薄，動不動就臉紅，果真是像女孩兒。」

「真是書香門第，對誰都那麼禮貌。」杜顯感慨一聲，總算放心了。

「明兒叫兩個小廝專門送文濤去吧。」黃立樹道：「還得跟小魚去看宅子呢。」

杜黃花接過話來。「曉得了，我找兩個可靠老實的送文濤去。」

她眼圈下邊一圈黑青，看來晚上又在偷偷刺繡了，杜小魚看了她一眼，也不曉得說什麼好，點破了肯定會尷尬，只得裝沒看見。

在這兒也住了快一個月了，她越發瞭解杜黃花操持這個家的不容易，大明朝正六品官月俸十石，折合成銀子的話也就是六兩，六兩銀子，既要給崔氏跟白士英買藥看病，又要支付幾個下人的月錢，還有每月的吃喝，著實是太過艱難。

她不去想著辦法補貼的話，根本是不可能過下去的。

幸好杜黃花還有一門手藝，杜小魚不禁慶幸自己當年沒有作錯決定，至少讓她有了一個安身立命的本事。

「小魚，妳不用急著搬的，至少等過完新年再說吧？」見杜小魚看過來，杜黃花忙道：「這匆忙之間，怕看不仔細呢。」

杜小魚其實本也想住久一些，可他們二人，再加上杜顯夫婦、黃立樹、杜文濤姊弟，這每日用度就多了不少，可不是更增加杜黃花的壓力？所以她打算找了宅子就叫那幾人都住過去，反正離得近，白天過來也挺方便的。

「主要過完年我又要開幾家鋪子出來，事情湊一起就更亂了，所以還是提早找的好。西玉街幾處都不錯，等明兒開始就去看看，有合適的便定下來了。」

見她主意已定，杜黃花便沒有再挽留。

西玉街一帶基本都是中型的宅子為多，白家當年過來買的算是比較小的，占地一、兩畝地左右，前後三進院子，沒有套院，多幾個下人的話，其實就有些擁擠了，所以杜小魚打算買個四畝地大小的宅子。

這一日便跟黃立樹兩個人跑出來，她穿了件玫瑰紫的褙子，下面是條深藍色八幅裙，襯得容貌成熟了許多。

此前已經看過幾家，或多或少都有些不滿意的地方，今兒卻是要去一家姓戴的官員的宅子。

那戴姓官員叫戴端，是工部郎中，年事大了，要致仕回老家，便想把宅子賣掉，白與時與他同一部門，聽到這事便介紹給杜小魚了。

門上家丁通報後，便把二人領著往裡走。

比起前幾家的格局，這家的明顯要好得多，無論是草木花卉、過道走廊，都是精心設計過的，走在其中令人心情舒朗。

兩人都暗自點頭。

戴端這時走了出來，看了一眼杜小魚，微微笑道：「這位是李夫人吧？」

戴端是五品官，杜小魚萬福行禮道：「見過戴大人。」

黃立樹也跟著行了拱手禮。

「二位不用拘謹，老夫如今已經致仕，不過是個平頭百姓罷了。」戴端撫了撫雪白的鬍鬚。「聽白大人說李夫人想購置一處宅子，也不知老夫這處地方，你們看入眼沒有？」

杜小魚點點頭。「這宅子很合咱們心意。」

戴端聽了得意地道：「老夫在此居住了十二年，稍有不如意的地方就會整修，才會有現在這樣好的布局。這宅子，老夫自己覺得已經沒有什麼缺點了，唯一的缺點大概就是小了些，但這一點，老夫也無能為力。」

「不小不小，我們正要這麼大小的宅子。」黃立樹笑道：「不知道戴大人想以什麼價錢出讓？」

說到這個實質性的問題，戴端好像有些猶豫，想了想道：「實不相瞞，老夫也是看在白大人面子上才想跟你們做這筆生意的，也因為白大人來過此處，他曉得老夫在這宅子上花的心血，不然老夫早就賣給別的人了。」

白大人是指白與時，戴端已經致仕，故而稱呼白大人。

杜小魚倒不怕價錢定得多高，這戴端看著是個面有正氣的人，便爽快道：「請戴大人直說。」

「一萬兩。」

饒是有心理準備，黃立樹還是齜牙咧嘴起來，這京城果然不一般。

戴端見黃立樹這副樣子，不禁皺眉道：「老夫要的並不貴。」

「這價錢確實很公正，我想請問戴大人，這宅子大概什麼時候能騰出來？」她是準備一手交錢一手交貨了，一萬兩在京城買到這種宅子，已經算很不錯。也許稍微貴了那麼一點點，可正如戴端自己說的，他在這宅子上面花了不少心血，這在細枝末節也看得出來，比如面前的窗格，雕工都是非一般的精深。

可見他是個追求完美的人，這宅子的風水必定也是非常之好。

戴端含笑著點點頭。「李夫人倒是爽直的人，老夫準備妥當就要歸家，五日之後，這宅子就能騰出來。」

兩人隨後就商議了定金的事宜。

等杜小魚跟黃立樹一離開，戴府外頭的牆後方就走出來三個人，其中一個正是李源雨的心腹李杜，還有兩人雖穿著道士的衣服，只面相奸猾，不像是個一心向道的。

「嘿，他們倒是有眼光，挑來挑去選了這個戴家。」一個道士皺眉道：「這宅子的風水是專門找了紫靈山的廣成真人來看的，不是一般的好，那戴大人也是個略懂風水的，我看不太好辦。」

李杜瞪了他一眼。「怎麼不好辦？銀子收了，你說不好辦？叫我回去怎麼跟少爺交代？」

另一個道士則嘿嘿奸笑道：「立難，破容易，再好的風水，只要咱們給它來個陰陽顛倒，破個漏洞，還不是沒用了？」

「沒用管個屁事，要的是讓他們家破人亡、斷子絕孫！」李杜狠狠罵了幾句。「你們給我好好辦，辦好了還能有銀子收，我告訴你們，別壞了大爺我的好事，不然你們到手的好處，還得給我再吐出來。」

「是，是，是，李大爺，咱們一定好好辦。」兩個道士忙信誓旦旦地保證。

「不過，這要偷進去戴家有點兒難度，你像別個幾家，都是不懂風水的，咱們仙道門好歹也有點兒名氣，進去誰家都會好好招待，到時候乘機就能做成，但是這戴家，只怕……要不，李大爺，你給咱們想個法子？」

李杜呸地往地上吐了口唾沫。「大爺倒八輩子楣，結交了你們兩個蠢貨！這戴老頭懂風水那是他的事，他家裡就沒別的人了？我聽說，這戴夫人就是個迷信你們仙道門的，等戴老頭一走，你們乘機就去見戴夫人，保管有用。」

兩個道士立刻拍起手來。「還是李大爺聰明。」

李杜又交代幾句，遂得意洋洋地走了。

聽說杜小魚已經定下了戴端的宅子，李源清也頗為贊同，他沒有去看過宅子，但這戴端的為人他卻是知道的。

正是因為太過正直，才會在工部郎中這一職位上待了十二年。這樣的人，給出的價錢一定很公正，絕不會令他們吃虧，所以這必是一門公平的交易。

「我就知道小魚應該會看上的。」白與時微微笑道：「戴大人平日裡也喜歡研究風水，辦公閒暇的時候常跟我們提起呢。」

黃立樹對風水這東西當然是不懂的，只說道：「我只曉得在裡頭走，看看四周的景色覺得心裡挺放鬆的，也不知道是不是就跟風水有關。」

「當然有關了，以前村裡有戶人家，」杜顯看向趙氏。「娘子，妳也知道的，就是那家姓錢的，家裡人老是生病，有次有個道士就上門來說，他們家風水壞了，要是不改正過來，一家人都得死光，那人一開始不信，結果果然就死了娘子，他嚇壞了，到處去找那個道士，找了兩個月才找到，結果家裡又死了老娘。後來那道士給他正了風水，其他人身體就都好起來了，再也沒有陸續死人了。」

幾人都覺得很神奇，一時聽得又害怕又驚訝。

杜黃花這時笑道：「那小魚住到戴大人的宅子去，爹說不定馬上就會心想事成，有孫子抱了呢！」

眾人聽得又笑起來，杜小魚跟李源清互相看了一眼，他笑著握住了她的手。

只是還沒等到搬進新宅子裡，杜小魚就懷上了。

這日，一家子正聚在一起用飯，本是美味可口的飯菜，誰知道她沒吃兩口就開始反胃，最後忍不住從椅子上蹦起來，跑到茅房裡唏哩嘩啦地就吐了。

直吐得喉嚨眼疼痛不已，站起來一陣眼花，差點摔倒。

全家人都擔憂不已，忙派了人去請大夫。

李源清抱她快步走入房裡，滿臉的緊張，印象裡，杜小魚幾乎是不生病的，每日生龍活虎一般，用不完的精力。可今日她從裡面出來，說不出的虛弱與憔悴，看得他心疼無比，忍不住就責怪道：「讓妳多擔著點家裡的事，可也沒有叫妳把自己累成這樣。」

她張了張口說不出話來，趙氏拿著水走上來，給她喝了幾口，也幫著李源清道：「說得沒錯，我早叫妳不要這麼勞累的。」

其實也沒有怎麼累，但現在事實擺在這裡，她倒不知道該怎麼解釋了。

等李源清把她放在床上後，杜黃花見他們都很焦急，想了想，上去道：「娘，小魚身體那麼好，也許不是病了，該不是……」

她這麼一提醒，趙氏立時露出驚喜的神色，輕聲問杜小魚。「妳上回的小月子什麼時候來的？」

杜小魚一愣，她不是沒有注意過小月子，不過初來京城，這生理有時候是會隨著環境變化而有所影響，她以為是地點變換了的緣故，才推遲了一個多月，倒也沒有放在心裡，但也不曾排斥懷孕的可能。

可現在看來，難道真是有了？

趙氏看到她這副樣子，笑得眼睛都瞇起來，房裡幾個男人不知道她們女人家在小聲說著什麼，只面面相覷，不明白為什麼趙氏這麼高興。

唯有李源清有些起疑了，他到底是學過醫的，不過這些年忙於公務沒有再鑽研下去，但也伸出手去給杜小魚把了下脈。

她脈搏很有力的跳動著，年輕的身軀沒有一點生病的痕跡。

趙氏剛想說什麼，杜小魚道：「還是等大夫來看看吧。」這種不確定的事還是不要急著下結論，叫人白高興一場總不好。

很快，大夫就來了，給杜小魚把了脈，臉上露出了笑意，朝李源清拱拱手道：「李大人，恭喜恭喜，李夫人是有喜了。」

屋裡頓時迸發出一陣歡喜聲。

李源清忙叫李欽給大夫拿來診金，一邊問些問題，一邊親自送了出去。

第一百二十章

杜小魚呆呆的用手撫摸了一下自己的小腹，她竟然有孩子了，在這個時空，在經歷過趙氏、杜黃花、趙梅、黃曉英等人之後，終於輪到自己了。

她有孩子了……

一時之間，也不知道自己是何種心情。

「現在有孩子了，再也不能跟以前一樣，聽到沒有？」趙氏已經在耳邊不停的叮囑。「要忙的事都交給立樹去，妳最多給他提個醒兒。京城裡人多，妳看看，去一個集市都不知道要跟人撞上幾回……」

「是啊，是啊，妳要聽妳娘的。」杜顯接過話來。「新宅子已經置辦妥當，家具什麼的妳也不要管了，妳要想買什麼，畫個樣子出來，我給妳去外頭找。」

立刻成了保護動物，杜小魚回想起趙氏跟杜黃花懷孕時候的情景，不由得打了個冷顫，這樣子跟被囚禁有什麼兩樣？也就是吃得好一些，飯來張口衣來伸手。

雖說是出於疼愛，可長達十個月怎麼受得了？

看到李源清送完大夫回來，她求救似的看著他。「多動動也是好的吧？大夫肯定這麼說的，是不是？」

李源清哪兒不知道她的想法，但卻並不回應。

杜小魚急得跟什麼似的，伸出手扯他的袖子，恨不得把眼睛變成星星眼，他這才笑了，對岳父岳母說道：「也不用那麼緊張，剛才大夫說了，要保持心情愉悅，小魚是個什麼性子，要真讓她成天的不出去，只怕會得心病。到時候我多派幾個人跟著就是了，至於出去多久，還請岳父岳母給她定個制。」

還要定個時間長短，杜小魚忍不住抽了下嘴角。

等屋裡幾個人走了，她才發作起來，捏住拳頭捶了他兩下，氣哼哼道：「剛才爹說了，每天只准我出門最多半個時辰，你這下高興了吧？」

他笑起來，捉住她的手道：「等我休息的時候，帶妳多出去一會兒就是了。」他不親自陪在身邊，也到底不放心，可真拘著她，又知道杜小魚受不了，才想到這個折中的法子。

「那還差不多。」一人退一步，杜小魚其實也知道保護身體的重要。

「妳說是男的還是女的？」他這時伸手輕輕在她小腹上撫摸著，期待、滿足、好奇……種種情緒在心裡充盈著，他的孩子居然現在就在裡面，那樣神奇。

「我哪知道啊，你喜歡男的還是女的？」

「男女都一樣，反正要多生幾個。」

「你當我什麼了啊？」她嗔道。

「當妳孩子的娘呀。」

就像許多許多的年輕夫婦一樣，他們進行著重複又平淡的對話，而這些對話在此後又會被無數次的提及。

自那一天後，杜小魚的生活就徹底改變了，她再也不是那個隨心所欲的、想去哪兒就去哪兒的人了。

充當貼身保鏢的黃立樹比杜顯還要囉嗦，不管去什麼地方他都要先去看一看，才走回來再帶著杜小魚過去，實在是有些緊張過頭。

飲食更不用說，杜顯現在成日的在廚房裡忙活，原來的廚子都快不用幹活了。

在這樣的氣氛中，也不知是不是沾惹到了喜慶，崔氏的病竟慢慢好起來，有次中午就吃下去跟平日裡一樣多的飯菜，把杜黃花喜得掉眼淚。

白士英的腿腳也好了，看到杜黃花整日操勞，基本上照顧崔氏的事情都由他來接手。

一個月後，臨近春節，訂做的家具、一應要買的物什都齊全了，購置好並且搬入新宅，緊接著，杜小魚便搬了進去。

因為這個宅子比較大，而杜黃花的境況已經大大好轉，加上杜小魚懷孕也需要人照顧，杜顯夫婦順理成章就一起跟著過來了。

兩家人熱熱鬧鬧過了一個春節，開春後，黃立樹成了家裡最忙的人，因為要重新開鋪子，他既要去進貨，又要根據從飛仙縣過來的老夥計跟師傅的人數上著手，再去僱傭一些夥計，還要聽杜小魚的吩咐，制定將來鋪子的計劃，慢慢下來，人硬是瘦了一圈。

原本杜小魚擔心他做不來，誰料到卻很妥當，看來當初娘推薦他來不是沒有原因的。

這日彩屏進來，手裡拿著一封帖子。

「誰送來的？」杜小魚看看這灑金箋十分講究，應是哪個大戶人家的，可她來京城時間不長，並沒有結識到什麼人。

彩屏道：「說是姓丁的，奴婢再問，那小廝直接說夫人自己看了就知道了。」

聽起來不太有禮貌，杜小魚把帖子一打開，竟是邀請她去聽堂會，落款是左副都御史府的丁夫人。

杜小魚不禁皺起了眉，她如今對官職的大小是有些瞭解了，這左副都御史可是正三品官，難道是因為李源清才會邀請她嗎？可也沒聽說他跟左副都御史有什麼交情啊，至於什麼丁夫人，更是從未聽他提到過。

「妳去問問我姊，她有沒有收到帖子，若是沒有，問問她認不認識這個丁夫人。」

彩屏應一聲就走了。

因兩家離得很近，不一會兒工夫，彩屏就過來了，杜黃花也跟著一起來了。

「我不認識什麼丁夫人。」杜黃花道：「聽說請妳去聽堂會？」

「是啊，妳說奇不奇怪？這還是個三品官夫人呢！咱們兩個人的相公是六品，有什麼理由，這個夫人要來請我去呢？而且，照理說，怎麼也得請妳一起去啊，咱們可是一家人。」

杜小魚實在太想不明白了。

杜黃花倒是有幾個稍有些交情的官太太跟小姐，可自從她家裡忙成一團，那些人就暫時沒有來往，省得打攪到她，這時候道：「那只有等源清回來妳再問問他了。」

「但是這帖子是現在請我去啊，說是馬上就派轎子來接，妳看看。」她把帖子遞給杜黃花。

「這麼急？」杜黃花也皺起眉。「要不推說身子不舒服，這回就別去了，誰知道是什麼意思，聽堂會也不過那些官太太互相炫耀，妳恐是看不慣的。」

杜小魚聽了笑起來。「那倒是。」不過直接拒絕也不知道好不好？可怎麼看怎麼透著股詭異，她的感覺很不好。

只一會兒工夫，那邊轎子就抬來了，還是剛才那個送帖子來的小廝，見到門口竟然沒有人，臉不由沈下來，問了護院的下人，下人告訴他，自家夫人身體不舒服，不能去，只能對不住他們家夫人了。

小廝愣了下，就在門口跟那人吵起來。

彩屏聽到聲音出來道：「我們家夫人懷有身孕，不宜走動，實在對不住你們夫人的好意。」說著拿一錠銀子給他。「小哥兒白跑一趟，辛苦了。」

小廝拿了錢還不饒人，說得了夫人的命令，事沒辦成回去肯定要受罰，又問彩屏，李夫人是真看了帖子？言下之意，左副都御史的夫人可不是一般的人，她一個小小六品官的妻子居然就敢拒絕，拂了他們家夫人的面子?!

彩屏心裡不樂意了，寒著臉道：「不舒服還能綁著人去？你們丁府到底是請人作客還是想幹什麼？」說完自個兒就進去了，又叫護院的家丁把門關上。

那小廝在門口罵了幾句，才氣咻咻地離開。

杜小魚姊妹倆一直在裡頭聽著，此刻互相看一眼，都露出疑惑的神色。

這小廝全沒規矩，也不知道丁府的主子是怎麼管教的，還是因為來到他們府上才如此囂張跋扈？看來這丁夫人也應是不安好心，不然真心請人作客，那些下人都是看著主子的臉色行事的，還會如此沒個規矩？

「幸好沒有去，去了怕只有難堪。」杜小魚往裡屋走了去，叫杜黃花也一起坐下，才問道：「妳真沒聽說過那丁夫人？」

杜黃花想了好久還是搖搖頭。「我本來也不太跟這些人來往，就算是，也多數都是相公一個衙門裡的那些同袍的夫人小姐。再說，公公婆婆病了有一段時間了，對外頭的事我哪有精力去關注，只怕相公也是一樣的。」

兩人說了會兒還是得不出個所以然來，還是李源清回來才揭露了丁夫人的身分。

「你說，她是阮玉？」杜小魚瞠目結舌，怎麼也沒想到，當日離開飛仙縣的阮玉，搖身一變竟成了左副都御史的正室夫人。

她盯著李源清。「你什麼時候知道的？」

李源清攬住她肩頭。「也是才知道不久，妳不要怪我為何不告訴妳，實在是覺得沒有必要，而且又不是什麼令人高興的事情。」

杜小魚這時也想明白了，為何杜黃花對此一無所知，阮玉在飛仙縣的時候，她不久便去了京城，和她一點都不熟，所以就算真聽到了這個名字，應該也記不住，白與時自然也是如此。

「那她請我去準沒好事。」她冷笑一聲。「在飛仙縣吃了癟，在這裡想要扳回一局呢。」又看看李源清。「那左副都御史可曾為難於你？」

都察院糾劾百司，辯明冤枉，提督各道，乃天子耳目風紀之司，是以百官對其也頗為忌憚，若非必然，絕不願得罪。

李源清面上卻輕鬆道：「他也要抓到我的錯處。」說著把她抱於腿上。「妳不要擔心這件事，我自會小心的，反倒是妳，別影響到心情。」

「能影響我什麼心情？小人一時得志罷了。」杜小魚撇撇嘴，勾手拿起桌上一碟蜜釀果脯，叉了一片吃起來，又給李源清也餵了一片。

自從她有喜後，桌上是從不空著的，點心小吃、糖水、煲湯，輪番地送過來，才兩個多月的工夫，人已經胖了四、五斤了。幸好之前比較偏瘦，她才敢放開來吃，若是變成一個大胖子，那是無法接受的。

李源清這時叫李欽進來，李欽手裡捧著一個包裹。

「父親送妳的。」

杜小魚吃驚道：「父親在江西呢，專門叫人送來的嗎？」

「妳有孩子了，這可是李家的大喜事，我自然是要告訴父親的。」李源清笑著把包裹打開來，只見裡頭擺著三個錦盒，一個錦盒裡裝著支個頭很大的野人參，一個盛放著細白的粉末，還有一個盒子裡竟然是一瓷罐蜜汁釀著的柚子。

「這南康甜柚可是貢品呢，很好吃的，」李源清又指指細白的粉末。「這是江西獨有的珍珠，藥用特別好。」

沒想到李瑜竟是個那麼細心的人，連小吃都照顧到了，珍珠用來養身靜心，也再好不過，杜小魚鼻子不由發酸，慚愧地低聲道：「我在父親跟前都沒有盡過孝心。」

「以後會有機會的。」他伸手摸摸她的頭，打開那罐柚子，取了些出來送她嘴裡，笑著問怎麼樣。

清香可口，蜜汁也放得不多不少剛剛好，她連連點頭。

他低下頭去吻她，分享著口裡的甘甜。

正當二人柔情密意時，李欽又急匆匆地跑來了。

聽到敲門聲，李源清皺起眉，正想問是什麼事，李欽卻已經急不可耐地叫起來。「少爺、少爺，剛才、剛才在後院發現了，發現了……」

他說了半天的發現了，最後還是沒能說出準確的句子。

「到底什麼東西？」李源清拉開門，忍不住喝道。

「是，是很污穢的東西。」李欽想起那血污穢物來都忍不住要嘔吐，強忍了下去道：「本來不敢來打攪少爺跟夫人，只這件事情很詭異，那東西外面用油紙包著，油紙上又貼了好幾張符，少爺，你說古怪不古怪？」

符？家裡怎麼會有這種東西？李源清起了疑心，吩咐道：「拿來我看看。」

「啊，這怎麼行！」李欽叫道：「這麼骯髒的東西……小的、小的已經叫人扔了。」

「什麼？既是重要的證據，你竟然扔了？白跟在我身邊幾年，你這蠢貨！」李源清劈頭蓋臉罵了他一通。「那符呢？」

李欽有些委屈，還是覺得不能讓這東西污了少爺的眼睛，不過主子說什麼他不敢反對，符倒是留著的，忙伸手遞了過去。

那符是一般尋常的符，李源清看了眼又問道：「怎麼發現的？」

「是白鹿挖出來的。」

那兩頭白鹿被杜小魚從飛仙縣帶來京城，置辦了新院子之後就養在後院裡，後院比較大，白鹿可以有空間遛達遛達，再來，她專門圈了一塊地種了草，當然，這點草是不夠吃的，只是讓白鹿可以感受下在大自然的感覺。

只沒想到，草吃光了，白鹿心情就不好了，看著光禿禿的地，蹄子也不老實起來，結果就挖出了這包東西。

專門看管的小廝察看之後，覺得這事不尋常，馬上去稟告李欽，李欽這就來找李源清了。

杜小魚在裡頭聽見了也走出來，李源清把其中一張符遞回給李欽，說道：「你拿去找人問問，知不知道是哪個道觀裡的。」

李欽忙應一聲走了。

「怎麼回事？」杜小魚問。「白鹿挖出了骯髒的東西，還有這符……」

「可能是針對戴大人的。」李源清先想到的就是這個可能，畢竟這宅子以前是戴端住的，他們只是添置了一些家具，對原來的格局基本沒怎麼動，就算是後院，也一樣沒有多少改動，那麼，這包東西很可能是早就埋在這裡的。

「戴大人對風水頗有研究，這東西既是污穢的，難道是想破壞這兒的風水不成？」又不是什麼毒物，把這種東西偷偷摸摸埋在地裡，也只會是這種陰毒的打算。

李源清擰著眉，自然不清楚戴端是得罪了什麼人，才會做出這種事情來。

也不知道別的地方會不會也埋著……他想了想，站起來，跑到外面找了另外一個小廝。

「你把發現那東西的人叫去堂屋等著。」

「我怕院子裡還有別的地方也有，這種東西既然是破壞風水的，咱們住著也不好，總要清除乾淨。」

杜小魚想起上回杜顯說過的關於風水的事，心裡一沈，要是真的是對付戴端也就罷了，可要是不是戴端，而是對付他們……

她的手慢慢伸向自己的小腹，臉上蒙了一層霜似的冰冷。

李源清打聽到這包東西出現的具體方位後，即刻就出門去了，他結交廣泛，裡面就有瞭解風水的人。

那人叫司徒克，雖也是富貴人家出來的，可從小就對玄學、風水、道術感興趣，且性子執拗，家裡人無數次勸解、禁足都無效，最後也由得他去了。

司徒克聽到李源清描述的情形後，大驚失色。「這是要令你們斷子絕孫、大禍臨頭的。」說罷拉著李源清就急忙忙跑到他們宅子裡。

「要是我沒猜錯的話，應該還有七處。」

李源清忙召集家裡的下人，讓他們聽司徒克的吩咐，找了鐵鍬等工具四處挖起來，果然不出所料，在前院、大門處、二門處、茅房、庭院西北兩角和主屋等七處地方都挖出了一模一樣的東西。

饒是李源清有心理準備，也差點忍不住吐了。

如此陰毒的手法，到底是何人所設？

「你看看這符，可有什麼端倪？」他震怒之下，把符拿給司徒克看。

司徒克對京城數十家道觀都有所研究，細細觀摩之下，慢慢說道：「這符紙雖然不是仙道門的，但這畫符之法卻是仙道門弟子所修的道法。」

仙道門在京城內外數十家道觀中，只能算中流，但仙道門弟子喜歡與凡俗之人結交，走家串戶，有抓鬼的、有施咒的、有看風水的，雖道觀香火不盛，可在民眾中影響力卻頗大。久而久之，就成了一個五花八門、專為百姓排憂解難的組織，但作風也日漸墮落，有打小人的，有破壞別人風水的，甚至還有個別給盜墓者提供護符的服務。

李源清一聽是仙道門的道士，面上立時蒙了層寒霜，他對此道門也聽說過一二，知道那些道士們私下會做的勾當。

「依你看，這東西是針對戴大人還是針對我們？」

司徒克沒有猶豫。「是針對你跟嫂夫人的，戴大人已有子嗣，不會再起作用，可你們夫婦不同。」

李源清狠狠一拍桌子。「豈有此理，這仙道門的弟子膽大包天，竟敢設計到朝廷命官的府宅上來，我饒他們不得！」

「稍安勿躁，你聽我說，這污穢之物可能是你們剛搬進去左右的時間置放的，據這條線索應該能查得出來。至於仙道門，你莫忘了，玄真道長是曾被聖上接見過的，雖然他道心不純，可煉丹卻是一絕，不然仙道門弟子無法無天，豈能在京城安然無恙？」

聽到這番話，李源清稍稍鎮定了下，他如此震怒也是因為杜小魚懷有身孕，若是真的傷到了身體，讓他情何以堪？

知道他在擔心什麼，司徒克拍拍他肩膀道：「若是真起了作用，嫂夫人早就會感覺到不適了，可見嫂夫人必有天佑，如今取了出來，更不會再有影響，這你大可放心。」

「你確定？會不會有什麼別的隱患？」

「不會，我看得出來，這符畫得不夠精準，大概也只學了幾年的工夫。」

李源清心裡已經有數，謝過司徒克，隨之把他送出了門。

李欽在外面跑了一大圈，雖然沒查出來這符是哪兒的，卻也查到一個重要資訊，原來戴大人雖然不屑仙道門，只仰慕紫靈山廣成真人的道術，可戴夫人卻不一樣，信奉仙道門，為此事，兩夫婦還經常吵架呢，所以，這些東西很有可能從戴夫人身上可以找到線索。

戴大人的老家倒是不遠，李源清立刻寫了封信，叫李欽派人日夜兼程送過去。

也許這對老夫妻免不了又要吵嘴，可讓戴夫人認清仙道門弟子的嘴臉也是好的，當然，她能提供有用的線索那就更好了。

「這是仙道門弟子畫的符。」等李欽回來了，李源清吩咐他。「你找幾個機靈的去那道觀裡轉轉。」

「仙道門？少爺，真的是仙道門？」沒想到，李欽卻露出驚訝的表情，再次確認道：

「真是仙道門嗎？」

「怎麼？你莫非認識裡面的道士？」

「哎呀，那肯定是二少爺幹的！」李欽一拍大腿，憤憤的叫道：「李杜這小子狐朋狗友最多了，就認識幾個仙道門的弟子。」他跟李杜都是李家的下人，早前李源清沒有認祖歸宗的時候，他們兩個也偶爾混在一處，自是知道不少李杜的事，只後來被派去服侍李源清之後，各為其主，自然分道揚鑣。

李源清沈聲道：「此話當真？」

那語氣陰冷可怖，李欽聲音不由弱了下來。「小的不敢胡說，小的確實聽李杜說起過，因為他小時候就住在仙道門附近，家裡太過窮困養不起了，才把他賣來府裡當個小廝的。」

李源清沒有接話，揮揮手讓李欽退了出去，可心裡驚濤駭浪一般此起彼伏，本看在父親的面子上，他已不想與他們過多糾纏，結果竟然……

看來李源雨兄弟倆是決定這輩子都跟他過不去了！

第一百二十一章

三月草長鶯飛，正是一年中景色最斑斕、花兒最豔麗的時候，文安侯府因其嫡長孫週歲，這日擺了幾十桌席面，宴請前來恭賀的親朋好友。

由於李源清跟世子的關係，杜文濤得以在侯府同兩位公子一起唸書，久而久之，老侯爺也喜歡上杜文濤的聰敏機智，曾不止一次說過自家兩個孩子遠比不上之類的話。而杜文濤能文能武，也帶動了兩位公子，兩家進而也有了些來往。

這次世子的兒子過週歲，李源清定是要來恭賀的。

門前車水馬龍、壅堵不堪，但也怪不得，文安侯這個封號乃是大明朝開國皇帝賜予鍾子柴的，此後鍾家就步入了元勳貴冑之列，加上曾出過一任皇后，雖如今不復早前聖眷，但地位穩如泰山，巴結的人就如黃河之水，連綿不絕。

杜小魚也著了盛裝，挺著隆起的肚子，小心翼翼地走在後花園裡。

李源清怕她出意外，對跟隨的丫鬟叮囑了又叮囑，原本還不想讓她來，可杜小魚覺得杜文濤再怎麼好，也是給人家添了麻煩，再說世子的夫人因最近來往的緣故，兩人頗為投緣，就想來賀一賀。

彩屏扶著杜小魚，一步都不敢離開。

看她額頭上都滲出汗來，杜小魚忍不住笑道：「妳那麼緊張，把我也弄得緊張了，這兒是侯府，又不是集市，哪會有人撞我？世子夫人也才生了孩子呢，府裡的下人肯定也很謹慎，斷不敢毛毛躁躁的。」

「不怕一萬，就怕萬一。」彩屏拿帕子抹了下臉。「居心不良的人太多，奴婢實在不敢分心。」

她話裡有話，誰叫杜小魚才搬來京城就遇到兩件糟心的事呢，一件是左副都御史丁大人的夫人阮玉派下人來耍威風，還有一件就是才解決不久的仙道門事件。

據戴夫人提供的資訊，李源清很快就發現了那兩個小道士，立即扭送去了李家李夫人的面前。那兩個小道士在路上已經沒了大半個膽了，哪再禁得住盤問，很快就把李杜供了出來。

李源雨看到這一場景嚇得魂飛魄散，生怕李源清把這事鬧到衙門裡，李杜到時候再供出他，後果不堪設想。他怕得要命，渾身哆嗦，只求救般看著李夫人。

李夫人是個聰明人，哪不知道李源清這是殺雞儆猴，要不是還在顧念最後一點同父異母的情誼、顧及李瑜的面子，只怕他早就去了衙門。所以，這事若處理得讓他不滿意，那是不行。

當下李夫人就叫李源雨親口道歉，讓他承認自己御下不嚴，又讓他親自下令杖責李杜逼出真相。

可憐李杜不過是個下人，他深知自己就算供出來李源輝跟李源雨，也只有死路一條，最後硬生生把話吞了下去，活活死在了板子之下。

李源雨受到驚嚇，看到從小陪著長大的隨從被自己下令責打死了，當即就暈了過去。

李源清這才甘休，離開了李家。

杜小魚想到這裡，忍不住嘆了一口氣，雖說這次算是報仇了，可與那母子三人結的怨也更深了，將來真不知道會惡化成怎樣的結果。

主屋裡，世子夫人童氏正抱著週歲大的兒子逗樂，見到杜小魚來，驚訝道：「妳怎麼來了？哎呀，我以為妳不會來呢，到底肚子那麼大了，也不太方便走動。」又忙招手。「來，來，這兒坐著。」

童氏是個性格爽快的人，與世子謙和的性子互補，杜小魚欠了欠身，才走過去坐下來，笑著道：「反正是坐著轎子來的，也走不了幾步。」

兩人同為娘，自然有很多話要說，童氏道：「妳最近是不是感覺到孩子在踢妳了？」

「是啊，昨兒個還踢了一下的，今兒倒是安靜得很。」

「肯定是個聰明的孩子，知道妳今兒要出門，所以乖乖的不調皮啦。」童氏掩著嘴笑起來。「妳生個女兒就好了，妳跟李大人的女兒肯定長得花容月貌，漂亮得不得了，將來給我兒子做媳婦才好呢。」

杜小魚噗哧笑起來，她本就沒有重男輕女的想法，點頭道：「這倒是好主意。」

兩人正說著，又聽丫鬟通報。「左副都御史丁夫人來了。」

杜小魚面色不由微微變了下，童氏沒有注意到，反而跟她解釋了一下。「丁夫人可是個妙人兒，妳知道嗎，她是華娘子的親傳弟子呢！做出來的胭脂好得不得了，我就喜歡用她做的，一會兒我給妳們介紹介紹。」

門口的珠簾一挑開，一個身姿窈窕的女子款款走了進來。

還是如同當年一般的絕色容顏，只眼角眉梢帶了些冷意，尤其看到她的時候，恨不得把滿腔恨意化作飛刀，猛地扎在她身上。

「丁夫人，這位是李夫人，我覺得妳們兩個肯定能談得來呢。」

阮玉又走近了兩步，看到杜小魚隆起的肚子，只覺心又被刀子刺了幾下似的生疼，可笑意卻在她臉上蕩漾開來。「李夫人，上回請妳來聽堂會，誰想到妳卻不願來，真是太讓我傷心了。」

「啊？」童氏輕呼道：「妳們兩個是認識的嗎？」

杜小魚微微笑道：「我才知道丁夫人原來就是妳，那日請我去聽堂會卻也不明說，怎麼能怪得了我？早說的話，也許我就去了。」

「李大人是知道的，我原以為他早告訴妳了。」阮玉掩嘴一笑。「看來是我多心，還以為李夫人不記得我了呢。」

杜小魚跟童氏解釋道：「丁夫人曾在我們家鄉開過一家胭脂鋪，是以認得。」

「原來如此，那真是有緣分。」童氏笑著拍手道：「既然都認識，那再好不過。」便命丫鬟去拿吃的喝的來，預備好好談笑一番，反正宴席還要等一會兒才開始。

童氏心裡是真的高興，她身為文安侯的兒媳婦，平日裡巴結的太太小姐無數，可她卻一點不適應那種交際，因性子耿直，得罪的人反倒有一籮筐，久而久之也不大願意去跟外面的人走動。

只有極少數人是她覺得值得結交的，杜小魚跟阮玉就是其中之一，在她看來，前者沒有任何功利心，後者則善解人意，又有一雙巧手，頗討她喜歡。

誰想到兩人竟然在很早前就認識了，這不是緣分是什麼？

但另外二人卻各懷心思，只是當著童氏的面不好發作，各自壓著情緒，談笑風生。

「丁夫人，那妳在飛仙縣開的那家胭脂鋪後來怎麼樣了？」童氏對阮玉的過去很感興趣，她本身不是京城人士，對阮玉以前的那些事情也不瞭解。

阮玉臉色一僵，想起被李源清查封的鋪子，心裡就恨得不得了，可還是強忍下來，笑著道：「我既打算回京城，那鋪子自然不好再開下去了，也沒有合適的人打理。」

杜小魚聽了，斂眉端起茶喝了一口。

世事確實難料，她從未想到還會遇上阮玉，即便知道她當年回了京城，也是始料未及。

「那倒也是，交給別人也不放心，還是在京城重新開得好，妳那兩家胭脂鋪的生意如今都要追上妳師父華娘子的鋪子了。」童氏讚了一句，又看向杜小魚。「小魚，改日有空我帶妳去瞅瞅，聽李大人說，妳不大喜歡裝扮。我告訴妳啊，我娘說的，這女人一生下孩子可就老得快了，胭脂嘛，得空還是要抹一下，讓自家相公也看著新鮮不是？」

杜小魚笑起來。「文君姊說的是。」

兩個人都直呼名字，可童氏稱呼阮玉卻稱夫人，哪個更為熟稔一看便知，阮玉微微笑道：「那最好不過，妳們要來可要叫人早些通知我一聲，我給妳們選些最合適的。」

正說著，就有丫鬟來通報，說某某夫人來了，又是某某小姐來了，一大串的名字。看來賀喜的人已經陸續到來，她們也不方便在這裡坐著，童氏還得抱著孩子去應酬那些人呢，她二人就此先退了出去。

杜小魚對阮玉無話可講，掉頭就走。

阮玉往前快走幾步，在她身後低聲道：「往日之仇，我來日必雙倍奉還！」

杜小魚回過頭來，不屑地瞧她一眼。「是又要派下人來請我聽堂會還是怎麼？我告訴妳，聰明的話，妳就好好享受現在的生活，不要再重蹈覆轍，到時候一無所有，後悔無門，我可幫不了妳。」

她如今已是個三品官夫人，何曾受過別人這等話語，聞言大怒。「妳敢這樣跟我說話，妳憑什麼篤定自己還能贏我？」

「我不用贏妳，我也不需要贏妳。」杜小魚憐憫地看著她，眼前的人就算是三品夫人又如何？得不到的終究都得不到，她這樣的性子也許一輩子都走不出來，與痛苦為伍，可憐又可恨。

阮玉一時不明白她的意思，怔了怔，等回過神來的時候，人已經走遠了。

身邊丫鬟雪雁輕聲道：「夫人，咱們走吧，站在路口，人來人往的不好。」

阮玉一甩手裡的帕子，目中透著森森寒意，雪雁看了嚇一跳，她還從來沒有見過夫人如此狠絕的表情，那個李夫人到底是什麼來歷？

等到賓客們都到齊，宴席便開始了。

杜小魚已經過了食慾不振、嘔吐的時期了，眼見滿桌子的美味佳餚，食指大動，一頓飯吃得極為滿意。

又在侯府逗留了會兒，她才離開，李源清因今日不是休沐日，用過午飯也回衙門去了。

既然出來，她順便又去了黃立樹早些時候置辦下來的店鋪。

新年一過，一些師傅跟老夥計都來了京城，那家珠寶鋪子的夥計基本上全都來了，所以還是原班人馬。

鋪子剛剛裝修好，黃立樹正站在梯子上掛匾額。

紫紅底上暗金色的四個大字寫得龍飛鳳舞、遒勁有力，杜小魚一瞧就知道是黃立樹親手所寫，他這些年其實書讀得不錯，字也寫得好，只鄉試沒有發揮好，才導致他萌生退意，走上了行商的道路。

不過，在她看來，人沒有高下之分，雖然商人的地位確實不高，可黃立樹此後生活得快快樂樂、自由自在，也沒有什麼不好的。

「這匾額做得不錯，很搶眼。」杜小魚拍著手讚道。

「也是這名字好，珠光寶翠，一聽就是賣珠寶的。」黃立樹從梯子上下來，看看她的肚子，關切道：「妳怎麼又上街來了？走，我送妳回去。」

「回什麼回，我才吃飽飯散散步怎麼了？你現在讓我回去，我可要生氣了，一生氣肚子就得疼……」

「好，妳就看一會兒，行了吧？」黃立樹拗不過，伸手扶著她去了鋪子裡面。

一應的櫃檯都已經打造好，放首飾的盒子也都排得整整齊齊，牆壁刷成白色，按照她的要求，掛了幾幅圖片在上面，都是講解一些珠寶的基本知識，好方便前來諮詢的客人自行查看。

杜小魚滿意地點點頭，又去後院看了看。

也都打理得很乾淨，廚房臥房也收拾起來了，這鋪子晚上得有人睡在裡頭。

「我做事妳還不放心嗎？」黃立樹在旁邊哼了一聲。「沒事就來看，妳是怕我做不好還是怎麼的？」他們二人如今已經很熟了，說話頗為隨意，黃立樹還是小時候的性子，活潑開朗。

「哪有，我是怕我哪兒漏掉了，你做得很好，有獎賞。」杜小魚嘿嘿一笑。

黃立樹挑起眉道：「什麼獎賞？」

「你跟司馬家三小姐的事情，我幫幫你，如何？」

她冷不丁的一句話，把黃立樹驚得跳起來。「妳、妳、妳……」

看他驚慌失措，杜小魚更是笑得歡了，她嘴裡說的司馬家就是把這間鋪子賣給他們家的那戶人家。黃立樹數次去找司馬老爺相談，一來二去的就熟了，後來便認識了司馬家的三小姐。

這還是她從一個夥計嘴裡聽來的隻言片語，如此拿來試探黃立樹，結果他這副樣子，看來果真是有此事。

「何必藏藏掖掖的，咱們家又不是配不上，還是那司馬小姐看不上你？」她繼續打趣。

黃立樹臉已經紅得能滴出血來，看看四周，低聲道：「妳別說了好不好。」竟十分的不好意思。

「那好，這事以後再說，我今兒來還有一件事要跟你和馮師傅商量的。」她走到一張椅子上坐下。「馮師傅人呢？」

黃立樹立刻就叫人去把馮師傅找過來。

「妳是有什麼好主意？」看她有些眉飛色舞的，黃立樹猜測了下，又道：「馮師傅那邊樣式都已經趕出來了，過兩日鋪子就好開張。我也去找那些舞獅子的預定了下時間，招待的東西也都準備好了，到時候好好熱鬧一下。對了，妳就不要來了，那天人多，萬一有個衝撞可不得了，妳要是有點事情，姨父非得宰了我不可！」

他事情已經想得方方面面，極為周到，事實證明，他走這條路還是正確的，做人做事也懂得變通，杜小魚這回沒有反抗，點了下頭。「既然你都想好了，那我自然不用來了。」

「夫人。」馮師傅這時從外面走進來，對杜小魚拱了拱手。

「馮師傅請坐，是有些事要找你商量。」杜小魚笑著道：「聽說首飾都已經做好了，是不是？」

「是的，夫人要不放心可以現在過去看看。」

「不用了，馮師傅你做事我很放心。」杜小魚說得真心實意，那時候在飛仙縣已經見識到馮師傅的實力，也沒有好質疑的，只說道：「我有個想法，你們聽聽好，行不行得通。」

她說的是首飾DIY，也就是親手製作首飾的意思。

最初把那些珠寶分門別類，比如項鏈的墜子、耳環的墜子、戒指的戒面……等等，然後客戶根據自己的喜好自由組合，最後再交由工坊製作完成。

這裡面主要有兩種特別的意義在，如果送人，那麼親手創造出來的首飾別有意義，跟普通的比自然是情誼更深。另外一種，就是買給自己，自己做出來的，不管是好看還是一般，買的就是一個心情、一個特別的時刻。

另外兩人聽得面面相覷，還是第一回聽說這種方式的。

「這行不行啊？」黃立樹撓著耳朵。「怎麼聽起來那麼奇怪的。」

「那我問你，要是我給你那麼多選擇，你願不願意搭配一個首飾出來送給自己心愛的姑娘呢？」

黃立樹被她問得噎住，一個勁兒揮著手道：「別，別扯到我身上。」

「我看這主意可以試試。」馮師傅倒是想了下，慢慢的點著頭道：「只不過不要用貴重的珠寶，可以試試先用銀飾，或者別的次等的玉石，夫人，您看如何？」

馮師傅的顧慮也是對的，一般大戶人家有得是錢，也許只顧挑現成的好看的首飾，不想費功夫，而口袋裡不那麼飽滿的就不一樣了，假如可以用一樣的價錢做出好看的樣式，也許他們會願意花那些功夫來自己研究。

「那就照馮師傅您說的辦，先試試效果再說。」

「那我這就叫他們開始準備，不過這大概得要一個月的時間才能弄那麼多小花樣出來。」

杜小魚點點頭。「無妨，時間不是問題。」

馮師傅應一聲便走了。

珠寶鋪開張第一天就得了個開門紅，賣出去五十來件首飾，雖說在京城這樣繁華的城市，這不算什麼，但對於杜小魚乃至鋪子裡的師傅、所有夥計，這卻是一個極大的鼓舞，能讓他們看到不錯的前景。

畢竟這裡競爭那麼大，光一條惠林街，就有三家，別說整個京城了，至少有三、四十家這樣的珠寶鋪，其中又有開了好些年頭的，自有固定的買家，所以新鋪子要在這裡生存下去，十分的不容易。

基於這個好消息，杜小魚當即就獎賞了鋪子裡的師傅夥計，讓他們更有幹勁，只可惜她的肚子越來越大，行動也不太方便，不然很多事情她絕對都會親力親為的。

天氣日漸溫熱，院子裡知了爬在樹梢，一個勁兒地叫。

李源清這日陪著杜小魚在外面散了會兒步，從惠林街一直走到城門才慢慢轉回來。大夫說多走走還是好的，所以每當休息，都會在城裡逛上半圈，平日裡卻不放心她走那麼長時間，非得親自在身邊才行。

「過兩日我要去一趟長興縣。」回到家洗了澡換身衣服，彩屏給拿來幾片西瓜，兩人解暑後，李源清才跟她說起這件事。

杜小魚撫著肚子道：「要去多久？」

「不清楚，得看那邊的情況。」李源清歉疚道：「我本該留在妳身邊的。」

杜小魚不禁眉毛一挑，兩人成親也那麼久了，豈會不瞭解對方，李源清明顯隱瞞了別的事情，不過他這麼說肯定是不想她擔心，因而也沒有再問下去。

官場上的事，憑她是出不了力的，而且她相信李源清自己也能解決。

「我會儘快處理好回來，這段時間，妳自個兒不要走那麼遠，想去哪裡，跟鍾元說一聲，他會安排好的。」他細心叮囑。

鍾元是李源清給她找來的隨身侍從，畢竟黃立樹要管著鋪子的事，不可能每次都能陪著，杜小魚撇撇嘴。「你當我是小孩兒呢？弄個人一天到晚跟著，我都不自在。」

「他惹妳厭不成？」

那個鍾元長得極為威武，有幾分似林嵩，當然，比他年輕多了，而且做事很謹慎，確實是個當保鏢的料，可杜小魚自由慣了，哪喜歡被人跟著，以前是家人陪著也就罷了，這下還弄個陌生人來。

「那我幫妳換一個。」李源清手指敲了下桌面，嘴角帶著一抹不易察覺的笑。「務必讓妳滿意才行。」

「算了，算了，就他吧。」杜小魚忙擺手，還要換一個？好不容易這鍾元也算有點熟悉了，也沒有什麼大的缺點，再弄一個來，還不一定比這個差呢。

「這才乖。」他笑起來，抓起她的手在自己手掌裡把玩。

這手也變胖了，圓潤若無骨，兩人挨得近，側頭又看見她高聳的胸脯，李源清頓時又覺得渾身熱起來。

自從杜小魚有身孕後，兩人的房事極少，尤其是最近，怕傷及胎兒，更是克制著自己不敢碰一下，只不過，想到兩日後就要去長興縣，要離開她，心裡又難捨又衝動。

感覺到他的手入了衣襟，杜小魚的臉燒了起來，有道是小別勝新婚，兩人許久沒有親熱，自是如同乾柴遇烈火。

灼熱的吻落下來，兩人立時糾纏在一起。

等李源清剛要進去的時候，杜小魚忽然道：「等等。」

他的臉立時抽搐了下，很快又急切地問道：「是不是哪兒不舒服了？」

杜小魚扳起手指算了算，現在是五月，離孩子出生還有四到五個月，那麼應該是能行的，她也有不少朋友是生過孩子的，談起私密的話題，曾說過前三個月後三個月都是不能有房事的，她猛然想起，才突兀地算起算數來。

「沒事，繼續。」她肯定的點點頭。

他鬆了口氣，很快又問道：「妳確定？不會對孩子不好吧？」

這個時候還在想著孩子的問題，以後生下來，難保自己就失去一半的寵愛，杜小魚想到這裡，哼了一聲。「我還能不瞭解自己的身體嗎？你就淨顧著孩子了，算了，你自己想辦法解決吧！」

見她這節骨眼上居然生氣，李源清立時哭笑不得。「我這還不是怕對妳不好，孩子不好，妳肯定也會不舒服，哪兒是光顧著孩子了？妳這小醋罐子，跟咱們的孩子還吃起醋來，妳跟孩子，對我來說，自然妳最重要。」

聽他一番表白，她才眉開眼笑，又暗罵自己傻瓜，都在想什麼呢，竟然跟自己肚子裡的孩子吃醋，真是越來越不可理喻了。

兩人小心翼翼，動作緩慢，在這溫熱的天氣裡，弄得一身都是汗。

第一百二十二章

兩日後，李源清就去了長興縣。

杜小魚閒著無聊，叫彩屏把箱籠拿出來，坐在樹蔭下給孩子做些小衣服，彩屏給她搧著風，一邊說些鋪子裡的事。

將要到午時的時候，杜黃花來了。

看到她在弄針線，不由笑道：「真是難得，我以為妳是準備全靠著我了。」

「哪兒能這樣，再怎麼說，我也是他親生娘，不親手做些東西給他穿也說不過去，意思、意思總要的，雖然這花樣是難看了點。」杜小魚看著自己繡出來的圖樣，搖搖頭。「也就只能在家裡穿穿了。」

「妳有這份心意就行了。」杜黃花帶了食盒來。「我學著人家做的水晶糕，妳嚐嚐。」

杜顯夫婦隨著搬過來之後，每日山珍海味，杜小魚還真吃膩了，這水晶糕看著色彩誘人，聞起來一股清香，她一連吃了好幾個。

趙氏笑著走出來問大女兒。「午飯吃了嗎？」

「剛吃過。」

崔氏的病最近大有好轉，杜黃花也明顯精神更好了，杜小魚看了看她另外一隻手裡的紙卷，問道：「這個又是什麼？」

「是我最近琢磨出來的，妳鋪子裡不專門弄了個櫃檯出來，讓那些來買首飾的人自己搭配嗎，我上回去看了下，覺得花樣不夠多，就自己畫了一些出來，妳看看，合不合適。」她把紙卷一打開，只見上面是各式各樣的珠寶樣式。

杜小魚眼睛一亮，驚喜道：「沒想到姊妳有這樣的天賦！」

這些圖案五花八門，有古樸的、有華麗的、有高貴的、有活潑的、動物形狀的、花卉狀的，充分展示了無限的想像力。

「怎麼，用得上？」杜黃花忙問。

「非常好，我正發愁樣式少呢，馮師傅之前是提議只用銀飾跟次等的玉石來試試，如今有這些圖案，我看用貴重的做也一樣可以，肯定有很多人喜歡的。」

「那真的太好了。」杜黃花鬆了口氣，她是個要強的人，杜小魚上次拿錢出來讓她度過了難關，一直覺得欠了人情，所以她每日都抽出時間來刺繡，想早些還她錢。如今又能幫到鋪子，那再好不過。

「我一會兒就叫人拿去給馮師傅。姊，這樣式可值錢，妳之前欠我的可就一筆勾銷了啊，不然我可不好意思收。」

沒想到她會提這件事，杜黃花忙道：「這怎麼行……」

「怎麼不行？」趙氏在旁邊幫腔道：「妳們兩姊妹還寫什麼借條，是不把我這個娘放在眼裡呢？小魚說得對，那筆帳就算了，咱們一家子什麼妳的我的，以後再不要這樣。」

杜黃花眼睛一紅。「娘……」

杜顯這時把飯菜都端好在桌子上，儘管府裡有下人，他還是喜歡自己動手，出來叫兩個女兒。「都快來吃飯了。」

「黃花吃過了。」趙氏道。

「吃過了喝點湯也行嘛。」杜顯笑著看看兩個女兒，只覺得此生再沒有遺憾，兩個好女兒，兩個好女婿，也不知道自己怎麼來的這些好福氣呢！

杜清秋早就坐好，只等著吃飯了。

「文濤現在午飯都在人家侯府用，我總覺著不太好，要不要跟世子說說，還是回自個兒家裡吃。」杜顯說起杜文濤來。「這小子也是不自覺，人家侯府好，他也不能得寸進尺啊，真就不回來了。」

其實杜小魚也覺得不妥，雖說李源清跟世子的關係好，但兩家到底懸殊太大，再說，這侯府也是勾心鬥角的地方，杜文濤光是唸唸書就算了，要是被捲進去那可不好，當下就道：「爹說的不錯，等相公回來，我跟他說一下。」

幾個人才開始吃飯。

用完飯，杜小魚去外面院子坐了會兒，黃立樹才回來，鋪子忙，他每日吃飯都不定時，杜顯去廚房用大大碗公每樣都給他裝了些，他坐著便就口吃起來。

「你回來得正好，這圖樣一會兒拿去給馮師傅，讓他叫下面的人趕製出來。至於用什麼寶石，貴重些的也試試，哪怕不是讓別人自己配，光是咱們自己賣也不錯。」

黃立樹瞄了一眼，驚訝道：「哪兒來的？」

「姊畫的。」

他差點一口飯嗆住，咳嗽了一陣才驚嘆道：「黃花姊還會這個呀，倒是看不出來，真是埋沒了。」

「怎麼看不出來？我姊畫畫可好呢，不然你當那刺繡那麼容易學好的？」

「好，好，我一會兒就送過去。」他把飯吃完，拿起那紙卷又急匆匆地走了。

長興縣離京城頗近，只有兩日的路程，然而，李源清一去就是半個月，半點消息也無，杜小魚也不禁擔心起來。

幸好這日下午李欽回京城一趟，帶了封信來，信裡提到了李源清正在處理的公務。

他原本沒想到事情會那麼複雜，需要花許多心力甚至時間來解決，是以一開始也不想告訴杜小魚，但現在不一樣了，他長期在外面，杜小魚在家中總會擔心的，把事情告知，她有個大致的瞭解，心裡有底也就不慌了。

杜小魚才知道，原來李源清是被戶部尚書派去收那些拖欠戶部的稅銀，只長興縣的田地大半部分都是皇帝賞賜給皇親國戚、王公貴族的良田，要想把拖欠的銀子收回來，並不容易。

「他現在住在哪裡？」

李欽回答。「住在長興縣的縣衙門裡。」

杜小魚點點頭，返身坐於書案前，彩屏在旁邊磨墨，她取了筆，不一會兒就寫好一封回信。

李欽接過來，躬了下身便急著趕回長興縣去了。

看著窗外日漸發暗的天色，她長長吐了口氣，這樁差事肯定不好辦，得罪了那些權貴不好，可正事辦不成也不行，不知道他會如何度過眼前的難關？

只可惜自己身體不便，而且，就算想著去他那裡，只怕爹娘也不會同意，畢竟有兩日的路程呢。

「女婿寫了信回來了？」杜顯在廚房忙完，剛看到李欽離開，就來了杜小魚房裡。

「唉，這都去了半個月了，可有說啥時候回來啊？」

「可能還要待上一段時間。」

杜顯嘟囔道：「這頂頭上司也真是的，偏這個節骨眼兒派他出京城，妳說叫哪個不好？底下十幾號人呢！」他說著看一眼杜小魚，猶豫著說道：「要不咱們去送點禮，讓女婿早些回來，妳看行不行？」

「他爹，你胡說什麼呢，女婿有事做，也是上頭重用他。」趙氏也進屋來，笑著對杜小魚道：「文濤剛也回來了，出來吃晚飯吧。」

幾個人就去到飯廳。

杜顯還在為李源清外派的事情悶悶不樂，生怕他到杜小魚生產那日都不回來。

杜文濤則說起侯府又來了一個唸書的公子，姓丁，長得很是高大，才九歲的年紀，已經跟人家十二、三歲的差不多。

聽到是姓丁，杜小魚立馬起了警惕之心，追問是哪家的公子。

「是左副都御史丁大人的二公子。」杜文濤道：「他說他娘跟侯府的世子夫人是朋友，這才過來跟府裡的二位公子一起唸書的。」

果然是那個丁府，杜小魚皺緊了眉。

「爹、娘，您們可還記得那個會做胭脂的阮姑娘？」

趙氏跟杜顯一起出聲道：「這怎麼可能不記得。」

「是啊，又是來過咱們家作客的。」趙氏接著道：「妳怎麼會說起她來？」她是不知道當年的來龍去脈，是以也不清楚阮玉真正的為人。

「那丁夫人就是阮姑娘。」

「啊！」杜顯驚呼一聲。「這弄錯了吧？文濤剛才不是說那丁家二公子都已經九歲了，阮姑娘這才幾歲呀?!」

「阮姑娘是續弦。」杜小魚解釋道，左副都御史丁大人現年三十五歲，前幾年娘子病死了，還是去年才娶的阮玉，也是她有本事，不然只憑一個商女的身分，照理是入不了丁府這樣一個書香門第的。

對面二人面面相覷。

杜文濤則驚喜道：「原來是那個阮姊姊，那阮信大哥是不是也在京城？」

阮信那會兒跟杜文濤兩個一起在私塾唸書，自是很熟悉的，當初他離開的時候，杜文濤還傷心過。

杜小魚本意是想提醒家裡人提防阮玉，可那三個人對這姊弟倆全無一絲的厭惡，反而流露出他鄉遇故知的情緒，她想了又想，暫時還是沒有跟杜顯夫婦說，反正阮玉再如何想要詭計，斷不會跑到她家裡來。

可杜文濤卻不得不跟他說了。

飯後，她就讓杜文濤陪著去院子裡散步。

「文濤，你覺得那丁家二公子人怎麼樣？」

杜文濤答。「還不錯，人很和善，就是性子不夠沈穩，經常攛掇侯府的二位公子出去玩樂，這一點不好。」

很有自己的判斷能力。杜小魚停下腳步，認真地說道：「那丁家二公子無論說什麼話，你都要在心裡好好掂量一下，可行不可行，都要有個譜，切莫被他一煽動，就聽他的話，什麼顧慮都沒有了。」

杜文濤奇怪地看著她。「那丁家二公子不是好人嗎？二姊為何要說這樣的話？」

杜小魚不答反問。「你相信二姊嗎？」

「信。」杜文濤毫不猶豫的點了下頭。

「你若相信我，就照我說的話去做，文濤，你雖然年紀還小，可是卻很聰慧，很多年紀比你大的未必都能有你的判斷能力。這丁家二公子，甚至，你口裡的阮姊姊，我不想跟你說他們到底是不是好人，因為真的總是假不了，假的也真不了，你總有一日都會明白。」

她對杜文濤是抱著很大的期望的，這個弟弟倘若一直都如此優秀，將來前途不可限量，不像杜清秋，一樣的年紀，可現在還只知道吃喝玩樂，無法約束自己的行為，但杜文濤早在幾年前就已經可以很好的控制自己了。

該什麼時候唸書，該什麼時候休息，他都安排得好好的，從來不要人為他操心。

杜文濤思忖了會兒，方才說道：「我知道了。」

這句話是經過考慮的，杜小魚知道他聽進去了，當下笑著摸摸他的頭，兩人又沿著院子走了一圈。

黃立樹是過了大半個時辰才回來的，飯菜早就涼了，杜顯剛要去熱，卻聞到他身上傳來一股濃重的酒味，當下驚訝道：「你喝酒了？」

黃立樹打了個酒嗝出來，嘿嘿笑道：「才跟馮師傅幾個人趕製了一批首飾出來，正好肚子餓，我就請他們去酒樓……」

趙氏忙叫彩屏讓下人煮個醒酒茶來，一邊就在責備黃立樹。「你這孩子好好的怎麼去喝酒？你娘都不喜歡你沾惹這些的，如今來了京城，你就不聽話了？被你娘知道，可不要說我，你聽好了，只此一回，下回再也不要喝成這樣了。」

黃立樹如今腦袋已然發暈，剛聽完趙氏說的話，一頭就栽倒在地上。

「快扶著去他臥房。」杜小魚聽到動靜走出來，看到黃立樹這副樣子，皺起眉吩咐下人去把他弄起來。

「怎麼醉成這樣？」杜顯搖著頭。「這孩子是不是最近太累了？唉，小魚，妳那兩家鋪子讓他管著，也確實勞心。」

但也沒聽見他喊累啊，黃立樹這直來直去的性格，真受不住應該會說的。

「這孩子是該成家了。」趙氏若有所悟。

黃立樹今年也十九歲了，確實是到了成家的時候，杜小魚眼睛一亮，說道：「其實還真有個不錯的人選呢！」

「哦？哪家的姑娘？」趙氏起先急著問，後來又擺手道：「也罷了，冬芝的性格我是吃不住，萬一咱們給他挑了，那邊廂又不滿意，可不是得罪人家姑娘家？還是看他娘怎麼說吧，咱們作不了主。」

「我看小姨也算豁達嘛，不然哪肯放著他不唸書跑來經商？最近託人捎口信，還不是要娘您給她看看有沒有合適的人家，到底也是在京城，小姨如今兩邊兩個孩子，她也分不了心，我是想著，請那位姑娘來府裡玩，咱們看看人品如何，再說給小姨聽。」杜小魚一口氣說完。

趙氏道：「也罷，妳倒是說說，是哪家的姑娘？」

兩人商量了會兒，第二日就去杜黃花那邊了。

因崔氏的病已經大體痊癒，府裡一掃陰霾，聽杜小魚說要請司馬家的小姐過來，可找不到一個好的由頭，杜黃花立時笑了起來。

「我好歹也在京城住了幾年，也是有幾個交好的太太小姐的，那司馬家我知道，是開木料鋪的吧？」

「是，就是那家，最近生意不是很好，賣了一個店面給我，立樹表哥就是那當兒認識司馬家小姐的，聽說二人扭扭捏捏，立樹表哥沒有藉口也不好常去司馬家。」

杜黃花拍了下手。「我說這兩人是真的有緣，我有個朋友也喜歡刺繡，只因我最近家裡事情多不敢來打攪，前幾日知道婆婆身體好了才來探望過一回，她跟那司馬太太是手帕交，要是她去請了一起來，那應是妥當的。」

另外二人一聽這主意，都很高興，這事就這麼定下了。

因杜黃花的院子布局沒什麼特色，這次便把宴席設在杜小魚那邊。

戴端除了在風水上面頗有講究外，花卉草木也都很有心得，就光說前庭那處不大的池塘，上面建了條玲瓏曲橋，橋中心一座望月亭。此時恰逢五月，塘中種植了三種稀少的蓮花，半開半合，互相映照，賞心悅目。

用來宴請幾位太太小姐那是最好不過的。

只在司馬家來人之前，杜小魚還是要跟黃立樹通下氣。

這愣頭小子聽說要請三小姐過來，立時面紅耳赤，起先害羞還不肯承認，後來聽她們說要去跟趙冬芝講明，這才吐露心思。

過了兩日，臨近五月底的時候，杜黃花的那位好友汪氏就跟司馬家太太還有三小姐過來了。

司馬家還有兩個小姐早就已經嫁人了，那三小姐今年十五歲，底下還有個十二歲的弟弟。

汪氏的家族也是經商的，她跟司馬太太成為手帕交，也是因為兩家之間常年有生意上的來往，是以經常互相走動，久而久之，感情就培養出來了。後來雖然生意上合作的機會漸漸少了，汪氏也嫁給了一個大理寺寺正，可二人仍是保持著相當親密的關係。

彩屏把三位客人領到望月亭，那邊早已設了座椅，怕場面冷清，杜小魚還專程請了瀟湘館的兩個名伶來。

司馬家太太一來就欠身笑道：「託了杜夫人、李少夫人、白少夫人的福了，鳳舞、鳳傾姑娘的琴藝，一般人可欣賞不了。」

瀟湘館的名伶確實是不肯輕易去尋常人家表演的，但官宦之家又不一樣了，司馬太太縱使家財萬貫，要去看表演也只得前往館子裡，這份羨慕毫不隱藏地表露在司馬太太的臉上。

她今日會跟汪氏來，也大致猜到了一些情況。

自家女兒跟黃立樹之間的眉來眼去，她早就聽丫鬟稟告了，但也沒有去阻止。黃立樹雖然不是個官身，可總算也是個秀才，最重要的是，他的親戚都是做官的，而自家不過是商人家庭，根本就沒有理由，也沒有必要不同意這門婚事。

所以來之前，她就跟女兒把話挑明瞭。

趙氏也在這裡，先請三人坐下，接著便看了眼司馬三小姐司馬靜。

容貌普普通通，可一雙眼睛靈動非常，看得出來人是很聰慧的，見趙氏看過來，立時衝她甜甜一笑，那面容因這笑立刻又生動、漂亮許多。

不知為何，趙氏立刻就喜歡上她了。

司馬太太人則是有些勢利，三言兩語中，三人都感覺到這一點，可司馬太太好就好在並不隱藏，她羨慕她們這些官太太，就跟羨慕自己的手帕交汪氏是一樣的，她自己也覺得沒什麼，反而坦坦蕩蕩。

說自己的相公司馬老爺也是個秀才，可惜考了五次鄉試都失敗了，最後也只得放棄，語氣極為惋惜。

趙氏不得不想到黃立樹，黃立樹可不就是個秀才嘛，只是後來再也考不上，那司馬太太剛才的意思，莫不是在嫌棄他不成？

司馬靜這時微微笑道：「我娘也就是嘴裡說說，在家裡不知對父親多好呢，父親有時候想到幾次落榜，又想重新唸書，都被娘勸住了，說年紀一大把還是身體要緊，這會兒又絲毫不覺得嫁給爹委屈了呢。」

司馬太太就笑起來。「妳這孩子什麼話都往外面說，我如今還指望這些做什麼？妳們三個女兒願意嫁誰就嫁誰，反正還有妳弟弟給我荼毒呢，以後非得要他給家裡掙個榮耀回來不可。」

這句話把什麼都點明瞭，眾人全都露出了笑意。

話說得差不多了，兩位名伶開始表演，一個彈琴、一個唱歌，配合得天衣無縫，望月亭裡不時傳出歡聲笑語來。

杜小魚因為懷了身孕，沒有親自送她們出去，是杜黃花去送的。

到了門口，那汪氏拉著她的手道：「妳那些花樣真是繡得太好了，我跟妳學了幾手用在鞋面上，那些太太看到了都羨慕得不得了，有好幾個就問起我是打哪兒學到的，她們都想送女兒來跟妳練一陣呢。妳也知道，那些大家閨秀樣樣都要會一點才好，將來也能找個好人家。」

杜黃花不知該怎麼答。

汪氏忙又道：「妳可別誤會了意思，不是把妳當那些刺繡藝人，實在是覺得妳的手藝好，她們也是想讓自己的女兒在這方面突出一些。」

「我明白的，只不知道有沒有空，妳也看到了，我妹妹沒幾個月就要生產了，我得為她多做些孩子的東西。」

「這我知道，就是讓妳考慮考慮，妳在京城多認識些太太小姐總是好的。」汪氏知道她人單純，免不了提點幾句。

杜黃花謝著應了一聲。

返回來的時候，見趙氏正跟杜小魚商量給趙冬芝寫信的事情。

「那三小姐人不錯，看起來不驕不躁的，也不扭捏，再來，那司馬家肯定也願意，不然司馬太太肯定不會說那句話。」

「咱姊夫跟源清都是當官的，司馬太太沒道理不肯。」杜小魚看問題一向直接得多。「不然她今兒只怕也不一定會來，不過司馬小姐確實人還不錯。」

趙氏笑咪咪道：「既然妳都這麼說了，那跟妳小姨寫信就這麼寫。」說著看到杜黃花走進來。「妳也說說看呢。」

「跟妳們想法一樣，立樹確實也應該成家了。」

三人都一樣的感覺，杜小魚立即提筆給趙冬芝寫了一封信，不過她猜想趙冬芝收到信應該會親自過來一趟確認一下的。至於同不同意，應該會同意，黃立樹如今又沒有獲取功名的可能了，她又有什麼條件去挑三揀四？

第一百二十三章

李源清那邊還是一直沒有消息，但杜小魚去杜黃花那兒，白與時有時候會透露出一些，比如有皇親國戚，在長興縣那裡有田的，便去皇后或貴妃那裡說三道四，幸好當今聖上有心整頓財政，不然當初也不會加收那些御賜田地的稅收。

總而言之，李源清應該是有驚無險，可事情要辦得順利，卻是要看他的本事。

林家老太太這日忽然到來，倒是把杜小魚一驚，趕緊從床上爬起來。

自她懷孕後，老太太還沒有露過面，只叫人送過不少珍稀的藥材和食材過來，杜小魚秉著保持身體健康不亂進補的原則，都沒有動過那些東西。

老太太正跟趙氏在堂屋說話，見到挺著肚子的杜小魚出來，笑得臉上的皺紋都擠在一起。「本應該早些來看妳的，結果我老太婆病了一場，前些日子才好些。」

「啊？祖母之前病了？」杜小魚愧疚道：「沒有陪在祖母身邊，是我們這些做小輩的不是……」

老太太擺擺手。「是我沒有告訴你們，何來什麼怪責的。」說罷又道：「你們這宅子倒是買得不錯。」

「也是挑了許久的，又添置了些家當。」

「只不過，比起李家的宅子還是差了不少。」誰料老太太話鋒一轉，語氣冷厲起來。「你們來京城竟要自個兒置辦院子，莫非是她不讓你們住？」

「這倒不是。」杜小魚忙道：「主要是我的主意，一來我姊姊家最近有些事情，想著買近些的院子好互相照應；二來，也是我小小的貪心，想與我爹娘住在一處，這才自己置辦了院子的。」

老太太哼了一聲。「李家宅子那麼大，哪兒住不下你們家人？」她拍了一下桌子。「我早知道他們家幾個都不是好相與的，不然當年妳婆婆也不會跑回娘家來養胎，不過妳既然說沒有趕你們出來也就罷了，不然如此灰頭土臉地跑出來，你們還能甘心，我可看不下去。」

趙氏聽了對小魚笑道：「老太太是關心你們呢。」

老太太又接著道：「住在外頭是有外頭的好處，省得看那些人不舒服，對妳的身子也不好，這宅子還算可以，暫時就這麼住著吧。」

「謝謝祖母諒解。」杜小魚鬆了口氣，一般父母在，不分家，雖然李家的情況特殊，可總也會惹人口舌，但李家真的不好待下去的，那兩兄弟都不是吃素的人，只怕真的住進去，一天安寧的日子也過不起來。

她對自己很瞭解，又不是息事寧人的性子，加上李源清有仇必報，可不得把李家鬧翻了天不可？到時候還不知道會揭出多少醜事來，如此一來，對李家的名譽顯然是不好的。

恐怕也是基於這個原因，李瑜對此也沒有說過什麼不悅的話。

「我還帶了一個穩婆來，那手藝是很好的，在她手底下一樁壞事都沒有出過。」老太太笑著道：「我這回既然來京城了，怎麼也得看妳把孩子生下來再走。」

杜小魚忙表示無比歡迎，作勢要叫彩屏去收拾幾間屋子。

老太太攔住她，說在來之前就已經買了一處宅子，她早就習慣大的宅子，又是花錢如流水的性格，買一處在京城的房產不在話下。

三人又聊了會兒，老太太問了些李源清的情況，又留下吃了頓晚飯才離開。

黃立樹知道趙氏幾人對司馬靜都很滿意，杜小魚已經寫了信去南洞村，而司馬家對兩家結親也持贊同的態度，最近這段時間心情便非常愉悅，做事也更勤快了，每日為鋪子奔波，今兒剛從青州進了些玉石回來，也顧不得休息，又要急匆匆往外跑。

趙氏一把攔住他，指著他的臉道：「你看看你都瘦成什麼樣了？跟車來回十數天，哪有不休息的？就是鐵打的人也不能這樣。」

「沒事兒，我好著呢，瘦點人也好看，小魚說的。」黃立樹滿不在乎，他對鋪子的熱乎勁兒不是沒有來由的，到底司馬家也是個富商之家，司馬靜從小錦衣玉食，將來真要嫁給他了，自己不過一個窮秀才，說實在，若沒有李家、白家，他根本配不上。也就只能更加勤快些，多學點知識，以後才有獨當一面的可能。

「唉，你這孩子，聽姨母的，今兒別出去了，說什麼也要休息一天，萬一累壞了，我怎麼跟你娘交代？」說罷，叫彩屏從廚房端來一碗人參雞湯。「本是給小魚喝的，如今我看你也要多補補。」

黃立樹沒法子，只得接過來幾口喝了。

杜小魚躺在美人榻上，手裡搖著一柄刺木蓮花輕羅綾扇，這時笑著道：「瘦是瘦了好看，不過再瘦下去就成痲稈了，改日司馬小姐都認不出你。」

「哪有那麼誇張，唉，我今兒不去鋪子行了吧。」他搬來一張椅子在杜小魚身邊坐下，看著那大肚子笑道：「陪陪我外甥也好。」

兩人閒聊一會兒，黃立樹便進去睡覺去了。

杜小魚剛要坐起來在院子裡走走，就見一個小廝急忙忙地跑進來，看那樣子慌張得很，差點被一個花盆絆一跤。

那小廝叫大鑼，平日裡是陪著杜文濤的，趙氏見到他這當兒回來，心裡一沈，問道：「怎麼回事？你不是應該在侯府待著的，文濤呢？」

大鑼結結巴巴道：「少爺在、在侯府呢！是出了事……」

趙氏臉色立時變了，喝道：「出了什麼事？文濤出什麼事了？」

杜小魚也緊緊盯著大鑼。

「不、不是少爺出事，是侯府的少爺出事。」大鑼一個勁兒的擺手。「但是跟少爺、跟少爺有關係，所以小的回來，回來稟告夫人跟姑奶奶。」

侯府的少爺？跟杜文濤一起唸書的有兩位少爺，杜小魚忙問道：「是哪位少爺？到底出了什麼事，你快快說來！」

「是廷秀少爺，他掉水裡了。」

鍾廷秀是文安侯最小的兒子，平日裡也是最得寵愛的，趙氏一聽他落水居然跟杜文濤有關，嚇得身子都不由得抖了起來，顫聲問：「怎麼會跟文濤有關係的？」

大鑼縮著頭道：「小的也不知道，今兒下午少爺跟廷瑞、廷秀、丁家二公子在一處唸書，後來夫子有事要離開一下，就叫他們休息會兒，小的本來跟著少爺的，結果丁家二公子說咱們礙手礙腳，叫咱們這些下人都離遠一些，其他少爺的隨從都走了，小的也不好留下來。小人就跟小宋在門外頭說閒話，誰料不出半個時辰就出事了，廷秀少爺淹到潭子裡去了。」

「那現在廷秀少爺怎麼樣？要不要緊？」杜小魚問。「文濤不回來是侯府不讓回來還是怎麼的？」

「被救上來了，人還暈著，少爺是自己不肯回來的，其實侯府也不知道中間到底出了什麼事。」

杜小魚一聽，忙叫彩屏去準備轎子，趙氏也要跟著去，杜小魚阻止道：「娘在家裡等消息就是了，我一定會弄清楚的。」

「妳自己小心點。」趙氏想到自己去了只怕也幫不了忙，到時候太擔心杜文濤以至於說出不該說的話，那就更不好了，便也決定不去了，只叮囑女兒注意安全。

到了侯府，起先童氏就迎了上來。「我正想著派人送文濤回去，可是他偏不肯，妳來就好了。其實這事也怪不得誰，兩個孩子有點爭執是在所難免的，我已經跟娘說了，文濤性子溫和，肯定是不小心才……」

杜小魚聽著心裡一沈，怎麼這事已經查出來了嗎？聽起來像是杜文濤把鍾廷秀弄到水裡去的。

童氏看了看她的臉色。「我知道文濤是好孩子，可是娘一向最疼廷秀，相公都比不上的。」話裡的意思很明顯，侯爺夫人是責怪杜文濤了。

「真是文濤的錯，我一定會好好教他的。」杜小魚跟童氏都是爽直的性子，她也不拐彎抹角。「只我不信文濤會做出這種事，當時就他跟廷秀少爺兩個人嗎？怎麼好好的會爭執起來？文濤他不是個意氣用事的人。」

童氏拉著她的手在外面石凳上坐下來。「今兒夫子家裡有事出去了一趟，讓他們自行安排，後來四人去了雲泉池那裡，聽丁家二公子說，今兒夫子問了一道題，文濤跟廷秀都答出來了，但是夫子說廷秀答得更好，文濤就有些不高興。」說著看了杜小魚一眼。「文濤文才武略，咱們家的少爺都比不上，這是難得一次勝過他。」

杜小魚語氣很肯定地道：「文濤不是那麼心胸狹窄的人，就算輸一次，也斷不會對廷秀有不滿的念頭。」

童氏對此不表態，到底廷秀是鍾家的人，她總不能胳膊肘完全往外拐，繼續說道：「廷秀可能也有錯，他難得贏了，心裡高興，不停地在文濤面前炫耀，後來背對著水池的時候，就被推下水了。」

「啊！」杜小魚驚呼一聲。「文濤絕不會這麼做！」

這可是明目張膽的謀害人命啊！

「還有另外兩個人呢？他們是真真切切地看見文濤這麼做了嗎？」

「廷瑞正好累了，閉著眼睛休息，什麼都沒看到，是丁家二公子這麼說的。」童氏也覺得是一面之詞，可前前後後聯繫起來，孩子到底是孩子，也許杜文濤真的因為被廷秀激怒，真的會這麼做也不一定。

聽到丁家二公子，杜小魚暗自冷笑一聲，真是物以類聚，果然阮玉把他弄進來不是幹好事的，可卻是防不勝防，這可是在侯府呢，這二公子膽子竟然就那麼大！

「文濤他沒說什麼嗎？」她站起來。

「只說不是他做的，別的什麼都不說。」

童氏接著就把她領著去了一處偏院的堂屋，杜文濤正背對著門口，站在那裡一動不動，聽到杜小魚來了，這才轉過身。

「聽鍾夫人說你不肯回來？」她柔聲道。

杜文濤眼睛紅了，他剛才一直憋著沒哭，此刻見到親人，心裡的委屈排山倒海，可到底也沒有大哭起來，只拿袖子抹著眼睛。

「二姊，不是我做的，我沒有推廷秀下水。」

「我信你，那你現在可以說了吧，到底是誰推的？」

「他是腳滑了一下摔下去的，丁起高根本沒瞧見，就胡言亂語誣陷我。」

「那你剛才怎麼不跟侯爺夫人好好說？」

杜文濤咬了下嘴，氣憤道：「丁起高他一來就在夫人面前把事情說通了，我再如何自辯，夫人也不願相信我，只會以為我是一味推脫。」

「但你也不想認罪，就不肯走，是不是？」杜小魚問。

他重重點了下頭。

童氏還是很喜歡杜文濤的，當下問到疑點。「丁家二公子說你不滿廷秀答得比你好，這才想出出氣，我雖然不信，可下人都說是真的，廷秀第一次贏了然後就掉下水了，你要怎麼說服別人呢？」

杜文濤猶豫了會兒。「夫子可以為我作證的，只我不想別人知道。」剛才一大群人圍在主屋，他若是當面把這事說了，以後難免會傳出去。

其他二人面面相覷，不知道他這句話是什麼意思。

「廷秀唸書一向很用功，可是每次都落後於我，他最近為此悶悶不樂，我這次是故意輸他，好讓他高興一些，夫子肯定看得出來的，因為這個問題，我曾經私底下問過夫子。」他一口氣說出來，有些羞愧，吶吶道：「這事若是讓廷秀知道了，他一定會怨恨我，當我瞧不起他，可我、我只是想以此激勵他而已。」

這樣一顆純真的心，童氏聽了不由極為感動，長嘆一聲。「原來你這孩子是用心良苦，我們都錯怪你了。」

杜小魚笑著抱了抱杜文濤，很自信的對童氏道：「我就說他不是這樣的人，現在妳相信了吧？」

「我這就去跟娘說。」童氏溫柔地看著杜文濤。「廷瑞跟廷秀有你這樣的朋友，是他們的福氣，不過，我覺著，你以後還是不要讓廷秀了。這孩子容易自滿，看他才贏了一次就得意洋洋地炫耀，難成大器，你還是永遠都領先於他才好，這樣他才有一個目標去好好努力。」

「弦綳緊了未免會斷，我倒是覺得廷秀太過緊張自己的成績了，讓他贏一次能增添些信心，何嘗不好？」杜小魚卻有相反的意見。

童氏笑起來。「妳說得也有道理，將來咱們養育孩子可要好好交流交流呢。」說罷就找侯爺夫人交代這件事去了。

侯爺夫人得知真相，才知道錯怪了杜文濤，她本身是個和藹的人，只對小兒子格外疼愛，所謂關心則亂，才會信了那丁家二公子，這會兒惱怒非常，勒令丁起高立即離開侯府，以後再不准踏入半步，即便童氏跟阮玉關係好，也不敢勸說一句。

杜小魚領了杜文濤要離開侯府，童氏又過來替她婆婆表達了歉意，希望杜文濤別把這件事放在心裡，以後還是要來侯府跟那對兄弟一起唸書。

兩人笑著應了，童氏把他們送到垂花門口這才返回去。

見到杜文濤安然回來，趙氏連著唸了好幾句阿彌陀佛，拉著他胳膊上上下下看道：「可把我擔心死了，這侯府不是一般的地方，唸個書都擔驚受怕的，那侯府公子更是矜貴，要不你以後索性不要去了。」

這樣就打了退堂鼓，杜小魚笑道：「只是一場誤會罷了，小人作祟，現在侯爺夫人也清楚文濤的為人了，以後斷不會出現這樣的問題。」

杜文濤早就跟兩位公子培養出了感情來，聽趙氏叫他不要去了，當下也急了。「二姊說得沒錯，是那丁起高誣陷我，如今他已經被趕出去了。娘，您還是讓我繼續跟著夫子學習吧，夫子學識淵博、通曉古今，只怕再找不到那樣好的。」

兩人同氣同聲，趙氏只得嘆口氣。「那你以後更加要注意些，幸好這事你爹還不知道，不然也得擔驚受怕一場。」

杜小魚問道：「爹去買個魚買那麼久？」

杜顯臨時起意說想給她換換口味，買幾條鰣魚回來清蒸著吃，又怕下人不會挑，買到不好的，就親自去集市了。

這鰣魚被稱為長江三鮮之一，味道自然是鮮嫩清香，在後世的價格令人咋舌，而且也比不得這裡沒有污染的環境下所生長出來的，杜小魚聽了也很想吃，只可惜，這京城的鰣魚有是有，卻都是冰鮮著運過來的，在肉質上肯定是不能跟新鮮的比了，而價格也很昂貴。想到這點，她就有點不想吃了，覺得錢花得不值，但杜顯興致勃勃，後來也就隨他去了。

現在算算時間，卻是去了一個時辰不止，就算這東西金貴，也不至於要挑那麼久吧？她正想叫一個下人去集市瞧瞧，結果院門外就傳來一陣亂糟糟的聲音，有個小廝跑進來，驚慌不安，撲通一聲跪在地上。「太太、姑奶奶，小的沒有照顧好老爺，老爺他、他被人打了……」

「什麼？」三人大驚失色。

杜小魚急慌慌跑過去，喝道：「那我爹人呢？在哪兒？」

「已經送去醫館了。」

「哪個醫館？」卻是杜清秋從屋裡頭竄了出來，大聲叫道：「爹被哪個混蛋打了？你們都是瘸腿的嗎？怎麼叫爹被人打了？」

小廝縮著頭，知道杜清秋性子蠻橫，不敢搭話，看向杜小魚道：「在濟運醫館，今兒集市賣鱘魚的有兩、三家，老爺一家家挑了過去，結果不知從哪兒就衝出來兩個壯漢，對著老爺一通打，小人根本就拉不動，被其中一人一拳揮過來，暈了好一會兒。等清醒的時候，就聽那兩個漢子說，說老爺有個好女婿，這次老爺被打就是拜他所賜，叫老爺以後都小心點，還、還提到姑奶奶呢……」

杜小魚聽不完這些，扶著趙氏拔腳就往濟運醫館走。

彩屏趕緊上來又扶著她。「夫人小心些，這節骨眼上您千萬別急，要是影響到肚子裡的孩子就不好了，快呼幾口氣，靜靜心。」

趙氏本來也焦急不堪，聽到彩屏這麼說，也忙去勸杜小魚。「妳別去了，好好待家裡，這才從侯府出來的，唉，妳爹反正已經送去醫館了，料想也沒有事，再說，還有黃花呢，我一會兒叫她一起去，妳聽話，別去了，啊？」

杜小魚心裡燒著一團火，頓時也覺得肚子有些不適，一想到腹中胎兒，終究還是退了回去。

其他幾人則忙趕去了濟運醫館。

第一百二十四章

到了傍晚，一群人才回來，趙氏眼睛通紅，看來杜顯傷得不輕，想到他一把年紀，杜小魚眼睛也紅了，抓著趙氏的手道：「爹到底怎麼樣了？」

趙氏剛想回答，結果想到杜顯的慘狀，眼淚就忍不住流下來。

杜黃花拿袖子拭了下眼睛，哽咽道：「斷了一根胸骨，右手也……幸好金大夫醫術好，接得起來，只這些日子要受苦了，不大能動。」

到底是什麼人打的？

杜小魚狠狠捏著拳頭，恨不得立時把那幕後之人拽出來。

「妳也不要太擔心，爹在醫館住上三天就能回來了，金大夫拍著胸口保證，說肯定能完全康復的。」怕她著急，杜黃花又安慰杜小魚。

「金大夫是京城數一數二的大夫，他這麼說，應該是沒有問題的。」屋裡愁雲密布，她不想再哭哭啼啼的，上前拉著趙氏的手道：「娘放心，我一定會查出來是誰做的，總不能讓爹被人白打了。」又看一圈四周，說出了自己心裡的猜想。「這事應是跟源清有關係，他在長興縣追查欠款，只怕得罪了人，才會牽連到爹。咱們以後出去都要多加注意，或者，暫時不要輕易出門，等我寫信問問源清，看看如何解決再行定論。」

幾人心裡大駭，那幕後之人膽子那麼大，居然敢動手毆打官員的家人，可見李源清又是處於何種境地！

過了會兒，白與時散班去看過杜顯後也過來了一趟。

杜小魚與他相對而坐。

「妹夫曾寫信予我，提到永定伯是最難對付的一人，此人生性暴烈，仗著自己的女兒是皇太后便為非作歹、肆無忌憚。聖上在輩分上乃是他外孫，雖有心拿辦，然顧及皇太后面子，一直隱忍不發，如今永定伯實在做得過分，既敢拖欠稅銀，諸多藉口，聖上忍無可忍，戶部尚書秦大人故而派出妹夫去長興縣。」

「豈不是把他當炮灰使？」杜小魚冷笑一聲。「他不過一個六品官，卻要對付皇親國戚，這到底是重要還是迫害？」

白與時知道她擔心李源清才會說出這樣的話，放低聲音道：「妹夫是有這樣的能力，秦大人才會派他前往。小魚，秦大人其實是妹夫的座主，當年他參考的會試，秦大人乃是主考官，一直都頗為賞識他。」

杜小魚這才靜默下來。

「這次事情始料未及，永定伯恐怕是被妹夫抓到了什麼把柄，才會如此威脅。」

那是狗急跳牆了。

兩人正說著，就聽彩屏上來通報道：「夫人，林大爺來了。」

林嵩？杜小魚驚喜地站起來，親自迎了出去。

「我來晚了，本來前幾日就該到了，誰料路過一個縣城正好發大水，耽擱了幾日。」林嵩追悔莫及。「早來的話，杜老哥就不會受這種苦了。」

看來他已經得知杜顯受傷的消息，杜小魚抓住他話裡的關鍵，奇道：「舅父你莫非有預斷的能力，怎麼會突然跑來京城呢？」

「我有這大神通就好了，是源清寫信叫我來的。」林嵩說著跟他們進了屋。「他才去長興縣就寫信給我了，可惜我正好不在齊東，等了幾日才回來，又是耽擱了一些日子。他恐是早就算準那些狗娘養的會做出這等下作的事情，才叫我過來保護你們。」

杜小魚心裡一嘆，原來他早就料到了，只可惜世事難料，終究還是遲了一些。

「秦度這老狐狸竟然敢動我外甥，看我不把他的鬍子全都拔光了！」林嵩忽然又罵起人來，罵的就是戶部尚書秦大人，秦度有美髯，對這把鬍子極為珍惜，不管什麼時候都小心呵護，生怕弄髒了。

白與時聽了忍不住動了下嘴角，杜小魚則不明所以。

「不過算了，這老傢伙也是個能幹事的，源清在他手下總比在那些庸庸碌碌的人手底下好。」林嵩拍了下胸脯。「小魚，我現在既然來了，你們也不用再害怕，我看這永定伯還敢不敢再來犯！」

到底是帶兵征戰過的人，眉眼之間全是英武之氣，凜然不可侵犯。

杜小魚放心的笑道：「舅父這麼說，我哪還會害怕，剛才還吩咐他們出門小心，如今有舅父在，豈不是橫著走都行？」

「橫著走我不保證，不過我帶來的人都是身經百戰的，一人敵百不行，敵二十個總不成問題，有他們跟著，妳放一百個心。」他說罷出去跟外面的人吩咐了幾句，又回來道：「今晚上我暫時不住這裡，妳房間不用急著收拾，我還要去會幾個人。」又跟白與時告辭一聲便出門去了。

白與時看天色已晚，反正林嵩已經安排妥當，手頭也有事情要忙，便也告辭走了。

因杜顯暫時不好挪動，如今也只好躺在醫館裡，杜黃花用完晚飯就去服侍了，杜小魚現在已經平復好心情，便決定到醫館去看看他。

趙氏不放心她一個人去，回頭叫彩屏照顧好文濤跟清秋，便跟杜小魚一起去了。

濟運醫館開在竹竿街，這街道顧名思義，又細又長，地上鋪著小方塊的青石，因彩屏如今相當於府裡的管家了，要留她在家裡照顧，便帶了另外一個丫鬟何菊來。

在飛仙縣杜小魚曾通過牙婆買了四個丫頭，這會兒也都隨她來了京城，原本面黃肌瘦的，現在全變了個樣兒，個個神清氣爽、面色紅潤，不短她們吃穿，個子也都拔高了。其中何菊是四人當中比較細心的，也就做了貼身丫鬟。

街面上被人潑過水，還沒有乾，何菊扶著杜小魚，片刻都不敢鬆懈。

三人慢慢走到濟運醫館，這家醫館金家已經傳了三代，到了金汝林這一代，醫術青出於藍，更加出神入化，崔氏的病就是他治好的，有了這個先例，他們兩家自然對金大夫信任有加，再不去別的醫館看病了。

杜顯剛剛瞇了會兒才醒過來，見到杜小魚來了，忙叫她回去。「我這好好的，妳來幹什麼啊，這邊地兒到晚上特別滑，妳要當心點。她娘妳也真是的，不就是斷了兩根骨頭嘛，過幾天就能回去了，小魚過來妳也不攔著。」

雖然是動彈不得，可精神還不錯，看他說那麼長一段話也不費力，杜小魚放心了，笑著道：「您還當自己是年輕人哪？斷兩根骨頭不是大事？也別說娘了，我自個兒要來的，您現在只能巴望自己好快點，不然我每天都還來。」

杜黃花在旁邊噗哧一聲笑道：「妳還跟爹抬槓，好了，好了，兩人說的都沒錯，妳看過爹就行了，有我在還有什麼不放心的。」

「妳也給我回去，念蓮不得要娘呢？」杜顯皺起眉頭道：「這醫館有專門照料的人，哪兒用得著妳們？都回去，都回去。」

他是不想累到家裡人，可誰領他的情，三人看他大聲說話，也不喊疼，心情都放鬆下來，說了會兒話，最後還是留下杜黃花，說好明兒早上趙氏來替換她，另外二人才走了。

杜小魚一晚上也沒有睡好，雖說林嵩來到京城讓人心裡安定，可李源清那邊仍是不知道真實的情況，輾轉反側弄到深夜才迷迷糊糊睡著。

第二日醒過來的時候，發現都要到中午了。

見她自己從床上爬了起來，彩屏笑著道：「飯菜剛好準備好了，不過太太去了濟運醫館還沒回來。」

是去照看杜顯了，杜小魚點點頭，何菊服侍她梳洗。

「林大爺之前也來過，只夫人還沒醒，他便去了臥房休息。」

大概昨日晚上有事忙到很晚，不然林嵩也不會大中午的跑去睡覺，杜小魚先喝了一大杯溫水，在院子裡踱了會兒步才走去用飯。

這頓是雞肉宴，為防止她吃膩，那豬牛羊雞鴨、海鮮、野味是輪番上。

只今日不是杜顯掌廚，她有些吃得不大習慣，想到他如今躺在床上吃苦，昨兒個才壓下的怒氣又隱隱升了上來。

「夫人，左副都御史丁夫人跟一位姓唐的夫人來了。」在臥房剛描了幾個花樣出來，就有丫鬟進來稟告。

沒想到阮玉還真敢來他們家，還是挑的這麼一個時機，杜小魚把筆往桌上猛地一擱，想直接就把阮玉轟出去，可思來想去，她來就來了，竟還帶了一位別的夫人，倒還不能隨便請人走，就暫且按捺住了火氣。

「就說我不舒服，不方便見客。」

那丫鬟應一聲，便退下去了，不到一會兒又過來。「那姓唐的夫人本要告辭了，後來丁夫人在旁邊說，那唐夫人是詹事府左春坊大學士唐家的夫人……」

「所以妳又回來了？」杜小魚皺起眉。

那丫鬟趕緊搖頭。「是林大爺正好出來，看見那二人，就叫奴婢跟夫人說，別人親自上門，見一面總是必須的。」

既然林嵩要她見，似乎有他的道理，杜小魚便吩咐丫鬟把那二人請到堂屋。

阮玉打扮得珠光寶氣的，另一位夫人看上去年約四十來歲左右，大圓臉、眼睛細長，面皮緊繃著，好像不苟言笑，看裝束，也是富貴人家出來的。

杜小魚慢騰騰走過去，抱歉道：「怠慢二位夫人了，實在是身子不方便。」

「還沒恭喜李夫人呢。」那唐夫人扯出一抹笑來。「李夫人懷了身子，一個人處理這家裡大大小小的事情，確實很辛苦，也難怪剛才不願見面，怕是累著了吧？」

這話有些突兀，杜小魚笑了笑，喊丫鬟給她們看茶，才說道：「我父母也住在一處，這方面倒還能搭把手。」

阮玉嘴角露出一絲玩味的笑意。「也是聽說令尊大人受傷了，咱們相識一場才想著來看看妳，結果倒差點吃了個閉門羹。」

昨日的事情，她們今兒就知道了，杜小魚眉梢一挑，面上冷下幾分道：「多謝兩位夫人關心，我父親的傷已經及時醫治，沒有大礙了。只沒有抓到行凶的人，倒真像是心裡扎了根刺似的，如此毆打我父親，實在是畜牲不如！」

唐夫人有些不自然，乾咳一聲道：「說得也是，好好的怎麼會打李夫人的父親呢？莫不是有什麼緣由？唉，李夫人，我看妳的肚子，也是即將生產的人了，怎麼也該讓李大人回來陪妳才行啊。」

繞啊繞的都在李源清身上，杜小魚看出些端倪，認真道：「這怎麼行，尚書大人分派給他的任務，不處理好怎好回來？我可不能拖他後腿啊！」

阮玉臉頰抽搐了下，這還叫不拖後腿？要沒有她，李源清早就是翰林院侍讀了，以後進入內閣，貴極人臣都是早晚的事，又豈會如此倒楣，要跑去長興縣做這種兩面不是人的事情。

做得好，是分內之事；做不好，得罪那些權貴，惹一身騷，鐵定影響官途。就是這個女人，害得他走到這個地步。

「唐夫人的父親乃是東閣大學士，妳若想李大人回來也不是沒有辦法，只要妳去一封信就成了。」阮玉微微笑道：「妳父親也要人照顧，不怕一萬，就怕萬一，家裡頭再出些事可就要手忙腳亂了不是？」

這話怎麼聽怎麼像是威脅，杜小魚現在終於明白林嵩為什麼要她見她們二人了，鐵定是跟杜顯被打有關，這阮玉跟面前的唐夫人，莫非是永定伯的哪門親戚不成？

她低著頭思考了一會兒，說道：「謝謝二位好意，家裡事我暫且還能照看。」

看她固執，唐夫人想起此次來的目的，壓低聲音道：「李大人被人打傷了妳知不知道？差點斷了一隻手呢！」

「啊！」杜小魚驚呼一聲。「什麼時候的事？」

看她終於驚慌起來，那二人互相看了一眼，交換下眼神，阮玉說道：「是半個月前的事情，還是我家老爺聽五城兵馬司的人說的，幸好李大人習了武功，不然……可誰知道呢，我家老爺都感慨李大人這樁差事不好辦。」

想到他受傷，杜小魚的心揪成了一團，胸口猛烈地起伏著，握住椅子把手的手也微微顫抖起來。

彩屏忙上去輕聲安撫。「夫人，大人既然沒有告知夫人，肯定不太嚴重，再說，也是怕夫人擔心，您可千萬不要著急。」

阮玉唯恐杜小魚還不慌，尖著聲音道：「有次吃飯還差點被毒死，防不勝防。」

她聳人聽聞，彩屏怒氣沖沖地瞪過來。「丁夫人還請您小心說話，我家夫人受不得刺激，這萬一出事可是您來負責？」

出事了才好呢，一箭雙雕！阮玉眼眸微微瞇起來，冷聲道：「妳家夫人面前要妳多嘴？」

「彩屏。」杜小魚擺擺手，深呼吸了一口氣。

彩屏退到身後，但眼睛還是盯著阮玉不放。

「咱們言盡於此。」唐夫人見目的已經達到，笑著道：「李夫人要當心身體啊，咱們還是不打擾了。」

「是啊，唐夫人妳一會兒還要進宮，敏妃娘娘懷有龍子，是該多去看看的。」

兩人說著就告辭走了。

二人這一趟來，再仔細想一遍，乃是赤裸裸的威脅，其目的就是想逼著她寫信叫李源清回來。

杜小魚伸手撫摸著隆起的肚子深思。

林嵩這會兒進了來，哼了聲道：「那二人雙簧唱完了？」

「她們說源清受傷了。」杜小魚脫口而出。

「哦？」林嵩面色也是一沈，但隨即又道：「要成大事，就不能前怕狼後怕虎的……」

他十幾年南征北戰，自是勇武非常，可看到杜小魚的表情，只好道：「源清那麼聰明，肯定會保護好自己，妳大可放心。」

她這幾日本來就擔心得很，如今聽到他受傷，豈是說放心就能放心的？

「也許是假的也不一定，故意說來嚇唬妳。」林嵩嘿嘿一笑。「小魚，妳膽子一向很大，可不要中了她們的計啊。」

可看樣子不像是嚇唬人，後面阮玉說的中毒倒可能是假的。

見她仍是擔憂，林嵩說道：「他們一計不成又出一計，只怕是沒有後路可走了，不然怎會派出永定伯的外甥女前來試探？我看過不了多久，源清只要堅持下去，凱旋歸來是遲早的事情。」

沒想到唐夫人是永定伯的外甥女，他們這樣先是毆打人威脅，又來嚇唬她，把李源清的環境說得如此惡劣，看樣子真是被打到了痛腳。

可最後說的一句話又是什麼意思？

杜小魚看著林嵩。「敏妃娘娘跟永定伯也有關係嗎？聽說懷有龍子。」

林嵩的面色不由沈了下，他昨晚去會了幾個官場的老友，倒不是有重新入仕的想法，但免不了還是會說起當今朝廷的形勢。

敏妃是唐大人的表親，跟永定伯也算扯得上關係，前幾日被御醫確認懷了孕，聖上龍顏大悅，自嘉熙五年到嘉熙十八年，他再也沒有添過兒女，如今敏妃有喜，那是天大的喜事，宮裡頭大肆慶祝，連十幾年沒有開過的寶燈樓都重新點亮了一回。

由此可見對敏妃的寵愛。

看林嵩的表情，杜小魚心裡咯噔一聲，這麼說來，那二人說這一番話是加深威脅，既然敏妃聖眷正隆，永定伯一事指不定就會有轉機，也是他們最大的依仗。

「若是官家到時候又改了主意，那源清他做這些事……」

林嵩略一沈吟。「長興縣去年因雨水歉收，收成極為不好，是以才會欠下稅銀，若其中明明朗朗，聖上定然不會追究，因這些田地雖是御賜給皇親國戚、王侯公爵，但租種此地的乃是普通的農戶。聖上體恤百姓疾苦，免這些田地的賦稅便是造福於百姓；然而，若事實相反，百姓賣兒賣女，家破人亡，卻只為上交那一筆稅銀，那又該如何？」

杜小魚倒吸一口涼氣。「那些人膽子真那麼大？利用聖上的善意來填補自己的腰包不成？」

「可不是嘛。」林嵩冷笑一聲，又意味深長道：「他們也不看看自個兒現在的處境。」

當年先皇去世後，聖上尚且年幼，一直是由皇太后把持朝政，即便聖上成年，有很多事情也都是要去請教皇太后才得以實施的，這種形式一下子持續了二十年，可皇太后終究會變老，很多事情自然要跟著改變。

「既然舅父篤定的話，那我就放心了。」杜小魚呼出一口氣。

「也不然，很多事朝夕之間就能傾覆，但要成大事，總不能計較得十全十美，若是如此，什麼都想著保全，還不如兩袖清風，就此離開官場。」林嵩發出感慨。

這是一種覺悟，杜小魚相信，當年要不是李源清娘親身死的緣故，林嵩是斷不會辭官的，但如今看來，他也一樣適應得很好，果真是個寵辱不驚、少見的英豪。

「不過，我信還是要寫的。」杜小魚笑著走到書案前坐下。

林嵩點點頭。「好，妳寫吧，我去看看妳爹。」

彩屏在旁邊磨了墨，她略略想了想，就提筆寫起來，洋洋灑灑竟然寫了六、七張，把家中大大小小事情都說了個遍，又說舅父已經來到京城，叫李源清不用擔心他們，最後交給家裡經常送信的小廝，快馬加鞭送去長興縣。

她相信外面一定有人盯著他們家的舉動，這封信送出去，那邊恐怕又得猜想了。

第一百二十五章

過了一陣子，杜顯的傷稍微好了些，可以在院子裡慢慢走動，而趙冬芝這時候也來了京城，想看看未來的兒媳婦。

杜黃花安排了一下兩家見面，趙冬芝對司馬靜十分滿意，拉著她問長問短，說不出的喜歡。

幾日後，還在念念叨叨。

趙氏也是眉開眼笑，看來這次黃立樹的終身大事總算是有著落了。

「反正司馬家也有結親的意思。」但趙氏卻不太願意在這忙亂的時候再添一樁事情，可又不好直接說，總不能阻他們好事。

趙冬芝也有點眼力勁兒，看看杜顯，有些不好意思道：「姊夫這還傷著呢，再說，源清也不在京城，等會兒倒也行，要不就等咱們小魚生下孩兒好了。」又盯著杜小魚的肚子瞧，左看右看道：「倒是跟曉英的肚子差不多，有沒有叫大夫來看看孩子是男是女？」

「這孩子不讓看。」趙氏笑道。

趙冬芝道。「也是，反正孩子生下來，不管男女，姊跟姊夫都是歡喜的。」

幾個人聽著都笑。

唯有杜顯看著前方嘆氣，心道李源清怎麼還不回來，這一晃眼就得秋天了啊！

最近杜小魚做什麼事都有些力不從心，總是感覺到累，有時候坐著看看書，不知不覺就睡著了，好幾次都是彩屏怕她著涼，給她蓋上一條被子才弄醒的，隨後便去床上躺一會兒。腳也開始浮腫，原來的鞋子完全穿不上了，都是趙氏給她重新做的千層底，又軟又舒服。

她又胖了一些，這日散了會兒步，看天空碧藍得像寶石一樣好看，便叫下人把屋裡的美人榻搬到棵大樹底下。

正好遮蔽了陽光，她躺在上面看著蒼藍的天空，想起李源清，心裡終究還是生出了一些埋怨。

對於生孩子，她不是不怕的，這兒不像未來那樣發達，一旦在過程中出了什麼錯誤，也許就再也無法彌補了，可這種擔心她誰也不願意說，能說的人，卻遠在天邊。

難道他真的會等自己生了孩子才會回來嗎？

這麼想著，心裡的酸澀一點點瀰漫開來，說不出的傷心與難過。

樹葉在微風中發出沙沙的輕柔聲響，她又開始覺得疲倦，慢慢閉上了眼睛，也不知過了多久，感覺有東西壓在自己唇上的時候，她猛地驚醒了。

熟悉的味道在舌尖肆虐，她剛剛睜開的眼睛又閉上了，雙手用力抱緊了眼前的人。眼淚不受控制地流下來，融入兩人交纏的唇舌間，又一點一點被他吸吮乾淨。

好一會兒，李源清才放開她，啞聲道：「我太想妳了。」

杜小魚看清楚他，頓時心疼起來。

臉色發白不說，眼睛裡還全是血絲，看上去根本就沒有睡過覺。

「我趕了兩天兩夜的路。」他又伸手抱住她，用臉頰蹭著她的髮絲，貪婪的聞著她身上的味道，實在是太久太久了，久到他每一天都覺得是煎熬，走之前她的肚子才那麼點大，可如今卻膨脹了好幾倍。

「是不是馬上就能見到咱們的孩子了？」他蹲下來，把頭貼在杜小魚的肚子上，神情專注地聆聽著。

那一刻，什麼埋怨都沒有了，他為了早些回來見她，憔悴成這樣，杜小魚笑著道：「是啊，大概還有一個月的時間。」

「我名字都取好了。」他興奮地抬起頭，一副要跟她好好說的架勢。

「你先去睡一會兒吧，一會兒爹跟娘看到你這個樣子，不知道得多心疼呢。」杜小魚原想叫丫鬟去放熱水給他洗個澡，結果回頭一看，周圍一個人影兒都沒有，才想起剛才兩人熱吻的一幕，該是都自動避開了。

「岳父岳母呢？我得先去拜見一下。」

「跟小姨去了司馬家，原本也請了我的，可我太乏了，也不方便，就沒有去。」最近兩家走得近，經常請來請去的，至於黃立樹跟司馬靜，那更是你儂我儂，也就等著眾多事情解決平緩下來後成親了。

李源清看著她又圓了一圈的臉，想彎下腰抱起她，可又怕哪兒弄得不好傷到孩子，當下只得打消念頭，只握住她的手笑道：「看妳也睏了，走，咱們睡覺去。」

那目光熱情如火，能灼燒掉所有的東西，她的心猛地跳動起來，下意識地抱住肚子道：「那可不行。」

「不行什麼？」他挑起眉。

「不行……」忽然看到他轉為促狹的笑，她氣得拍打了他一下。「你真討厭！」

他越發笑得開懷，看著眼前分開了數月的人，恨不得就按照心裡噴薄而出的慾火把她扔到床上去，然而，這當然是不可能的，只得按捺住，嘆口氣道：「我還是去洗澡吧。」隨即就叫人去準備溫水。

要不是怕人發笑，他還真想直接用冷水呢。

杜小魚此刻終於安心了，看到他脫下來的外衣都覺得分外的甜蜜，走過去拿起來，整整齊齊疊好，疊完又想起來這是要清洗的，不由失笑出聲。

胸腔裡心跳的聲音好像大得自己能聽見似的，她拿著這衣服才明白，原來李源清早已經完完全全成為她所依賴、所全心全意去依靠的丈夫了。

而這樣的人，以後還要多一個。

她撫摸著肚子，臉上滿是滿足的笑意。

兩人相擁而眠，即便李源清的身體已經很疲乏很疲乏，可是卻怎麼也睡不著，閉著眼睛，鼻尖充斥的全是她的味道。

思念許久、期待許久的時光，便是像這樣抱著她，一刻都不要放開。

感覺到他的情緒，杜小魚睜開了眼睛，其實她也無法入睡，心裡一直有幾個問題想問出來。

四目相對，他眼中滿溢著柔情密意，肯定地說道：「這次回來不會再走了。」

她終於徹底放了心，身子微微動了下，調整好一個方便說話的姿勢，笑著道：「你怎知道我要問這個？」

「妳剛才都哭了，難道不是因為想念我？」他把手枕在她腦袋下，微微收攏過來。「要是還不能回來，我寧願辭官了，總不能等妳生孩子了我還在外頭。」

雖然是不太現實的話，可杜小魚聽著還是很受用，一隻手抱住他胳膊道：「我聽說你受傷了，剛才怕你累都沒有問，想等你睡一會兒再說……是哪隻手？以前受過傷的這隻嗎？」

「早就好了，不過是輕傷。」他語氣稍顯平淡，其實那日的驚險卻歷歷在目，永定伯冷血無情，明知農田歉收卻絲毫不體恤那些農戶，威逼恐嚇，抓人兒女的法子都做了出來，待收齊那批銀錢後，長興縣不知道有多少戶人家餓死了人，也有賣掉孩子還債的，結果永定伯竟然還不把這筆款項如數上繳，自個兒吞併了一大半。

現在這事被人捅了出來，永定伯心慌之下，殺人滅口，他初到長興縣一開始並不知事情如何，永定伯派人賄賂不成，又威逼利誘，再得知他拿到一份由幾十戶農戶按下手印的血書之後，更是想把他一併除去，幸好當日下了一場潑天大雨。

那個夜晚，他想起來仍是心驚不已，要不是當年跟隨林嵩認真學了武藝，只怕就此身死也不一定。

而長興縣附近幾個縣又因為天災的關係，有些吃不上飯的就去投靠山賊土匪，經常下山劫掠，也曾攻擊過衙門的糧倉，他們幾人若是真的死了，到時候永定伯一夥定然會把事情推到那些人的頭上。

不過是殺雞儆猴，他首次去調查此事就再也沒有回來，到時候又有幾個人有膽子敢再去？去了又會竭盡所能查出真相嗎？

這本是一個好計，可永定伯卻是大大的錯了。

皇上雖然早已執掌大權，但皇太后積威甚重，朝中有不少官員都是些外戚，他此次去長興縣充當的很大一部分作用其實是皇上的一個表態。

永定伯從家族的角度來看，乃是皇上的外公，普天之下能對他有所決議的也只有皇太后跟皇上了，可這次戶部派人去長興縣調查，皇上是准許的，若是永定伯規規矩矩，坦白從寬，興許也不會走到那一步去。

偏偏他被皇太后縱容慣了，容不得別人對他指手畫腳，可想而知，後果會是如何。

杜小魚看他面色深沈，本還想問問其中的細節，後來終還是沒有提，只笑著聊起家裡的小事。

李源清重回戶部，不到一個月，京城風起雲湧，在第一個人公然彈劾永定伯欺上瞞下之後，永定伯就再也沒有上過朝，聲稱得了重病，隨後，皇太后一手提拔的幾十位官員都上陳了自陳求退書，皇上一律准予。

一時間，各地官員大換血，李瑜又被調至京城重新做了兵部尚書，李源清升任戶部郎中，與此同時，太子的人選也定下了，乃是皇上一直寵愛的妍貴妃所生的兒子，五王爺甯王。

據說，甯王是為皇太后一直不喜的，然而，此時此刻，她儼然是作不得主了。

李家雙喜臨門，而今日眼看又要第三喜了。

院子裡，李源清、杜顯夫婦、林家老太太、趙冬芝、杜文濤姊弟倆、黃立樹等人，都焦急地立在杜小魚門外。

其中李源清更是焦慮得不得了，生孩子是很痛的一件事，也不知道杜小魚要受多少苦，恨不得衝到房裡去，陪著她，可以帶給她更多的勇氣。他踱來踱去，又聽不到杜小魚的哭叫聲，覺得心裡像被貓爪子抓著似的，半刻不得安靜。

「小魚身體好，肯定沒有事的，再說，那穩婆是老太太帶來的，聽說在她手底下接下來的孩子都好得很，從來沒有出過事的。」杜顯走過來安撫女婿，他都是四個孩子的父親了，哪會不清楚李源清現在的心情。

李源清感激地笑了笑。「我知道，只是……」

兩人正說著，就聽屋裡傳來一聲嬰兒嘹亮的啼哭聲，穩婆高聲喊道：「是個公子，大喜啊！」

李源清再也忍不住，一步邁上去，砰地就推開了門，差點跟穩婆撞在一起。

黃立樹笑著替他說抱歉，把早就準備好的禮錢給穩婆，送她到後面休息後，就跑出來叫下人去門外面放鞭炮。

杜顯夫婦跟林家老太太互道恭喜。

看著床上一臉都是汗水的杜小魚，李源清心疼的俯身抱住她，輕吻她臉頰。「辛苦妳了，是不是很痛？」

「痛得要命！」杜小魚苦著臉，要不是她自己要求咬著塊手巾，恐怕那慘叫聲能把杜清秋嚇得哭起來，但是她好怕被李源清聽見這樣的哭喊聲，才會想到這個法子，現在看到他，說不出的委屈，想到剛才的痛，立刻又哭了一回。

趙冬芝看見她這個樣子，掩嘴笑道：「哎喲，都當娘了，還跟源清撒嬌呢！不過妳這孩子，怎麼生孩子連個聲音都沒有的？」

杜黃花是一直陪在裡面的，聽了笑道：「她啊，說那聲音太難聽了，非要咬著東西，唉，妳說可不得更累更疼？」

「妳怎麼這麼傻？」李源清聞言擰起眉。「妳叫出來才不會那麼疼啊！」

杜小魚也不想解釋，只說道：「孩子呢，快抱來給我看看。」

小嬰兒被杜黃花用一塊繡滿錦繡牡丹的小被子裹好了，立時拿過來給他們倆看，笑著道：「看他的頭髮多黑啊，剛才穩婆都說少見，那樣黑的頭髮。」

長得真像李源清，多麼俊俏的小臉，杜小魚看著李源清懷抱裡的孩子，五味雜陳，只覺得鼻子酸酸的，原來為人娘是這樣一種複雜的心情。

景修，喜歡爸爸媽媽嗎？喜歡這個世界嗎？她暗暗問道。

景修是李源清起的名字，她也很喜歡，李景修，將來她的孩兒會長成怎樣的一個人呢？

李源清此時此刻心潮澎湃，他如今也是個真正的父親了，陡然覺得肩上的負擔又重了一些，看著身邊的妻子、孩子，心裡充盈著無比的滿足與對未來的美好期望。

外面的人陸續走進來，一時歡聲笑語充滿了整個房間。

到了下午，李瑜跟李夫人也來了，李瑜很喜歡這個孫子，他的三個兒子除了李源輝有一個女兒外，這是他第一個孫子，又豈會不重視，抱了半天，別提多高興了。至於李夫人，那是氣得牙癢癢，可在李瑜面前，她向來注意一言一行，帶了厚禮送過來，儀式上做得完美無缺。

閒聊過後，李源清看出李瑜有話要跟他說，便請他去了書房。

「如今我也回京城了，兒媳婦又生下了李家的孫子，你們還是搬回來住吧。」

語氣甚是溫和，可李源清哪兒肯，他跟杜小魚過慣了這種自由自在的日子，在李家大宅免不了有些拘束，當下說道：「父親若是喜歡景修，可以考慮跟我們住在一起。」

李瑜頓時瞪大了眼睛，他沒想到李源清竟是一點面子都不給他，他也是想好好培養跟這個兒子的感情，又想著自己在李家，其他人自然是不敢胡來的，可李源清竟然不願意。

「父親，不是兒子要這樣忤逆，實在是為了景修的安全考慮。」

「這話怎麼說？」李瑜問道。

李源清就一五一十把李源雨破壞風水的事說了出來。「不過父親也不用再提這件事，二哥如此對我，也不過是因為父親的緣故。父親與我失散十幾年，我知道您想彌補當年的遺憾，可兩位哥哥畢竟與您有這些年的父子情誼在，不是我這幾年的時間可以比得上的，父親真要為我好，就請成全我這個不孝的兒子吧。」

李瑜聽罷長嘆一聲，有些事也許是注定的，追也追不回來，明明是那樣一個跟自己相像的兒子，卻永遠都難以親近。

「罷了，罷了，都隨你吧！不過你要記得經常帶兒媳婦跟景修回來看看。」

「是，兒子一定會的。」

李源清送走李瑜夫婦後，隨即就去了杜小魚房裡。

房裡還是熱鬧無比，幾個人都在，嘰嘰喳喳的給李景修一件件的挑選衣服呢，準備在洗三兒那日穿，可杜黃花做的那些衣服本來就精美得很，眼睛都看花了。

李源清擁著杜小魚，笑道：「妳做的是哪件？」

杜小魚臉一紅，小聲道：「還有哪件，最醜的就是了。」

他撲地一聲笑起來。「那就穿這件吧，咱們的孩子當然要穿他娘親手做的衣服才行。」

「是啊，還是穿妳做的吧。」杜黃花聽見了也說道：「其實也挺好，要不我現在給妳稍微改改？」

杜小魚側過頭看看李源清。「你不怕到時候別人看見了發笑？」

「有什麼好笑的，不就是兩隻小白雞嘛……」話未說完，就被杜小魚一拳捶在胸口上，耳邊傳來憤怒的尖叫聲。「什麼小白雞，是白鶴好不好，是白鶴！」

一時間，屋裡笑聲陣陣，直衝雲霄而去。

諸多事情塵埃落定，自然而然就談到黃立樹的婚事。

趙冬芝這次來不看著大兒子成家肯定是不回去了，可心裡又掛念家裡相公跟兩個兒子，他們兩家便打算等明年開春就把喜事辦了，時間定在三月初五，李源清代筆寫了封信給南洞村的黃雲，告知這個好消息。

因京城寸金寸土，想在這裡再置辦一處大宅則不容易，雖然杜小魚有心資助，可黃立樹卻不肯要，還是司馬靜主意多，未來相公要強不做上門女婿，但住在杜小魚家又不方便，便去跟家裡商量，兩家各出資一半，先買個小院子住下來再說。

當然，他們司馬家出的資，黃立樹是寫了借條的，將來只要還清也一樣腰背挺得直。

最近，兩個月來眾人都在為這樁事忙碌，又是看房子，又是訂家具的，可杜小魚想要為此出一份力卻是艱難無比。

李景修實在是個太黏人的孩子，不知為何，就是認她，別人抱都沒有用，短短三個月，杜小魚愣是瘦到了原來的體重。

一刻都不好離了他，一離就哇哇大哭，李源清看杜小魚晚上都沒法睡，好幾次就恨不得狠狠揍這個兒子一頓，可還是個小嬰兒呢，揍了又能怎麼樣？他是一點都不知道哪兒錯的，只好忍著。

杜小魚弄得精力憔悴，後來便日夜顛倒，這娃白天睡，杜小魚也就白天睡，這樣才有精神晚上帶他。

幸好奶水充足，娃也喜歡吃，吃了就能稍微安靜會兒，她也得空休息下。

趙氏看得心疼，一大早跟趙冬芝去了紫靈山的玄妙觀，晚上要天黑了才回來，手裡拿著幾張符，當個寶似地走到臥房裡。

李源清正跟杜小魚說話，見趙氏進來，忙說道：「剛才小魚還在擔心您呢，岳母，您怎麼不說一聲就跟小姨去紫靈山？岳父都在街上找了您幾圈了，幸好立樹是知道的。」言語間有責怪的意思，到底兩個人年紀也不小了，走那麼遠，萬一出點事可怎麼辦？

趙氏露出訕訕的表情。「我要說了，小魚會給我去？她哪信這些，我也是看得受不了才去試試的。」

紫靈山很高，抱有虔誠之心的人必定是要自己一步步走上去的，杜小魚看她跑了一天，既然求都求了，還有什麼好說的，只嗔道：「娘為我求符，我感激都來不及，只不過，您這樣不聲不響，可不得把我們擔心壞了？」

「是娘的錯，以後再也不了，但這符真是很神的，叫安神符，只要貼在床頭聽說就有用，我今兒去就見有幾戶人家也是來求這種符的。家裡孩子跟咱們景修一樣，都喜歡晚上哭鬧。」趙氏說著就把符按照紫靈山的真人所說貼在床頭。

另外二人互相看一眼，李源清笑道：「景修要真的不哭了，我一定會給玄妙觀添香火錢去。」

這段時間，就因為李景修，李源清白天要去辦公，自然不能不睡覺，結果活活的跟杜小魚分床了這麼久，要說來氣，恐怕沒有人比他更加火氣大的了。

趙氏也知道情況，笑了笑去抱李景修。「這會兒他還能安靜下的，我一會兒叫妳爹帶著去外面轉轉，他看到燈火可高興呢！」就抱著李景修出去了。

李源清拍著額頭坐到杜小魚身邊，一臉的無奈。

兩人現在獨處的時間太少了，實在頭疼。

「等他再大些就好了。」

他皺了下眉。「上回還是半個月前，我可等不得了。」說著身子傾覆下來，把她壓在下面，細密的吻落下來，令她全身都酥麻無比。

外面的日光還沒有消散，彩屏端著一壺茶立在門口，剛想去敲門，就聽見裡頭細微的聲響，立時滿臉通紅的退了回去。

第一百二十六章

趙氏回來的時候，李源清去了書房，杜小魚剛梳理完頭髮，剛才一陣狂風暴雨似的纏綿，臉頰的紅潮還沒有完全褪去，見到兒子，笑著伸手抱過來。「跟外公看燈好不好玩啊？」

李景修只睜著眼睛看著她，那雙瞳孔漆黑，像葡萄一樣。

「笑個不停呢，妳爹啊，比景修還高興。」趙氏說著嘆了口氣，坐在杜小魚身邊。「只說到黃花，要是也再生個兒子該多好。」

「怎麼，她婆婆說不好聽的話了？」杜小魚立時板起臉來。

「他們白家就一個兒子。」

「一個兒子怎麼了？她當初躺在床上都是誰盡心盡力服侍的？這下子好了，就全忘了不成？」杜小魚口氣不饒人。

「話雖然這麼說，可人家要個兒子也無可厚非，主要黃花這兩年又沒有消息，他們家這才急了。」趙氏嘆口氣。「也不是明說的，只是提過一下，到底也念著黃花的好。」

杜小魚沈默下來，自生下白念蓮後，這中間確實有三年的時間了，偏偏又是這樣一個重男輕女的時代，她眉頭一揚。「也就只是她公公婆婆這樣，姊夫沒說什麼就行了。」女人最怕的無非是丈夫的愚孝，若白與時是站在杜黃花這邊的，那一切都不是問題。

「也不知道女婿怎麼想。」趙氏有些擔心。「這京城裡三妻四妾的官員還真是不少，不像咱們村，哪養得起這些多人。」

「我相信姊夫不會這樣的，娘您放寬心，要是那邊再提，您也別迎合，我就不信他們真能給姊夫作主找個妾不成。」

趙氏點點頭，正說著，杜黃花來了。

兩人趕緊平復了下臉色，杜小魚笑道：「怎麼這麼晚來了？是不是想妳的外甥了啊？」

杜黃花一笑，上前摸了摸李景修的頭。「這頭髮長得真好，也難怪咱們家念蓮喜歡盯著看呢。」

「她是想揪著玩吧？」杜小魚噗哧笑了，小孩子但凡喜歡看的，必定喜歡抓著玩。

「咱們念蓮將來肯定疼這個表弟，哪會欺負他？」杜黃花斜睨她一眼，坐在旁邊一張椅子上。「我來是有件事想跟妳商量商量，之前有幾家小姐想跟我學學刺繡的功夫，那段時間沒有空，現在閒下來了，有兩家先後送了帖子來，妳倒是說說，我真要去教她們不成？」

「去啊，幹什麼不去？」趙冬芝不知道什麼時候走進來的。「妳的手藝就這麼靜悄悄地浪費了，多不划算！那些小姐既然喜歡，妳去教教又有什麼關係，既能結識人，還不定找到一個好徒兒呢。」

杜小魚也是支持她去的，那些大家閨秀稍稍學一下刺繡是再正常不過的事情，並不是要專攻此道，只是能親手做一樣東西出來，又比別人出彩些就是她們的目的。

「那好吧，既然妳們都這麼說，我就去好了。」杜黃花聽從意見。

趙冬芝這時哪壺不開提哪壺。「黃花啊，妳啥時候再生一個兒子給妳爹帶帶，如今看著景修還小，可一會兒工夫就大了，我四個孩子都不嫌多哩。」

杜小魚抬手捏了下眉心，雖然趙冬芝說者無心，可杜黃花未免尷尬，她自然知道婆婆盼孫心切，心裡頭早就內疚得很了。

「急什麼呀，小姨妳這是皇帝不急急死太監，到時候去催立樹表哥就是了。」

趙氏則忙忙地拉著趙冬芝出去。

杜黃花有點兒看出來了，嘆了口氣，臉上露出疲憊的神色。

「姊，妳千萬別怪自己，只要姊夫不介意，別的人管他做什麼呢？」杜小魚拉住她的手安慰。

「別的人？」杜黃花苦笑。「那可是我的公公婆婆。」她抬頭看著杜小魚。「現在是三年，要是五年、十年呢？要是生的都是女兒呢？小魚，我也想明白了，只要相公是真心疼我，就算給他納個妾也沒什麼……」

可最後的語氣明明是帶了哀怨的，杜小魚手一緊。「這是妳自個兒想的，還是妳婆婆給妳暗示的？還是……姊夫主動提的？」

杜黃花不說話，好半天才說道：「我只是隨口說說。」

她告辭離開後，杜小魚心裡頭不舒服起來，可到底不是擺到檯面上的事，也無法去找任何人解決。

李源清過了會兒從書房回來，見她臉色不太好看便問起什麼事，得知跟白與時納妾有關，當下笑著道：「我看是多慮了，姊夫不知道多潔身自好，工部裡好幾個色中餓鬼，常常散班後就去青花巷，好些人都被帶壞了，唯獨姊夫，他們暗地裡都笑他柳下惠呢。」

「哦？」杜小魚挑起眉瞧瞧他。「那你去沒去過？」

「我像去過的嗎？我哪日不是準時回家的？」李源清得意洋洋。「戶部的柳下惠就是在下了。」

杜小魚噗哧笑了。「好，好，柳下惠，你也是時候休息了。」

李源清卻噓地一聲，指指杜小魚懷抱裡的李景修，小聲道：「妳看，他好像睡著了。」

杜小魚忙去看李景修，可不是嘛，那眼睛閉著睡得極為香甜。

抬頭看著床頭的符，兩人臉上都露出崇拜的神色。像是驚天大事一般。

這一晚，李景修一點沒有吵鬧，兩人相擁而眠，是最近幾個月來睡得最好的一個晚上。

試過幾日之後，那符果真靈驗，李景修晚上再也沒有胡亂哭鬧過，只偶爾肚子餓了要吃奶，過後照舊安靜的睡覺，杜小魚終於從日夜顛倒中解脫出來。

因李源清說過要去還願的話，兩人便擇了時間去紫靈山，杜小魚原也不信這些，本以為去過之後會改觀，誰料到反而印象更壞了。

修道本是追求清靜無為、離境坐忘的境界，結果那道觀卻像個生意場，求符的地方、賣丹藥的地方、學道術的地方，處處擠滿了人，有幾位小道士充當解說員，沒等說完，那些人就鬧哄哄的出錢購買。

杜小魚看不下去，轉頭對李源清道：「我看咱們家那符，鐵定是瞎貓逮到死耗子。」

「那也太巧了。」李源清眉頭微擰。「玄妙觀在京城也算是頗有聲望的一座道觀，尤其是觀裡的廣成真人，他輕易不看風水命理，但每看必中，人也是仙風道骨，被人稱為天下神算，也從來不阿諛奉承，就算是王侯公爵想要請他去，也未必請得來。」他頓一頓，疑惑道：「我也是第一次來，沒想到這裡竟是這樣一幅光景。」

兩人也沒有什麼興致了，添了香油錢，轉身就往山下走去。

剛踩了幾級臺階，就聽一個充滿驚訝的聲音說道：「什麼？廣成真人已經不在觀裡了？那現在是誰掌事？」

「是德成真人。」

「啊，是他？」那聲音追問道：「那廣成真人去了何處？」

被問的小道士已經有些不耐煩，答了句「不知」便甩著袖子走開了。

杜小魚聽了第一句就覺得有些耳熟，此時側頭一看，才發現是戴端，把宅子賣給他們家的那位前任工部郎中。

「戴大人，竟在這裡見到你。」李源清也認出來了，對他拱了拱手。

戴端見是這二位，忙回禮。「什麼戴大人，老夫早已不是官身，見過李大人才是。」寒暄幾句，他又說道：「如今的玄妙觀已經不是以前的玄妙觀了，李大人跟李夫人也不用如此虔誠。」說罷嘆了一口氣，滿是遺憾跟惋惜。

「此話怎講？莫非是跟廣成真人有關？」

「廣成真人一走，德成真人掌事，這玄妙觀此後與仙道門再無不同。」戴端又是一聲長嘆。「我向來仰慕廣成真人，也曾有幸向他請教，廣成真人很早就透露出憂患之意，最後果然被他言中。」

仙道門？李源清目光陡然冷了下來，上回仙道門裡兩個小道士在他們宅子使了陰毒的風水之術，雖然已經處置，可仙道門裡還有很多這樣的道士，他本想一網打盡，奈何聖上卻極為信任玄真道長，最近甚至還把他請進宮裡，專門闢了一處地方給他煉丹，因而也只能按捺不動。

「誰都嚮往長生，卻不知天意不可違，太過苛求，反受其害。」戴端最後說了一句，意味深長地看著李源清。「老夫已經離開官場，將來還是要看像李大人你這樣英明正直的年輕人了。」

看著他的背影漸漸遠去，杜小魚想起曾經看過的書，確實歷史上很多帝王都追求長生，癡迷煉丹，莫非這一朝代的皇帝也是如此？

但也容易理解，真龍天子，普天之下莫非王土，如此權力，誰不貪戀？誰不願意留在這個位置上更久一些呢？

兩人回到府裡，李源清叫一個隨從去請了司徒克過來，把趙氏求到的符拿給他看。

「是給小兒安神的，用了之後倒真的不哭鬧了，你看看裡面可有什麼玄機？」

司徒克拿來仔細瞧了瞧，打趣道：「你什麼時候相信這些了？果然做了父親就不一樣了，還去求這些東西。」

「是岳母專程去求的。」李源清斜睨他一眼。「你到底看沒看出來？」

「騙人的玩意兒。」司徒克把符遞過來。「你好好聞聞，裡面是不是有味道？就是放了安神的秘藥，嬰兒不比咱們，都說能看見咱們看不見的，只要一丁丁點，他們也能受到影響，能不睡覺嗎？」

「什麼?!」李源清大怒。

司徒克撇著嘴笑。「被人愚弄的感覺不好受吧？唉，果然成親不是件好事，當了父親更不是了，看你如此精明的人，竟也會……」

看他幸災樂禍，李源清反唇相稽。「你有本事一輩子別成親，以後被你父親再趕出來別來找我！」

「哎呀呀，我這不是開玩笑嘛。」司徒克忙道：「你這符哪個道觀求來的？」

「那秘藥對身體有沒有什麼害處？」李源清當然最關心這個問題。

「難說，我早就聽說有這種秘藥，只沒想到竟會用到符上面去。」司徒克搖頭道：「嬰兒嬌嫩，你最好找大夫看看。」

李源清聽到這句，忙叫下人去請濟運館的金大夫過來。

杜小魚被他嚇一跳，還以為李源清病了，結果竟是給李景修看，更是驚道：「怎麼回事？是不是符有問題？」

「還不知道，應該沒事的，景修這幾天沒什麼不妥，我只是想確認下。」他擁著她的肩膀安撫。

杜顯夫婦也來了，關心地問東問西。

因為是趙氏求來的符，李源清怕她知道真相後內疚，故而也沒有說實話，杜小魚知道他的想法，編了理由道：「昨兒晚上又吵鬧了，我想著有娘求的符，應該不會哭，就讓大夫來看看，會不會是哪裡不舒服。」

這麼說的話，明兒也說李景修晚上不好好睡，趙氏就會知道這符不起作用不靈了，自然也不會再生出去那裡的想法。

幸好金大夫沒看出不好來，眾人才鬆了口氣。

李源清跟司徒克又去書房說話。

聽說是玄妙觀裡求來的，司徒克倒不是很驚訝。「廣成真人走了，由那卑鄙無恥的德成真人掌管道觀，他什麼事情做不出來？」

兩人本是師兄弟，可廣成真人樣樣都比他好，德成真人早就懷恨在心了，有道是有錢能使鬼推磨，就算是修道之人也一樣能收買。廣成真人潛心修道，德成真人這些年就在忙著籠絡人心，終於把廣成真人給排擠出了玄妙觀，此後風氣一改往昔，德成真人最近最羨慕的就是仙道門的玄真道長了，自然在煉丹一事上要多下功夫。

李源清把符拽在手裡。「這東西可不能再散播開來了。」

「可是你沒有證據啊，這秘藥光靠聞也不好辨認。」

他哼了一聲。「我自然會找到證據。」

司徒克拍拍他肩膀。「我看還是扔給子義去查比較好，你一個戶部的湊什麼熱鬧？不過子義現在的處境也不太好，當年咱們都得罪過江巨業，他拿你沒辦法，可他老子是大理寺卿，子義是大理寺寺正，上回派他查駙馬都尉，被蘭江公主搧幾個耳光，慘不忍睹。」

李源清曾見過江巨業在驛站橫行霸道，也曾想過改革的念頭，可他到底人微言輕，也許到他父親這個職位，才能一展抱負。

所以如今，很多時候他都只能忍，只能等待最合適的機會才能伺機而動。

送走司徒克之後，李源清走回了臥房。

杜小魚對玄妙觀已經是仇敵的感覺了，這樣小的嬰兒他們居然也下得了手，為了顯示道觀的神奇，不擇手段，實在是可惡到了極點！

「到底能不能抓他們？」她第一句話就是要抓人處罰。

「這秘藥的配方玄秘，沒有人知道，也暫時沒有發現什麼危害，不足以構成證據。」李源清把母子二人抱在懷裡。「不過我總要查清楚這件事的。」

杜小魚猶自憤恨道：「這德成真人莫不是也想去給皇上煉丹不成？他這樣的功夫，只會害人性命罷了！」

應該就是這樣的想法，先讓玄妙觀丹藥神妙的傳聞在京城裡傳開來，到時候自然會傳到皇上的耳朵裡，這煉丹畢竟不是一朝一夕的事，至於能不能煉出長生，只有鬼才知道，就算玄真道長再如何有本事，也斷不敢誇口說仙丹一定會如何如何，不能完全保證。

在這種情況下，皇上想要長生，一定還會找別的法子、別的能人，途徑越多，才越有可能真的實現。

而仙道門一直屬於中流道觀，如今好不容易出了玄真道長這樣一個給道門長臉的人，現在卻有一個道觀想要平分秋色，仙道門如何會肯？

杜小魚眉毛一揚。「我有辦法了。」

「鷸蚌相爭漁翁得利。」李源清一語道中。

兩人相視一笑。

「不過不曉得景修晚上會不會又開始吵了。」杜小魚倚在他懷裡，撥弄著李景修的頭髮。「你看看他，現在多安靜，真不曉得為什麼就不肯好好睡覺呢。」

「他今兒白天睡了沒？」李源清則捏著兒子的臉蛋。

杜小魚倒是沒有問，就出去問趙氏了。

「倒是沒有睡，被妳爹抱著出去玩兒了，高興得很呢，也沒有哭。」

杜小魚立時笑起來，莫非他因為這符改變了習慣，白天不睡覺了？她大喜地跑回去跟李源清說了這事。

兩人晚上都很緊張地想看看結果，李景修不負眾望，真的乖乖地睡覺了，自此後，杜小魚才算真的解脫了出來。

黃立樹的婚期近在眼前，宅子佈置得差不多了，聘禮也已經送去了司馬家，他此刻已經完全是一副準新郎的樣子，每日數著時間過活，真真體會到了什麼叫一日不見如隔三秋。

而黃雲帶著黃立根也來了京城，因趙冬芝現在把希望都寄託在小兒子黃立榮身上，來京城一來一回兩個月時間，為不耽誤他唸書，就沒有讓他過來，至於黃曉英，女兒碧荷還小，走不開，便也沒有來，只託黃雲帶了兩樣賀禮給黃立樹。

三月初五是個好日子，天空碧藍，陽光遍灑大地，看著司馬靜的轎子抬進來，所有人的臉上都露出了歡喜的神色。

杜清秋拽著杜小魚的手。「二姊，我什麼時候能嫁人啊？」

趙氏聽到了，低聲喝道：「沒個羞，哪有女孩兒自己說這種話的？」

杜清秋扭著身子。「那轎子漂亮。」

敢情是想坐那頂轎子，杜小魚道：「這轎子一坐就得去別人家了，以後可很難回家一趟，妳願意？」

杜清秋撓撓頭。「可二姊嫁人了不還是跟咱們住一起嗎？」

杜黃花在旁邊噗哧笑起來。「妳看看，搬石頭砸自己的腳了。咱們清秋將來嫁人也未必就去別人家，咱們找個上門女婿。」

趙氏聽姊妹二人說笑，搖頭道：「清秋還小，妳們還真開起她玩笑來了。」

正說著，司馬靜已經從轎子裡出來，一位全福太太扶著她步入了主屋，屋子裡，黃雲跟趙冬芝坐在椅子上，臉上笑開了花。

屋裡很快就擠滿了人，看新人拜天地拜父母之後，才陸續去到外面，那邊早就擺好了席面，兩家人搬來京城不久，是以賓客不多，但都相熟，一時間，觥籌交錯，賀喜聲四起。

黃立樹出來敬酒，杜小魚就見李源清塞給他一樣東西，後者臉上立時露出感激的神色。

黃立樹轉過身去敬別人的時候，她輕笑道：「你這個表妹夫倒是合格，是不是給了他醒酒丸呀？」

「什麼都瞞不過妳。」李源清狡黠的笑道：「當年我就是靠著這東西才不至於醉倒，不然洞房花燭夜也就不那麼美好了。」說罷握住她的手，眼睛裡脈脈情意，毫不掩飾。

她嘴角彎起來。「今兒你也少喝點，別讓立根到時候揹你回去。」即便到現在，李源清的酒量仍是很淺，這家裡誰都能把他灌醉。

他拇指撫著她掌心。「嗯，難得休息，我肯定不會醉。」

一絲絲癢意從手裡傳上來，自從李景修晚上不再哭鬧後，他們兩人獨處的時間自然多了，杜小魚臉上微微一紅，睨了他一眼。

他笑著放開手，幫她把愛吃的菜挾到碗邊，這才去了男賓客所在的席面。

趙氏跟杜黃花早就習慣兩人之間的恩愛，自然是視若無睹，而同坐的幾位夫人都露出驚訝的表情來。

「李夫人真是好福氣。」她們個個都說道。

明明是個庶子的娘子，本該是小心翼翼的，可她卻能住在那樣好的宅子裡面，還不用日日去侍奉婆婆，相公又對她如此體貼，不是好福氣又是什麼？

杜小魚聽到耳朵裡，卻也是承認的，有時候人的命運除了自己努力之外，運氣也必不可少，所以，她真是好福氣。

第一百二十七章

玄妙觀自德成真人掌事之後，裝神弄鬼，四處出售靈丹妙藥、各類仙符，其神通在京城漸漸廣為人知。

這些本來是仙道門所擅長的東西，沒想到一向以道心道術境界著稱的玄妙觀，居然會在這一領域橫插一腳，嚴重損害了仙道門的利益。

兩虎相鬥必有一傷，最近一段時間，兩個道觀互相貶低，高抬自己，甚至出現鬥毆的現象，李源清覺得時機到了，這日就把一早安插在仙道門內的一名長隨招過來。

自從李源清上回受傷後，林嵩出於他的安全考慮，把自己身邊兩名得力的手下派去當長隨，去仙道門的就是其中一名長隨。此人身懷武功、性子縝密、做事細緻，不到一個月的時間，就已經把仙道門裡的各種關係理得清清楚楚。

「消息傳上去沒有？」李源清叫他坐下，繼而問起仙符的事情。

「前兩日告知沖和道長了，他是玄真道長的五大弟子之一，但比起其他四個弟子，他最不得重視，這次若能除掉仙道門最強勁的對手，他就立了大功，所以一定不會放過這個機會，今天就去求見玄真道長了。」

李源清唔了一聲，如今德成真人煉丹神妙一事已經傳到聖上的耳朵裡，玄真道長哪裡容得了別人搶他的鋒頭，得知秘藥的消息後，定然會找法子去對付玄妙觀。

「還要你推波助瀾。」李源清關切地看著他。「一切小心。」

這本不是李源清分內之事，實在是玄妙觀太不像話，竟然敢做這種傷天害理的事情，但他隱瞞不報，卻是想為將來剷除仙道門做一道伏筆。

如今聖上處事還算清明，可已經隱有憂患，那玄真道長仗著自己是為聖上辦事，竟敢在街道上路遇戶部尚書而不避轎，囂張跋扈，絲毫沒有自知之明。更令人難以接受的是，聖上知道這件事後，並沒有任何處置，玄真道長還是我行我素，新任戶部尚書陳大人倒被氣得病了兩日，百官都有微言。

照這樣發展下去，將來難以預測。

歷史上不是沒有這樣的先例，皇帝親信小人，那些人就一發不可收拾，先是蒙蔽皇帝，繼而擾亂朝綱，好好的皇朝硬是這樣滅亡了。

長隨把事情稟告完便轉身走了出去。

隔了五日，玄真道長很快就做出了反應，聲稱玄妙觀的仙符裡放了秘藥，才會有種種神通，他甚至蒐集好證據一一呈給皇帝看，言辭憤慨，為天下百姓鳴不平，說玄妙觀愚弄天下，為一己私利陷人命於不顧。

皇帝震怒，他對德成真人已經有所耳聞，得知他煉丹上面也有絕技，本還想給他與玄真道長一樣的待遇，結果這時候卻鬧出這樣的消息出來。

幸好也是如此，不然他請了德成真人進宮，別人再揭發出醜事，他還有何臉面？堂堂皇帝也受人愚弄不成？想到這裡，他當即就派人去封了玄妙觀，把與此相干的一干人等都抓入大理寺審查。

京城人心惶惶，為了各種需求，眾百姓沒少去求仙符的，誰知道裡面都放了什麼秘藥？一時間，大大小小醫館擠滿了人，都是去找大夫看身體有沒有什麼隱患的。

趙氏聽到這個消息也焦急得不得了，抱著李景修就要去濟運醫館，被杜小魚一把攔了下來。

「都是多少天前的事了？金大夫後來也看過景修幾回，要是真有事，肯定看得出來，再說了，那符不是不管用後來被我扔掉了嗎？」雖然自從發現那符有問題開始，李景修的習慣就調好了，可她還是隱瞞了趙氏幾天，說李景修還是不好好睡，乘機把符處理掉了。

「唉，都是我不好，好好的去求什麼符，沒想到這些壞良心的道士這樣可惡！」趙氏恨得直罵。

「反正現在都被懲處了，再也害不到人，娘以後做事小心些就是。」

趙氏嘆口氣。「以後哪還敢再胡亂想法子，景修的事，還是妳這個做娘的來照顧，我也就給妳幫著搭把手。」

「這就足夠了，幸好你們在我身邊，不然我一個人可忙不過來。」她嘻嘻笑。

趙氏欣慰的看著李景修。「主要這孩子後來也不哭鬧了，否則晚上只認妳抱，咱們就是想幫也幫不了呢！」

見李景修睜著雙烏黑的眼睛，懵懂的樣子，她忍不住輕輕敲了下他腦袋。「也不知道像誰，怎麼那麼黏人的，害我什麼事都做不了。」

「不還是有彩屏嘛，她倒是個能幹的，也有良心。」趙氏笑著道：「妳給她贖了身，讓她做管事，倒是沒有看錯人。」

杜小魚點點頭。「彩屏是很好，可以的話，我問問老太太能不能放彩屏的娘過來，她父親已經去世，就這一個親人了。」

「這樣可就大好了，我瞧著彩屏這姑娘也是討人喜歡的，做事有分寸，妳小姨都挑不出她什麼毛病來。妳現在是官太太，又有鋪子，她給妳分擔最合適，她們母女倆也有個落腳的地方，將來也不愁沒有來源。」趙氏考慮了一番。「就是不知她未來的夫家介不介意。」

「彩屏也是自個兒喜歡這些我才讓她做的，至於以後，現在說什麼都還太早。」杜小魚思量了下，不過確實也要再提拔些能幹的夥計出來，再也不同往日了，饒是李景修以後長大了，她也要分部分精力去應付一些官太太，總不可能都不來往的。

兩人說了會兒，她把彩屏找過來，給她提了下這件事，彩屏聽說要為她娘求情，讓老太太放出來，感激得差點跪下磕頭。

誰骨子裡是天生的奴性？假如可以養活自己，可以很好的生活，沒有誰願意當下人的。

杜小魚也不好保證，只是盡力而為，不過她相信老太太會願意的，彩屏能在她身邊那麼久，怎樣的為人，老太太一定也很清楚。

酷熱的風從樹梢透進來，炎熱的天令人喘不過氣。

何菊給杜小魚梳好頭髮，插上首飾，又給她拿來一套水綠色的衣裙。

說實話，她真不想出門，這樣熱的天，就想躲在房裡一步也不出來，可世子夫人童氏都送來帖子了，又怎好不去？

不說侯門威勢，就她們二人的情誼來說，她怎麼也要出去一趟。

來到侯府的時候，身上已經出了一層汗，幸好童氏接待人的地方擺放了許多冰盆，涼氣迎面而來，她立時精神起來。

屋子裡已經坐了幾位夫人，她上前給童氏行禮問好。

「是不是又給景修纏住了？妳那兒子真真是黏人，哪像珂兒，誰抱都要，有時候反而還不要我抱呢，比起妳兒來，也是氣人得很。」童氏皺著鼻頭。

「這樣多省心，夫人是身在福中不知福呢。我可是知道李夫人不易，這晚上都沒法睡好吧？」說話的洪夫人，長得一張鵝蛋臉，大雙眼皮，笑起來有兩個酒窩，十分甜美。

「可不是，我一下子瘦了十斤，白天坐在那裡都要說胡話。」

「看看，多可憐，我以後生的孩子都跟妳家珂兒一樣就好了，給奶娘帶多方便，我照樣可以出來。」洪夫人笑起來。

童氏撇撇嘴。「我還羨慕能瘦呢！這一身的肥膘，再這樣下去，夫君立馬就要討妾了。」

幾個人都笑起來，連說童氏這叫珠圓玉潤，好福氣。

眾人坐在一處，很快就有丫鬟端上來各色茶點，周圍涼氣環繞，哪有一點夏天的樣子？分明跟春天一般。

這侯府果然不一般，這樣多的冰塊要花多少錢，她心裡有過估算，李源清見她熱，也曾提過這個想法，但被她拒絕了。

冰遇熱化水，只是一會兒的工夫，那些辛辛苦苦掙來的銀子，就流水一般扔了出去，她顯然還沒達到如此奢侈的境界。

「聽說李夫人的姊姊一手好刺繡？」一個略顯刺耳的聲音忽然問道。

是鄧夫人，杜小魚並不熟，以前只見過一次面，也不大喜歡她，但聽說是童氏的遠親，故而見到也是和善以對。

她點點頭，覺得並沒有什麼好隱瞞的，便回道：「是，我大姊以前學過蘇繡。」

鄧夫人嗤地一聲。「難怪呢，我聽說妳姊姊在教那些小姐刺繡，之前只當聽錯了，原來是改不了舊日習慣。」

這話就令人不舒服了，什麼叫舊日習慣？

杜小魚眉頭一揚。「是那些太太專程拜帖請去的，只是教一、兩手功夫，至於舊日習慣，誰沒有個以前的習慣？」她顧著童氏的面子，終究還是沒有說什麼重話出來。

可那鄧夫人卻不饒人，又是冷笑數聲。「京城的霓裳坊裡還放著妳姊姊做的衣裳呢，果真是學刺繡的，那價格可不低呀！李夫人，妳什麼時候問問妳姊姊，看她得不得空，也好給我女兒做一身。」

那時候崔氏病重，白士英又摔斷腿，為了幫襯家裡，杜黃花不得已才重新接了繡花的活做，霓裳坊是京城高檔的成衣店，她手藝好，自然賣得貴一些，卻沒想到鄧夫人居然會知道這件事。

杜小魚臉色沈下來，就算有再好的素養，在對輕視自己家人的鄧夫人面前也難以容忍。「我姊姊當時遠嫁這裡，身邊沒有任何人支持，她以一人之力來操持這個家，為照顧公婆才給霓裳坊繡了衣裳。這樣依靠自己雙手努力，自然不比從小錦衣玉食，或是有娘家扶持的大家閨秀。」她目光似刀一樣。「所幸如今已經度過難關，鄧夫人若欣賞我姊姊的刺繡功夫，倒也不難，只要是誠心實意，我姊姊心善，自然會幫忙的。」

鄧夫人哪裡聽不出她的意思，但也只是翹著嘴角笑，有娘家做後盾也是種福氣，她們姊妹倆不過是個鄉野小城來的，論到身分地位，這侯府根本就沒有資格進來。

童氏聽她二人一番話，露出不悅神色，冷冷睨了鄧夫人一眼。「會刺繡那是好事，我想給珂兒親手做件衣裳都做不好看，別提多羨慕那些手藝好的了。」

「府裡這麼多繡娘，哪兒需要妳親手做？」鄧夫人聽不懂那是警告的意思，依舊用嘲諷的語氣說道：「這才是真讓人羨慕呢。」

童氏皺起了眉，她向來對這個三表姊就沒好印象，要不是娘一再要她關照，早就不來往了，結果這個人毫無自知之明，仗著跟侯府這點關係，拜高踩低，如今又得罪了杜小魚。她抿了下嘴唇，歉意的看著杜小魚。「我這三表姊嘴巴就是這樣，我娘都說了，她吐一口唾沫，能把水塘子裡的魚都毒死呢。」

幾位夫人都附和地笑起來，她們也覺得氣氛尷尬，有個夫人就岔開了話題。「剛才來的時候看到池子裡有好些漂亮的魚，倒是我沒有見過的。」

童氏也有意出去走走。「是海裡的魚，也就能養這幾日，天一涼就不行了，走，我帶妳們去看看。」

幾個人隨即出了門口，這大宅子在京城建了有五、六十年了，裡面的樹木都很高大，枝葉繁茂，一路上倒也蔭涼，又有丫鬟拿著扇子隨身伺候搧風，自然是不太熱的。

杜小魚因鄧夫人說話刻薄，也不太想走近她，故而落在後面，與洪夫人一起。

兩人圍著池塘看了一會兒魚，這種魚像是熱帶魚，顏色繽紛，清水裡愈加鮮豔，確實漂亮得很，洪夫人稱讚了幾聲，見前面的人越走越遠，才小聲湊過來說道：「鄧夫人那樣對妳原是有原因的。」

杜小魚驚訝的抬起頭，她並不記得何時得罪了鄧夫人。

「妳開了一家珠光寶翠是不是？」洪夫人道。

「是，可怎麼跟鄧夫人……」

「妳那家鋪子旁邊還有一家叫玉和的珠寶鋪吧？那鋪子正是鄧夫人跟人合股開的，現在被妳搶了生意，她心裡如何不恨？」

竟是這樣的緣故，聽洪夫人一說，才發現，這世上果然沒有無緣無故的恨，杜小魚苦笑道：「生意場上這再正常不過。」

「是啊，總有輸贏的，她鋪子做得不好，總不能就怪在妳頭上。我也是看妳不明白，才說出來，省得吃這一記，還不知道是什麼問題。」

「謝謝夫人相告。」她忙答謝一句。

洪夫人這時神秘地笑了笑，撩了下袖子露出皓腕來。「其實我在妳那兒也訂製過一串手鍊，妳看配得好不好？」

綠玉雕成的梅花串成的手鍊，末端垂著兩顆白玉如意珠，極為清新雅致。

看杜小魚讚許的目光，洪夫人得意道：「還是聽別人說起妳那鋪子可以自己選樣子來訂製，我就叫人去看了妳鋪子裡的各種花樣，結果做出來了，個個都說好呢，還問我哪兒買到的，我偏不告訴她們。」

洪夫人露出了幾分的孩子氣，杜小魚笑起來。「夫人眼光很好，這綠玉白珠最是清爽了。」

洪夫人更高興了，兩人索性坐下來說了個夠。

等到杜文濤跟夫子唸完書，杜小魚就同他一起回家了。

她想著洪夫人說的話，就把彩屏叫了來，因黃立樹已經成家，她出資借給黃立樹開了一家乾果子鋪，他自然沒有精力再分出來，大部分時間都是彩屏在管理，她只是偶爾去鋪子看看，月底再看一下帳目。

最近也提拔了幾個夥計上來，分別做了兩個鋪子裡的小管事。

彩屏進來行了個禮，聽杜小魚問起玉和這家珠寶鋪，臉上露出驚訝的神色。「正想跟夫人說呢，確實是這樣，從玉和那邊來了好些客人，都說咱們賣的東西更有意思、更好看，所以今日那邊有動靜了。」

「什麼動靜？」

「他們降了價錢，還是剛才才降下來的，有些客人本來在店裡，結果就有人傳消息過來，他們急匆匆就走了，我叫夥計一打聽，才知道那邊出了招。」

居然不惜做虧本買賣嗎？就算能引得一些客人回頭，又能支持得了多久呢？杜小魚擺擺手。「不管他們，如今幾個地方都在抬高玉石的價錢，能不漲價都算好的了，玉和居然還要降價，如此做法也只引得同行一致指責。」

彩屏笑著點點頭。「夫人說的是，自然有別的人來干涉。」她想了下又道：「這麼看來，有幾次聽夥計偷偷說有鋪子出高價錢請他們去，大概也是玉和做出來的。」

「哦？他們動心了不成？」她挑起眉問。

「倒是沒有，夫人許下承諾，誰做得好就有機會當上管事，這樣好的機會誰願意放棄掉？價錢再高也高不過管事的，難道做一輩子夥計嗎？再說，夫人不是準備還要開新的鋪面嗎，裡面的機會就更多了。」

「妳算是都明白了。」杜小魚讚許的點點頭，要留下能幹的人不是給錢就可以的，有些時候發展空間比什麼都重要。

「都是夫人教導得好。」彩屏欠了欠身，抿嘴笑起來。

鋪子打烊，黃立樹帶著一大包乾果子過來看她，打開來，什麼乾果子都有，栗子、梨子、棗兒、山楂，一股濃郁的甜香立時飄滿了整個房間。

「最近生意怎麼樣？」兩人坐下一般就是聊這個。

趙氏在旁邊笑道：「你們就不能消停消停，前天才說到天黑，這又開始了。」

「好，好，不說了。」杜小魚拿起梨肉乾吃。「這個不錯，比上回那個甜味淡些，太甜了其實不好吃。」

「是啊，就妳說了才換了家進的。」黃立樹看看李景修。「這牙長了兩顆了，啥時候能吃我這表舅舅的東西呀？」

「你倒是啥時候讓你娘抱孩子啊？」杜小魚打趣。

黃立樹紅了臉。「這我哪知道。」

「你每日早些回去，別弄得太晚，你看你娘都急死了。」趙氏說道：「人家夫妻新婚都恩恩愛愛的，你們倆都撲在生意上，你在鋪子裡忙，靜兒整日琢磨著要在城外買山頭種果樹，你說說你們這兩人……」

杜小魚哈哈笑了。「人家那是心有靈犀，夫妻同心。」

「是啊，是啊，孩子急什麼。」黃立樹也來了一句。

趙氏沒法子了，轉身去抱李景修。

黃立樹又坐了會兒才走。

今天晚上李源清一直沒有回來，也沒派人說一聲，杜小魚看飯菜都要涼了，就叫幾個人先吃了再說。

「還是第一回這樣，莫不是出了什麼事吧？」杜顯吃完了看他還是沒有回，心裡就有些擔心了。

「應該是衙門裡有事。」杜小魚寬慰他。

「要不派人去那裡瞧瞧？」

「先不用了，再看看。」
李源清是把家人放在首位的，這才每次都派人回來說，現在不過是第一次，就叫人去衙門口探情況，被人看見了也不太好，再說，也實在不過遲了一個多時辰，又不是一天沒有回來，大驚小怪要被人笑話。
杜顯便不再說了，只時不時的往院門口看著。
又過了一個時辰，李欽才急匆匆跑進來。
「源清呢？」杜顯急著問。「可是衙門裡忙？晚飯吃了沒有啊？」
「被胡大人請去吃宴席了。」李欽抹了一把汗。「本來少爺想回來的，一開始只說商量事情，結果卻要吃飯，才弄那麼晚。」
也不知道是哪個胡大人，杜小魚第一回聽說，又見李欽一直在流汗，可見跑得很急，若只是在衙門旁邊，也不會隔得太遠，她問道：「是在哪裡吃飯？」
李欽眼睛轉了轉，回道：「在梅香園。」
梅香園在康門橋那裡，很有點名氣，都是權貴慣去的地方，確實有點兒遠，杜小魚瞧他一眼，李欽低著頭又在擦汗，便叫他下去休息會兒。
李源清差不多到亥末才回來，臉頰微醺，看起來是喝了酒的，跟杜小魚沒說上幾句話就睡著了。
只說因他的座主秦大人的關係，才會跟胡大人一處喝酒，杜小魚也沒聽出個所以然來，到得第二日早上，他自又去衙門了。

第一百二十八章

杜小魚早上閒來無事，李景修由杜顯抱著去玩了，就拉著杜清秋練字。這個妹妹好歹也八歲了，整日裡吃喝玩樂，連個自己的名字都寫不好，實在是不像話。

杜清秋向來調皮搗蛋，誰都不怕，但唯獨對杜小魚還是有些忌憚的，便也乖乖的聽從。

兩人寫了一會兒，就見何菊領著秀紅進來書房。

秀紅是白家的丫鬟，杜小魚見她表情焦急，忙擱下筆問有什麼事。

秀紅是個性子直爽的人，可現在卻支支吾吾，又看了一眼杜清秋跟何菊，一副不知道該怎麼說的樣子。

杜小魚就叫何菊帶杜清秋先出去。

「今兒一大早夫人收到一塊玉珮。」秀紅才小聲說起來。「那玉珮是大爺隨身一直佩帶的。」

杜小魚聽得一頭霧水，意思是杜黃花收到一塊白與時平常佩帶的玉珮？

秀紅嘆一聲。「那玉珮是玉堂樓的凌翠姑娘叫人送過來的。」

玉堂樓是京城一家有名的風月場所，聽說裡面的姑娘個個才藝出眾、花容月貌，多少男人一擲千金，只為獲得那些佳人的青睞，是以杜小魚聽到這個地方，眼睛一下子就睜圓了，驚呼道：「真的是玉堂樓？」

「那信據稱是凌翠姑娘親筆寫的，夫人眼睛都哭腫了，所以奴婢才來請二姨奶奶去看看。」

這不可能，杜小魚根本不相信白與時會跟玉堂樓的姑娘扯上什麼關係，因為李源清曾說過白與時根本就不屑去那些地方的。

她連忙出去找到趙氏，說有事跟杜黃花商量，便匆匆去了白家。

杜黃花看著桌上的玉珮，只覺得自己的心都快要碎掉了，即便她早已做好準備，假如自己生不出兒子來，將來一定會接受白與時納妾，可如今只是一個風月女子的攪和，她就完全承受不了。

多少男人不過是逢場作戲，那些露水姻緣，又有多少妻子是根本就不放在眼裡的，可是她竟然做不到。

那麼，白與時到時候若真的納妾，二人在她面前表現出恩愛之情，她又該如何自處？

「姊，事情還沒搞清楚呢，妳先別急著哭。」杜小魚一腳踏進門口，眼睛就瞄到了那塊白玉獸面玉珮。

這玉珮她認識，確實是白與時常常佩帶在身上的。

杜黃花不知道秀紅去請了杜小魚來，忙拿袖子擦眼睛，又責怪地看了秀紅一眼。

「她要是不告訴我，姊姊難道還想瞞過去不成？」杜小魚拿起玉珮問。「是玉堂樓的夥計送來的嗎？」

「他說是的。」

「那信呢？」

杜黃花拉開抽屜，取出一封撒了蜜香粉的粉色信箋遞過來。

信上寥寥兩行，凌翠輕描淡寫地說了是白與時前日不小心落在玉堂樓的，她昨兒才發現，就叫人忙送了來。

雖然字數短，可裡面蘊含的意思卻很多，首先，白與時肯定是去過玉堂樓，其次，是她發現玉珮，又是過了兩日才發現，說明那玉珮應當是落在她的房間裡，不然早就被打掃的小廝撿去了。

杜小魚問道：「姊夫前日真去了那裡？」

杜黃花聲音又哽咽起來。「那日是回來晚了，可沒有說去玉堂樓。」其實她是聞到他身上的香氣的，可她那樣相信自己的相公，又豈會有一絲生疑？可如今那邊來了信，又有玉珮作證，聯繫在一起，就再也難以說服自己了。

杜小魚寬慰道：「是怕妳胡思亂想吧，到底是那種地方，即便自己不沾惹，也一定容易被誤會，他去那裡可能是有重要的事情，不好不去，才沒有告訴妳。」

杜黃花也想過這種可能，聽罷嘆口氣。「那妳說現在該如何？這玉珮……」到底是讓白與時知道還是索性裝不知道這件事？

「那凌翠送來玉珮，想也不是有什麼好心思，不然直接送去給姊夫就結了，何必要送來妳手裡？去玉堂樓的客人不知道多少呢，我就不信落下東西了，都要去送還到家裡的。」裡面指不定就有炫耀與誤導的意思，讓杜黃花以為白與時跟她有什麼牽扯。

事實上，也達到這個目的了。

「我看妳就直接把這事給姊夫講，看他什麼反應。」杜小魚給她出主意。「妳又沒有做錯事，用不著遮遮掩掩，這玉珮也確實是凌翠叫人送來的。」

「這……相公會不會以為我在查問他？」

「是他自己藏著沒說，就算查問，作為妻子難道不可以嗎？」杜小魚伸手握住杜黃花的手，又笑道：「不過妳這樣賢慧的人，我就不信會用多厲害的語氣問姊夫，而且，我也相信姊夫的為人。」

「那就聽妳的。」杜黃花莫名地鬆了口氣，被杜小魚一分析，她也覺得是自己疑神疑鬼，白與時一定做不出那樣的事情來。

只到底為何去了玉堂樓，她倒是真的要問清楚。

晚上李源清回來了，杜小魚就跟他說起這件事，他聽完說道：「應是公事，我跟妳說過他們工部的風氣，很喜歡去那些個地方商談說話，這回姊夫沒有拒絕，怕是有原因的。」他側頭似在回想，忽地道：「是了，應是關於洪山那邊煤窯的事情。」

「這跟姊夫有什麼關係？」

「煤窯歷來都是工部管理，需要官員去考核經費，彙報煤炭開採的數量等等，也許這次會輪到姊夫去也不一定。」

「啊，那要去多久？」杜小魚很關心這個問題。

「說不準，三、五月或兩、三年都有可能，假如煤窯出了問題，那更不好回來了。」

原來是這樣，那白與時是怕杜黃花擔心才不說吧？他這次願意去應酬，也許是不想接這個苦差，與杜黃花分開來。

「那你有沒有什麼辦法？」她湊上去。「要不找找公公？」

「我明兒去看看情況。」他笑著捏捏她的臉。「要我我也不肯，不然就帶著妳一起去，上回實在是受夠了。」

她噗哧笑起來，又問道：「梅香園的東西怎麼樣？改日咱們一家子去那裡嚐嚐新鮮。」既是權貴們都喜歡去的地方，肯定有其獨特的一面。

「梅香園？」李源清皺起眉。「早些年還可以，現在我也不太清楚。」

「你不是昨日才去的？」杜小魚想起李欽的話，頓時又明白過來。「那小子竟然敢騙我，那你昨天去哪兒了？」

李源清才曉得她竟然不知道，難怪一直沒有追問那些事，只當她大方，原來不是。他抱緊她，輕聲道：「妳可別惱。」

「你說了，我才知道惱不惱。」

「我去了凝香齋。」

杜小魚一句粗口差點爆出來。「上次還說你自個兒是柳下惠的，這就忍不住了？」

「當然是有原因的，我又沒有叫李欽瞞著，他居然敢私作主張，看我一會兒怎麼收拾他！」

看起來確實是沒有瞞著的意思，杜小魚微微哼了聲。「你跟誰去的，是胡大人嗎？」李欽可別連這個都是胡謅出來的。

「是胡大人，秦大人說他知道玄真道長的一些事情，我便去拜會，結果他說去凝香齋就知道了。後來又見晚了，就在那裡用了飯。」

是去查玄真道長的事，杜小魚好奇道：「那你後來問到什麼了？」

「見到玄真道長的老相好了，他私底下竟是個好色之人，經常喬裝打扮來凝香齋私會佳人。」

「這個算是他的弱點嗎？」

「有道是紅顏禍水。」李源清意味深長。

第二日，杜小魚再去杜黃花那裡時，後者已經是眉開眼笑，白與時什麼都沒有隱瞞，那玉珮確實是落在玉堂樓凌翠的房裡的，當時有個同袍很喜歡凌翠，硬是拉著白與時去她房間喝酒，就是那會兒掉的，他自己也沒有注意，只當是哪日掉在了什麼路上。

至於為什麼去，確實就是煤窯的事情。

隔了幾日，工部派出了去洪山的官員，裡面並沒有白與時，一家人都放了心。

春去秋來，林家老太太一直沒有回杜小魚的信，她以為不肯，還很失望，結果老太太卻是直接派人把彩屏的娘送來了京城。

這個恩德令這母女倆極為感動，彩屏對著齊東縣所在的地方，跪著拜了幾拜，方才跟娘歡歡喜喜說起話來。

杜小魚叫人收拾了一處小院子單獨給她們母女倆住，與彩屏在一起的時間裡，漸漸地把她當成自己的家人，而彩屏也是個知恩圖報的，盡心盡力地付出了自己所有的精力。

彩屏娘季氏則是個爽利的人，在老太太跟前又見識得多，說起話來很是風趣，做事更是快手快腳。趙氏跟她很投緣，兩人坐下來一個聽一個講，常常半天時間就這樣過去了，而李景修也多了一個疼愛他的人。

兩人這種關係，趙冬芝見到了還會吃醋，說趙氏對季氏那樣親熱，別個人還以為她們倆才是姊妹呢！

時間一晃過去，又是新的一年到來，李景修這會兒已經能說幾個簡單的詞語了，比起之前也好帶得多，沒有再那麼黏人，就是特別活潑，放在哪兒都喜歡到處亂爬。有次趙氏沒注意，差點就被他一個人爬出小木床，後來再不敢大意，專門派了兩個新買來的丫鬟，隨時隨地輪流看著，眾人心裡才安心。

杜小魚的「珠光寶翠」現在極受歡迎，去年玉和不惜下血本來爭取生意，結果遭同行幾家鋪子責難，最終落了個眾矢之的的下場，這幾日，那家店鋪已經放出轉讓玉石的消息了。

不過玉和雖然處理生意的手法有些問題，可店子裡的玉石質量還是很不錯的，杜小魚有心要收購下來，可鄧夫人是合股人，可能不容易促成這件事，所以，還是沒有去實施。

只沒想到，鄧夫人卻主動找了童氏來出面相談。

「我也不拐彎抹角，我那三表姊實在是個難纏的主，她上回得罪妳，我後來問了，就是因為鋪子的事，只如今她已經做不下去了，手裡又急需銀子，找過好幾家玉石鋪，都有剋扣的手段，這才想到妳的好，說妳直爽，斷不會這樣婆婆媽媽的。」

童氏一口氣說完，雖然是讚她品行好，可杜小魚也不可能就這樣答應下來。「我也要看看再說，而且，價格沒有商定，我也不能把話說滿，畢竟手裡頭也要有錢周轉的。」在商言商，既然鄧夫人敢丟這個臉，她也就不再計較以前的事。

童氏嘆了聲，這三表姊嫁到京城就沒少添麻煩的事，早前要合股開鋪子時，她就勸著不要開，什麼都不懂，又沒有接觸過玉石的買賣，怎麼能開得好？結果偏不聽，如今又要來求她，說好歹親戚一場，假如杜小魚手裡沒有足夠的錢，可於林家來說，不過是九牛一毛。

她看在娘的面子，只好過來找杜小魚問問。

如今看樣子，杜小魚倒是肯，她心裡也稍稍放了心，又說道：「妳要是不方便，大可不必接受的，倒不用看我臉面。」

「不瞞妳說，我其實也有此意，畢竟現在市面上的玉石一直在抬高價錢，去進貨還不如買下玉和的剩餘。」那些人之所以沒有跟鄧夫人談妥，不過是想多占些便宜，做商人的哪個沒有耐心？都不會很快就下決定的。

見她什麼話都不瞞，童氏感動的笑了笑。「妳倒是真爽快，既然如此，我這就讓她挑個時間，妳們去看看倉房的玉石。」

「好。」杜小魚點點頭。

「什麼時候帶景修過來玩玩，我家珂兒真是個悶葫蘆，果然是隨了他們姓鍾的性子，將來我真怕跟廷瑞、廷秀一樣，扭扭捏捏的不大方。」

「珂兒這麼乖哪兒不好了？景修才叫人頭痛，一刻不找人看著都不行。」

看她煩心的表情，童氏笑了。「兩人的性子要是合在一起，再平分下就好了。」

「可不是嘛，這樣才最好了。」

兩人又說笑了一陣，杜小魚才告辭回去，先是去了珠寶鋪子，跟馮師傅講了下玉石的事情，說大概這兩日就要去看了，讓他準備準備，看看最近玉石確切的價錢，到時候也好估算估算。接著又去了藥材鋪，藥材鋪的生意一直平平，不好不壞，因為藥材不像首飾，可以創新來吸引別人注意，這東西需要的因素太多。

而京城藏龍臥虎，好多家藥鋪都有名師坐鎮，不是他們比得上的，杜小魚這次去是讓他們暫緩進購藥材，把那筆錢拿來買玉和的玉石。

交代完這兩件事她才回了家裡休息。

鄧夫人很快就讓另一個合夥人來領他們去庫房，馮師傅是個眼光老辣的，又做了市場調查，一個時辰之後就給出了一個數字。

那人目光閃爍了下，猶猶豫豫，好半晌才說道：「那你們能一下子付清嗎？」

「這個價的話，可以。」杜小魚點點頭，雖然有些吃重，但過了這段時間，還是可以周轉的，比起重新去買玉石，其實划算了很多。

那人忍痛割愛，來之前鄧夫人已經交代過，她的錢一定要收回來，沒法子，他想著鄧夫人也是有侯府做依仗的，雖然生意虧錢，可怎麼也得把那筆錢先拿給她，再說，比起別的買家，這個價錢已經非常公道，當下就同意了。

雙方找了見證人處理好，杜小魚就叫人來把玉石拿回自己的庫房。

「這批玉石是不錯，裡面幾個大塊的籽玉，若是雕工好，可以賣大價錢的。」馮師傅很興奮。「我回去琢磨琢磨，弄些個吉祥的花樣，找師傅來做。」

「勞您費心了，還是要多注意身體。」杜小魚關切的道：「聽大金說您最近肺不舒服，經常咳嗽，還是請個大夫來看看為好。」

「這小子是烏鴉嘴，老夫身體好好的都被他說壞了。」馮師傅瞪起了眼睛。「夫人別聽他胡說，我要真不舒服，肯定會去看大夫的。」

「您自己知道就好。」

兩人在街道上走，正要拐進去鋪面，就見一個夥計打扮的人急忙忙的跑過來，老遠就在喊姑奶奶。

杜小魚認識他，那人是黃立樹乾果子鋪的夥計毛二生。

「表哥派你來的？」她笑著問。「什麼事這麼著急啊？」

「姑奶奶，大事不好了，表少爺被人抓去衙門了！」

「什麼？」她的心一下子提到了嗓子口，黃立樹怎麼會被人抓去衙門？她深呼吸了一口氣，才冷靜下來問：「到底是怎麼回事？你家夫人知道這件事沒有？」

「今兒有個客人來買果子乾，樣樣都拿了好些，結果卻不給錢，表少爺正好在鋪子裡，見那客人想賴帳，就去跟他理論。誰料那客人竟然動起手來，咱們沒拉住，也不知怎麼的，那客人臉上就見了血，氣沖沖地跑出去，不一會兒衙門裡就來了人把表少爺帶走了。」毛二生喘了口氣，抹抹額頭上的汗。「夫人也知道了，她現在去了衙門，叫咱們來告訴姑奶奶。」

原來是有人挑事，杜小魚忙跟著毛二生去了衙門。

衙門竟不給他們進去，說案子還沒有開始審理，家人不得探望，又讓他們回去等消息，說開審了自然會來告知。

毛二生急了，叫道：「你們知不知道咱們姑奶奶是誰？」

衙役翻了下眼睛，看杜小魚跟司馬靜商戶人家打扮，一點也沒有放在眼裡。

「咱們姑奶奶是戶部郎中李大人的夫人，還是兵部尚書李大人的兒媳婦！」

前者京城裡一抓一大把，可後者是二品大官、三公九卿的大人物，幾個衙役立時變了臉色，又尋思怎麼會把有這樣關係的人給抓了進來？

「是你去抓的？」一個衙役就小聲問別的衙役。

幾個人都搖頭，他們語氣緩和下來，對杜小魚跟司馬靜說道：「兩位夫人，您看咱們都不知道這件事，上頭吩咐下來的，咱們也只能聽從，還請兩位夫人原諒。」他們還是不敢放他們進去。

「夫人放心，那位爺，咱們肯定會好好照看的。」有眼力勁的立刻就說了好話。

司馬靜見那些人明明知道了杜小魚的身分，卻還不讓她們去看黃立樹，急得臉色煞白。

「小魚，到底怎麼辦，相公他……」

「咱們先回吧。」杜小魚拉一下她，幾人就往回走了。

「諒他們也不敢為難表哥，只不過看起來那個來鋪子鬧事的人來頭很大，也不知道是誰。」杜小魚皺起眉問：「你們可是得罪了什麼人了？」

「沒有。」司馬靜忙搖頭。「我在京城看父親做生意也好些年了，知道怎麼處理那些關係，相公雖說有些衝動，但肯定沒有得罪過什麼人。」

這就奇怪了，怎麼會有人買了果子乾不付錢呢？這不是故意找茬？

三個人站在一處胡同口，毛二生忽然想到一些關鍵地方，叫起來。「我想起來了，那個人說自個兒跟玄真道長有關係。」

「玄真道長？你沒聽錯？」杜小魚問。

「肯定沒有，他一說玄真道長，大傢伙兒都笑了，玄真道長自從給皇上煉丹後，不知道有多少人冒充他的弟子，如今來買個果子乾，都想糊弄人不給錢。」毛二生回憶道：「那人看到咱們笑，就更氣了，罵咱們一干不長眼睛的，敢嘲笑他，說讓咱們等著，好教咱們知道他的厲害。」

能動用衙門來抓人，指不定真的跟玄真道長有關呢，杜小魚叫毛二生說了下那人的相貌，就讓他回鋪子去了。

「一會兒我讓人去找下源清，看看他有什麼辦法。」

也只能這樣，司馬靜此刻已經冷靜下來。「我先回去安撫下娘，她還不知道這件事呢，若是今日能解決也就罷了，若是不能……總要讓她安心。」

杜小魚點點頭，兩人各自回家。

第一百二十九章

丁府一座涼亭裡，阮玉正坐著聽下人彙報消息。

「那成培去乾果鋪子買果子，果然就不願給錢，後來跟掌櫃的打起來，臉破了，就去叫了衙門裡相識的把鋪子的掌櫃抓了。」

成培是玄真道長的侄子，仗著他叔叔的名頭不知道做了多少壞事，有些品級低一點的官都不敢招惹他，唯恐玄真道長在皇帝面前說什麼不利的話，那成培漸漸地就更加肆無忌憚起來。

阮玉笑著瞧了身邊的丫鬟雪雁一眼。「妳倒是有幾分本事，看那小子被妳迷得七葷八素，聽妳想嚐嚐那家的果子乾，立刻就去買了。」

雪雁捂著嘴笑起來，「奴婢還誇他有本事，別人都怕他，他果然就不給錢，打了起來。」她欠了欠身。「為夫人效勞，奴婢定然是要盡全力的。」

「好，好。」阮玉撫了撫掌。「這事了了，哪怕讓妳當姨娘，也未嘗不可。」

雪雁嚇得一哆嗦，忙跪下來顫聲道：「奴婢不敢。」

阮玉發出一聲輕笑。「妳怕什麼，只是玩笑話而已，起來吧。」

雪雁白著臉才慢慢起來，她是知道夫人的手段的，自嫁給老爺當繼室之後，原先的姨娘一個個都失去了寵愛，有些甚至就被老爺趕走了，她哪敢有這個心思。

「既然人都抓了，怎麼也要給他吃點苦頭，妳得讓這小子在妳面前逞逞威風才行。」阮玉轉著手腕上的玉鐲，似漫不經心地說道。

是要讓那掌櫃在牢裡吃苦頭，雪雁知道夫人恨李家，尤其恨李夫人，但並不知道其中的原因。去年老爺官降兩級，而李家父子倆卻都升遷了，夫人自然更加惱火，這次讓她跟成培結識，就是為了設下計謀。

雪雁低頭應一聲。

「等等，雲霞，妳把我房裡的繡花百蝶裙拿過來。」

另一個丫鬟雲霞忙快步去了臥房，很快又過來了，手裡多了條亮麗的裙子。

「妳拿去穿吧。」阮玉示意雲霞把裙子給雪雁。

雪雁千恩萬謝地接了，這才退下去。

卻說杜小魚回到府裡，第一件事就是派人去衙門找李源清，倘若見不到人，想方設法也要把消息傳到李源清耳朵裡，畢竟黃立樹被抓進了衙門，說不好就會變成大事。

因為這件事情實在太巧合了，怎麼就跟玄真道長扯上關係了？

她知道李源清跟一些官員都正在想法子要除去玄真道長，這節骨眼上，也不知道會不會打草驚蛇。

趙氏跟杜顯也很著急，開個乾果子鋪，居然也能惹上官司。

幾個人暫時也沒有別的法子，只能乾等。

不一會兒，李欽就跑了來，說李源清已經知道這件事，親自去處理了。

到了晚上，兩個人回來了，趙冬芝跟司馬靜都在他們家等著，可看到黃立樹時，眾人臉上都露出憤怒的表情來。

趙冬芝撲上去，捧著黃立樹的臉，心疼的道：「怎麼回事？他們居然打你嗎？源清，是哪個混蛋打的？啊？」

「沒事，沒事，就挨了幾拳。」黃立樹怕他們擔心，不敢說實話，他背上還被踹了兩腳呢，要不是李源清及時趕到，也不知道會吃多少苦頭。

司馬靜也心疼地掉下眼淚來。

杜顯質問道：「明明是別人買東西不給錢，怎麼立樹反而被打了？這還有沒有王法了？源清，事情到底查清楚沒有啊？」

「妹夫都處理好了，那人也抓了。」黃立樹忙替著回答。「東西的錢也還了出來。」

趙冬芝哼了聲。「要我說，也該打幾個板子才行！」

司馬靜直覺這事情不簡單，知道李源清夫妻倆肯定還有話說，便勸著趙冬芝，說黃立樹現在也需要休息，三個人就先回家去了。

杜顯夫婦見人也抓了，錢也還了，自然也沒有話再說，叫廚房把飯菜端上來。

飯後，杜小魚跟李源清回了房。

「聽說是玄真道長的什麼人？」她關上房門問道：「你真抓了他了？」

「是他侄子，不抓都不行。」李源清本也不想打草驚蛇，黃立樹這虧他本想勸服暫且忍下來，誰料到成培真是個扶不上牆的爛泥，也不知道吃錯什麼藥了，把黃立樹抓了不說，還非得冒險偷進牢裡狠狠打他一頓出氣。

其他幾個衙役早知道黃立樹跟李家有關係，本來就想多照顧一些，結果看到成培打人，還能不上去拿下嗎？

那成培居然也不怕，大鬧牢房，不抓都不行了。

杜小魚聽得直搖頭，這成培看來腦筋有問題，難怪會來乾果子鋪鬧事了，而且，鬧之前也不打聽一下嗎？京城什麼地方，二十家鋪子往少裡說，總有一、兩家是與某些官員有關係的，居然就敢上來吃白食。

「不過，這事是不是太巧了，怎麼就找上立樹開的乾果子鋪了？」她心裡還是有些疑問。

「說明他的東西好，別人才來買。」李源清笑起來。「妳也別疑神疑鬼的，我自會去再查清楚。」

卻說那成培被打了頓板子，雖說沒幾下，那也痛得下不了床，他們成家就這一個獨子，玄真道長既入了道觀，自然是不會再結婚生子的，這一脈也就只能靠他哥哥成充。而成充再接連生下三個女兒後，才老來得子，自然是寵得沒邊了，故而養成了成培那樣無法無天的性子。

看到自家兒子被打得屁股開花，成充的娘子哭成了淚人，玄真道長一聽到消息後，也趕緊來了哥哥家。

「你現在在給皇上辦事，那些人居然都不把你放在眼裡，看看把培兒打成了什麼樣。」

成充氣得鬍子一翹一翹的。「不過是拿了幾樣果子，把錢給了也就是了，非得要打板子？簡直是一點面子都不給你。」

玄真道長臉上一陣紅一陣白，他做事向來謹慎，即便得到皇帝的信任，也從不敢做什麼逾矩的事情，因為他知道這些還不夠，當下小聲道：「我早叫他不要太張揚，哥哥，我不過是個煉丹的，又不是什麼一品大員，那些人能給我什麼面子？打就打了，傷養好了也好讓他記點教訓。」

「你還當我是你哥哥？你當我不知道？逢年過節，那些大大小小的官兒不都往你府裡跑嗎？不是去討好你是幹什麼？哦，如今有些臉面了，也敷衍起我這個哥哥來，罷了，罷了，你既不想管，我也不強迫你，你貴人事忙，這就走吧。」

玄真道長急了。「我不是這個意思，咱們成家就只有你我兩個兄弟，我豈會不把你當哥哥呢？」

成培在床上聽了一會兒，忽地哭叫道：「是他們李家故意整我的，我哪兒曉得那乾果子鋪是李家的親戚開的，提了叔叔你的名字，那掌櫃的明明曉得，卻不說自己是李家夫人的表親，故意說些難聽的話誘我出手，去了牢裡又讓人拿下我，我豈會肯被他們耍，結果就扣了一個罪名在頭上，全是李家誣陷我的，叔叔你要給我作主啊！」

玄真道長聽得半晌不語，他是個聰明人，哪不曉得朝裡有些人早就看他不順眼，就想找個機會收拾他，過了會兒問道：「你這話不是自己瞎編的？李家什麼時候跟你有仇了，要這麼整你？」

「我哪知道！」成培腦中閃過雪雁說的話。「他們李家不就是想除了仙道門，現在這麼打我，就是殺雞儆猴給叔叔看哩！」

「什麼？」玄真道長瞪起了眼睛。「你這話有什麼證據沒有？」

「叔叔不記得門下雲開、雲揚兩個弟子了？」

玄真道長記起了那件事，冷哼一聲道：「那是他們自找的，要去破人家風水就得擔得起後果！」

「叔叔知不知道他們破的是哪家的風水啊？」

玄真道長還真記不得了，那兩個弟子又不是他親傳的弟子，仙道門下面不知道有多少弟子呢，哪記得住。

「就是那戶部郎中李源清家裡的風水。」

竟然就是跟李家有關，玄真道長擰起了眉。

「他們是把這筆帳記在叔叔的名上了，叔叔不是要我不要鬧事嘛，我其實已經很收斂了，結果李家就是不放過我，非得要揪著這點事不放，難道不是故意做給叔叔看的？難道不是殺雞儆猴？」

成培一番分析讓玄真道長陷入了沈思。

早前他在街道上不避戶部尚書陳大人的轎子，聖上沒有降罪，引起了朝中官員的公憤，但其實這件事他是有意為之，就是想要試試自己在聖上面前的分量，試試有哪些官是向著他這一邊的。

因為玄真道長除了喜好煉丹外，還有一個更加遠大的理想，想做這個國家的國師，受萬人敬仰。

這個理想要實現，天時地利人和，缺一不可，只不過，有些人未必會給他時間去等待。

也許，該是他出手的時候了。

「你好好養傷，別的事先別管，一定要聽我的。」玄真道長吩咐成培一句，又對成充道：「哥哥，培兒的這個仇早晚得報，你暫且忍著，不要再讓培兒胡來，我一定不會讓咱們成家白白受這個氣的。」

聽弟弟這麼說，成充自然高興了，他本身不是招搖的人，就是太寵兒子，聞言罵了句成培。「你聽到你叔叔說的了，給我好好待家裡，省得出去又被人打！」

玄真道長這才告辭，急匆匆地走了。

隨後的一段時間倒是風平浪靜，李源清去查成培，也沒有查到什麼線索來，成培也真聽了玄真道長的話，安心在家裡養傷，都沒有出過門。

杜小魚的鋪子進了那批玉石後，馮師傅花了很多心血在上面，很快就有一批新的首飾出現在店子裡。

她聽說後就來了鋪子，果然已經做好了，玉鐲子、玉墜子、簪子、玉梳，應有盡有，琳琅滿目，客人紛紛挑選，夥計殷勤地招待。

彩屏坐在椅子上點算帳目，杜小魚也坐下來，看著生意這樣興隆，笑容止也止不住。

天氣略有些熱，她坐了會兒，聽彩屏彙報完帳就離開了，想著幾日沒有見到杜黃花，便拐去了她那個院子。

誰料還沒到，遠遠就看見有一些人圍在杜黃花家的大門口，探頭探腦，也不知道出了什麼事。

「怎麼回事？」杜小魚問鍾元。「你快去看看。」

鍾元身手敏捷，很快就打聽完過來了，臉色有些尷尬，猶豫了下說。「他們家來了一個客人，是玉堂樓的。」

一聽「玉堂樓」三個字，杜小魚趕緊跑過去，一邊說道：「你把那些人都趕走，圍在人家門口像什麼樣?!」

鍾元武功高超，自然是三下五除二的把那些人趕走了。

杜小魚走進去，第一眼就看到了凌翠。

果然與傳聞中一樣，玉堂樓的姑娘容貌出眾，那凌翠一張巴掌般大的瓜子臉，眼睛又大又圓，膚色雪白，的確是個美人胚子，但這個不是重點，重點是，杜小魚第二眼就看到了她微微隆起的肚子。

時下正是初秋，身上穿的衣裳還算單薄，那肚子是掩不住的，當然，也許凌翠也並沒有想要去遮掩。

「小魚！」杜黃花看到她來，像抓住了救命稻草一樣，她怎麼也沒有想到那件玉珮的事居然還有後續。

白士英夫婦自然也被驚動了，全都在院子裡，幾個人的眼睛自然都落在凌翠的身上。

「妳……妳剛才說肚子裡的孩子是誰的？」崔氏聲音抖抖顫顫地問。

「是您的兒子白大人的。」凌翠微微一笑，伸手撫著肚子，滿臉的溫柔之意。「我原想著自己撫養他長大，可我一個孤女子實在沒有這個能力，這才會找來。你們該不會怪我吧？」

崔氏瞪大了眼睛，尷尬的看了一眼杜黃花，又慌張的看向白士英。

杜黃花的腦子裡早就亂成一團漿糊了，白與時明明說跟凌翠一點關係都沒有的，怎麼卻突然跑出來一個孩子？

是他的孩子……

杜小魚覺得自己的手臂被握得生疼，忙伸手輕拍著杜黃花的後背。「姊，這都是她一面之詞，還是等姊夫回來再說，啊？妳先別亂了陣腳。」

聽到杜小魚這番話，凌翠冷笑一聲。「是誰的總也瞞不住。」

她樣子那樣篤定，杜黃花的身子不由得一抖。

怎麼看怎麼都像青樓女子，白士英夫婦心裡都在想，兒子怎麼會看上這樣一個女人呢？這怎麼對得起兒媳婦啊！

「妳滾，妳給我滾，我兒子絕不會要妳這樣不要臉的女人的！」白士英忽地衝上去大聲吼道，一邊叫下人趕緊把凌翠趕出去。

崔氏也反應過來，跑來跟杜黃花講。「肯定是胡說八道，與時不會做出這種荒唐的事情來的。」

凌翠又發出笑聲來。「趕我？能把我趕出京城嗎？那晚上不只白大人在，還有一位大人，他可以作證的，你們這樣對我，要是被上面知道白大人的所作所為，指不定白大人的官位就要不保呢！」

幾句話像炸雷般在院子裡響起，衝出來的下人都不敢動了。

崔氏白著臉，看向杜小魚。

雖說官員去青樓本也是禁止的，但後來這個規矩越來越鬆，基本上已經沒有人管了，但要是鬧出這樣的醜事，被言官抓住痛腳，指不定就會揪著不放。

凌翠今日敢上門來，肯定是做好了萬全的準備，不會輕易就甘休的，只不知道她的目的到底是什麼？為錢？為情？還是為了別的？

就這樣站在院子裡始終不好看，杜小魚對崔氏說道：「總要弄清楚的，不如去裡面再說吧。」

幾個人便進了堂屋，凌翠找了張椅子自顧自的坐下來，神情極為淡定。

杜黃花坐在杜小魚身側，她的手冰涼，心更像是落在了寒冬臘月裡，剛才凌翠還說有人證在，莫非白與時真的騙了她不成？

她無法接受這樣的事實。

「我是來討個說法的，白大人當初說好要抬我進門，我這才懷了孩子，如今都幾個月大了，總不能不認帳了吧？」凌翠挑眉看著杜黃花。「我那會兒給夫人送了玉珮來，就是給夫人提個醒，知道有我這樣一個人，結果卻一直沒有回應，我還當玉珮送錯了地方呢。」

崔氏忙問道：「黃花，真有這件事？」

「是……」杜黃花不好隱瞞，只得承認。

「唉，妳怎麼不告訴我們啊！」白士英叫起來。「早些知道，我也不讓這逆子越做越錯了。」

「大伯、大嬸，事情還不知道是怎麼回事呢，光聽她的怎麼行？再說，我姊也把玉珮給姊夫看了，他知道這件事，也解釋清楚了玉珮怎麼會在那個女人手裡。」杜小魚給杜黃花開脫，這事怎麼也怪不到杜黃花的頭上。

白士英沈下臉。「那到底該如何解決？肚子裡的孩子大夫也看不出來是誰的，唉，只好等與時回來了。」

可都說有人證了，那是怎麼回事？

杜小魚感覺很不好，那時候聽杜黃花講，白與時當時是和另外一個官員一起去的凌翠房間，難道說的人證就是他嗎？

她怎麼也不敢相信白與時會騙人，可若不是，那設下的陰謀又是為了什麼？

白與時現在一個頭兩個大，怎麼也想不到自己會面對這種局面。

李源清如今正在他的值房裡，杜小魚聽了凌翠那番話之後就叫鍾元去戶部遞消息，戶部跟工部辦公的地方離得近，他處理完手頭的事就去找白與時提前商量了下。

聽到凌翠在家裡等著，白與時斬釘截鐵的道：「肯定不是我的孩子，我跟凌翠姑娘就只有一面之緣，怎麼她會說出那麼不堪的話來。」

「據說還有人證，你好好想想是怎麼一回事。」

「人證？」白與時驚道：「莫非她指的是張大人？那日是張大人非要拉我去，迫不得已我才應付一回。」

才這一回就惹來這種麻煩事，凌翠不過是個玉堂樓的風塵女子，若不是有別人在背後撐腰，她哪兒有膽子來誣陷朝廷命官？

李源清也相信白與時的人品，對他的話毫不懷疑。

「如此看來，也許是張大人指使的。」

白與時擰起了眉。「他們為何要這樣做？」

「事情鬧大了，被言官知曉進而彈劾，你的官途難免會受到影響。」

「你的意思是……」白與時這幾年的官也不是白當的，朝中政局是什麼樣他很瞭解，他對李源清道：「你自上回令玄真道長的侄子被打了板子之後，已經連續有幾道摺子彈劾你，如今是要輪到我了嗎？」

「比起我那幾道不痛不癢的，你的可嚴重多了。」李源清笑了笑。「既然他們想一鍋端了咱們，想來也已經做好萬全的準備，你要是不介意的話，不如暫且就如了他們的願。」

兩人又商量了會兒，到散班時間白與時就回去了，而李源清並沒有同去。

見到兒子，白士英厲聲喝道：「孩子到底是不是你的？」

「不是。」白與時雖然否認，但面上露出了一些驚慌，看向凌翠道：「不知道凌翠姑娘為何要陷害我？」

「我陷害你？」凌翠聳著肩膀笑道：「白大人真會說笑話，我一個青樓女子哪有那麼大的膽子？要不是為了孩子，我不會來這裡。白大人，做人要有良心，我不求入你家門，但孩子你怎麼也得認了！」

「我兒都說了不是他的，妳怎麼這麼不要臉？」崔氏怒道：「妳一個青樓女子，誰不知道勾搭的哪個男人，如今卻來嫁禍給我兒，妳知道點臉面的話快些走，省得我叫人把妳打出去」

「我一個人沒有那麼多口，你們不信的話，我也只好叫張大人來作證了，那天你明明是留在我房間的。是了，還不只張大人一人看到，你們工部那麼多位大人，哪個不知道你去了我那裡？」凌翠目中露出凶光。「你不認，大不了我去衙門告你，要是告不了，我大不了去告御狀，我就不信你做出這種事，還能當什麼都沒發生！」

白與時霎時白了臉。

看到兒子這副樣子，白士英夫婦倆也驚慌起來，總不能為了不認一個孩子真的把官位給丟了吧？又說有人證，萬一真說不清楚，把事情鬧大了，那兒子將來怎麼辦？

杜小魚看在眼裡，卻是覺得奇怪。

白與時雖然性子溫和，但不是那樣怕事的人，她看看杜黃花，後者已經整個人都僵住了，大概也沒有想到白與時會那樣不堅決。

白士英把白與時拉到一旁，低聲道：「兒子，你真沒做這齷齪事？」

他倒是不太肯定了，這種煙花之色，那些官員愛的是不少，兒子沒有三妻四妾，又正是血氣方剛的時候，指不定就會踏錯一步。

「沒有。」白與時忙保證。

「那現在該怎麼辦？那人證你心裡有沒有譜？是不是真會對你造成什麼不好的傳聞，影響你做官？」

「有可能。」白與時點點頭。

崔氏聽見了倒抽一口涼氣，瞄了眼杜小魚道：「李家那邊能不能幫上忙呢？」

「也不能立即就幫得上，她既然上門來鬧了，肯定有對策。」白與時小聲道：「只能暫時穩住她。」

三個人商量好，崔氏衝凌翠道：「妳既然說孩子是與時的，那好，妳說說看妳想怎麼辦？」

杜黃花身子一震，眼見他們去說話，結果竟是直接妥協，莫非是白與時承認了那孩子的事情？她心口如被火炙了一樣，忍不住看向白與時。

四目相對，後者面色平靜，但從他的眼神裡，她讀懂了一些東西，他那樣坦蕩，可見這事是假的。

凌翠沒想到他們居然膽子那麼小，被這麼一嚇立刻就退縮了，但一想，又怎麼不會退縮？這樣天衣無縫的計劃，白與時是從沒料到他會被自己的同袍給出賣吧？人證都在，又能奈何？

「奴家也沒什麼話好說，只白大人需得記得今日的事。」她說罷站起來，慢慢地走了。

「這是什麼意思？」崔氏瞪大了眼睛，既不要錢財，也不要白與時讓她過門，那一開始又何必步步進逼？

那是為了牽制白與時，讓他在今後的日子不敢輕舉妄動，因為有證據在他人之手，隨時一鬧就能讓言官彈劾，丟了官位。

事情發展成這樣，已經不是什麼解決不解決的問題。

凌翠這一走，還有很多的變數。

第一百三十章

杜小魚回到府裡，看到李源清已經到家了，問道：「剛才那一齣是你跟姊夫商量好的？」

「妳看出來了？」

「姊夫不是這樣的人，不過還算演得不錯。」

李源清拿博浪鼓逗著李景修玩，一邊說道：「那後來怎麼樣了？」

「凌翠沒說什麼要求，直接就走了，只讓姊夫記得今日的事情。」杜小魚挑了下眉。

「那女人不簡單。」

這倒是出人意料，凌翠既然敢來，只以為就會鬧起來，結果卻什麼都沒有索取，李源清笑了。「看來某人也許是搬石頭砸自己的腳。」

「這話怎麼說？」

「那孩子總不會從石頭縫裡蹦出來的吧？凌翠一個人也不可能會有孩子。」

「你的意思？」杜小魚眼睛一轉。「凌翠不甘心只做人棋子？」

「有好戲看了。」李源清輕笑一聲，把李景修抱給她。「我讓鍾元盯著凌翠，應該很快就會知道她背後的人是不是張大人。」

杜小魚嘆口氣，摸著李景修的黑軟頭髮。「最近事情還真夠多的，先是表哥出了事，後來又輪到姊夫，是不是有什麼人盯著咱們家呢？我總覺得沒那麼多巧合。」無巧不成書，生活又不是小說，肯定有什麼陰謀在裡面，她頓一頓。「莫不是玄真道長知道你要對付他，所以先下手為強吧？」

「不是沒有這種可能。」

「他現在深得聖上的信任，你可要小心些。」

「我知道。」他摟住她，低頭吻了下她的臉頰。「明兒我休息，咱們帶景修出去玩玩可好？」

「我才不帶他，跟個猴子似的，跑一趟我肯定累死，就咱們倆去。」杜小魚咬著牙戳了戳李景修的臉蛋。「你說，他是不是像你小時候啊？那麼皮！」

「我才不皮，岳母說我乖得很，肯定是像妳。」

「像你！」

李源清懶得管她耍賴。「好，好，像我。」

彩屏在外頭聽著噗哧笑了，趙氏道：「唉，也只有源清受得了她，這孩子也是有福氣。」

第二日，杜小魚把李景修交給趙氏看管，自個兒跟李源清去了城外面的梅林騎馬打獵，同行的還有文安侯世子跟童氏，同帶著十幾個侍衛。

四個人玩到天黑才回來，收穫頗豐，晚上順便就來了李家作客，獵物正好送去廚房，做了一桌子的野味。

野味都是杜顯親手烹製的，獲得世子夫婦倆一致稱讚，飯桌上眾人談笑風生，倒空了兩罈子酒，李源清不善飲酒，多半都是世子一個人喝掉的，他看起來斯斯文文，卻沒想到竟有那麼好的酒量。

飯後，見兩人有事商議，杜小魚便跟童氏去後院散了會兒步。

後院養了一對白鹿、兩匹高頭大馬，還有幾十隻品種優良的兔子，童氏第一回上他們家來，立時露出了孩子心性，拿了草料去餵食，十分的歡快。

「我也是喜歡養這些的，娘家有兩對鸚鵡，還有一隻狗一隻貓呢，只嫁給侯府後，我婆婆不喜歡，說味道不好聞。」童氏有些遺憾。「比起我，妳還是自由多了。」

「妳婆婆說得也沒錯，確實味道挺重的，夏天氣味特別重，我這還是因為從小在村裡長大的，不然恐怕也受不了。」杜小魚笑道：「不過貓狗洗乾淨了應該沒什麼關係，妳婆婆大概沒養過，不知道牠們的好處。」

「是啊，不知道多聰明呢。」說到她的愛寵，童氏眉飛色舞。

兩人都是喜歡小動物的，又講到自個兒的孩子，等到世子從書房出來，她們還沒有說完。

送走兩位貴客後，李源清笑道：「妳跟鍾夫人倒真的很投緣。」

「有道是物以類聚。」杜小魚挽住他胳膊。「你跟世子還不是嘛，快說說，你們都講了什麼，可是關於玄真道長的事？」

李源清側身關上房門，把她抱於腿上說道：「沒錯，玄真道長雖然現在深得聖上信任，可他能依仗的不過是『煉丹』二字，長生不老藥，曾也有不少皇帝探求過，但也只是傳說，從來沒有見真的煉出來。聽世子說，他已經進獻過聖上兩次丹藥了，可聖上……」他嘴角露出嘲諷的笑，但聲音卻壓得很低。「前幾日身體不適，若這藥真的有效，豈還會發病？」

有些話不方便說，皇帝有自己掌控的親軍與密探，所以他們才會選打獵的事情做遮掩，方便二人密談。

杜小魚愣了下，繼而興奮起來，如此看來，玄真道長的處境也好不到哪兒去，除非他真的可以煉出好的丹藥，不然只要出一絲錯，可能就會丟了性命。

自古伴君如伴虎，枯榮只是轉瞬間。

「你們可有什麼好的法子？」

「他要保住地位，只能找那些稀奇的藥材來，興許還會用到上回在玄妙觀搜到的秘藥。」李源清雙眉一揚。「現在要做的是引蛇出洞，守株待兔。」

只要讓玄真道長覺得聖上對他有所懷疑，他定然會鋌而走險。

這一步，他們也商議過了，朝廷裡很多官員對聖上縱容一個道長都頗有非議，而宮裡頭也一樣。

仙道門一些弟子入了皇宮煉丹，雖然玄真道長一再告誡，可總會有人起貪念，仗著這一點本事欺壓宮裡的低等太監與宮女，索取錢財，卻不知強龍難壓地頭蛇這句話是怎麼來的，更何況其中還有特別記仇的。

兩人說著話，趙氏在外頭敲門了，為避免影響李源清的睡眠，李景修都是睡在隔壁房間的，趙氏是來告知李景修睏了。

李源清便打住話頭，去了沐浴房，杜小魚自去照看李景修了。

隔了一段時間，一直盯梢凌翠的鍾元發現，凌翠懷的孩子原來就是張大人的。兩人很早前就已經偷偷摸摸，幾度春風了，只張大人的娘子是隻母老虎，故而絲毫不敢走漏風聲，這次的事情也不知是張大人為了討好誰，竟然敢把這事抖出來，就為了禍害白與時，除去李源清的一個幫手。

但也怪不得他要使這種招，白與時向來潔身自好，做事謹慎，根本就找不到什麼錯處，要不是不願跟杜黃花分開，不然也不會落下這個把柄。

因李源清還在辦公，鍾元是跟杜小魚彙報的。

「還有一件事，我去查張大人的時候，發現他跟成培有來往，想起那次表少爺鋪子被搗亂的事情，就順藤摸瓜又去查了下成培。他最近幾天又出來得勤了，跟丁府一個丫鬟好上了，昨兒還買了不少好東西去哄那丫鬟。」

杜小魚對丁府自然是敏感的。「工部郎中丁大人的府邸？」阮玉的相公丁大人去年官降兩級，從左副都御史變成了工部郎中。

「是。」

杜小魚冷笑起來，難道竟是阮玉在後面設計嗎？她手還伸得真長，竟然管起這些事情來，倒不怕羊肉沒吃到，惹得一身腥。

「你再去查查，是丁府誰的丫鬟，跟成培什麼時候認識的。」

見她神色極為嚴肅，鍾元應一聲趕緊走了。

如今皇太后形同軟禁，後宮之中，聖上最為寵幸的是當今太子的生母姸貴妃，皇后急流勇退，幾乎足不出門，因而大大小小事情都是姸貴妃在管理，儼然是後宮的掌事了。

她跟前自然也有信任的太監跟宮女。

玄真道長雖然處處小心，但仍是算漏了一件事，他只懂得討聖上歡心，卻忘了姸貴妃，而且還後知後覺地在姸貴妃心裡扎了根刺。

慶坤宮管事牌子周炎這會兒走進了殿裡，給姸貴妃叩拜之後，極為無奈地說道：「奴才剛才又看到淑儀娘娘遣人去拿丹藥了，娘娘，這可怎麼辦才好？聖上身子剛剛才好一些，要是又吃那些猛藥，怕是受不住呢。」

姸貴妃正在喝茶，聽罷猛地把手裡的茶盞扔在地上。

那刺耳的碎裂聲響起，殿裡的宮女全都變了臉色，小心翼翼地低下頭，偶有幾個大膽的，便開始交流眼神。

「豈有此理！給聖上煉長生不老藥也就罷了，怎麼還弄這些個東西！」姸貴妃氣得臉頰發紅，淑儀娘娘是新近才被聖上晉封的，本來不過是個小小的婕妤，那日聖上吃了猛藥，她正好身體不便，結果就便宜了他人。

聖上似是在那人身上嚐到了甜頭，三天兩頭的往那邊跑，不到兩個月連封幾次，如今做到了淑儀娘娘。

姸貴妃雖說執掌大權，但無論年紀、容貌都不能跟淑儀娘娘比，心裡豈能不恨？

可她不能恨皇帝，因此便連帶著就恨上了玄真道長。

「是啊，那玄真道長我看就是不務正業，長生不老藥沒煉出來好的，那些個不妥當的卻一個又一個的弄出來。」周炎本是很受皇帝信任的，可自玄真道長來了之後，皇帝很多事都願意跟玄真道長說，他覺得嚴重的威脅了他的地位，更何況，他手底下的一些太監都怨聲載道，直說玄真道長欺負人，不給他這個管事牌子絲毫面子。

正好之前有人來跟他通消息，他想來想去，覺得除掉玄真道長對他才是最有利的，皇上正當盛年，真要吃藥把身子吃壞了，有道是一朝君子一朝臣，換一個君王，指不定他的日子就不好過了。

見妍貴妃氣得七竅生煙，周炎上前說道：「娘娘不要動氣，這玄真道長現在正得聖上信任，咱們沒有證據可不能輕易動他。」

妍貴妃能坐上今日的位置，自然有她的過人之處，聞言立時冷靜下來。

她確實不會蠢到直接去把淑儀娘娘抓起來，也不會直接去指責玄真道長，那是皇上宣進宮來煉丹的，否定他不就等於是否定皇上？沒有證據，那就是自尋死路。

而這些猛藥是增添閨房之樂的，當然也不可能當成證據。

「聽起來你好似有什麼話要說。」妍貴妃左右看一眼，立時有幾個宮女退了出去。

周炎這才小聲說了一番話。

過了幾日，妍貴妃找機會召見玄真道長。

從甯馨宮出來的時候，玄真道長滿頭的冷汗，步履不穩，差點就在路上摔了個跟頭，幸好跟在身後的親傳弟子扶著。

「師父，貴妃娘娘跟您說了什麼事情？」見師父驚恐成這樣，兩個弟子面面相覷。

玄真道長沒有回答。

妍貴妃倒不是找他去質問什麼，反而是滿臉擔憂的詢問他一些事情，說聖上前些日子病了，是不是因為服用長生不老藥的緣故。

這話可把玄真道長嚇死了，連忙否認，說前兩次的藥效不太理想，但肯定跟生病沒有任何關係。

妍貴妃又說聖上最近老是作惡夢，半夜驚醒都在說長生不老藥，好似很焦急，想問問他到底什麼時候能煉出來，也好平復聖上的焦慮，還說前朝皇帝曾經也是這樣，老是求不到，心裡越來越急，後來就把道長殺了。

玄真道長聽到這兒腿都軟了，他倒是沒看出來皇帝那麼著急，可妍貴妃人向來和善，不與人結仇，又是真心關心聖上的，可見他確實應該要改進一下方子，務必要使聖上滿意才行。

可到底怎麼在短時間內煉出來呢？

玄真道長心裡跟火燒似的。

「師父，咱們要不要試試……」其中一位弟子猜到師父的心思，忽地小聲湊過來說了幾句話。

他是建議用秘藥！

玄真道長臉色立刻沈下來。「這樣的話再也不要說第二次！」

那弟子嚇一跳，趕緊保證不再說了，三個人慢慢走出了甯馨宮的儀門。

鍾元再次探到消息，成培討好的丫鬟正是阮玉的貼身婢女雪雁，那兩人是在成培去乾果子鋪搗亂前不久認識的。

如此說來，一切果然不是巧合。

成培美色當前，恐怕是被雪雁蠱惑，才會做出這種蠢事。

至於目的，自然是要玄真道長把矛頭直接指向他們李家，不然凌翠又豈會上門來？那張大人要討好的就是玄真道長吧？

如今阮玉的相公丁方衡也在工部，他去年降級，在官途一道上前途暗淡，很有可能已經跟張大人連成一氣。

杜小魚想到這裡，跟鍾元說道：「你多帶幾個人去，查查張夫人日常愛去的地方，又跟誰家的夫人來往，再找人盯著張大人跟凌翠。」

鍾元會意，答應一聲告辭下去了。

李源清從衙門回來，杜小魚就把這事告知於他。

「自玄真道長衝撞戶部尚書陳大人之後，是有不少官員巴結他，前段時間聖上還有意讓他去欽天監，後來遭到幾個閣老的反對，這才沒有成事，但有些人自以為看到苗頭，逢年過節都往他那裡走得很勤。」李源清諷刺地笑了笑。「不過是個會煉丹的，若真的能在朝堂謀得一席之地，咱們大明朝恐怕也……」

後面的話沒有說出來，杜小魚沈聲道：「所以要趕快把他除掉才行，省得被他先走一步、興風作浪，我今兒已經叫鍾元去查張夫人的事情了。」

李源清攏一攏她的肩。「這些事妳其實不用操心。」

「關係到咱們的家，我怎麼能不操心？都動到表哥、姊夫身上了，再拖下去早晚就是你了。」

「我不會讓他們走到這一步的。」

杜小魚抬一抬下頷。「不管怎麼樣，我不能讓他們好過！反正閒著也是閒著，你就讓我幫把手又如何？」

「好吧。」他笑著道：「只不過妳要小心，鍾元如今去查事情了，妳出去多帶幾個人。」

卻說凌翠對白與時威脅成功，向張大人報喜後，張大人的心情到現在都沒有好起來，本來事先說好了，要凌翠把這事鬧大，讓白與時丟了官職，結果她卻只是點到為止，就跑來跟自己邀功。

張大人氣得都要吐血了，讓凌翠繼續去白家挑事，可後者卻不肯，非要他立下字據，等此事完結，把她收做偏房。

可他怎麼敢？

家裡的娘子剽悍起來是要拿鞭子抽人的，別說納妾了，他根本連一個通房丫頭都沒有，要不是工部這個作風，他家娘子為了他的官途著想，本來也不會有機會認識凌翠，還弄出了孩子。

見他不肯立字據，凌翠也不肯再去陷害白與時，兩個人這時就僵住了。

張大人為了巴結玄真道長，跟丁大人一拍即合，誓要為玄真道長清除障礙，這才會冒險讓凌翠把這事給抖出來，誰料到結果卻只差這一點點沒有成，他急得不知道怎麼辦好，就跟丁大人約了在酒樓喝酒。

「你怎麼還不動作快些？」丁大人一雙小眼睛滴溜溜地轉。「聽宮裡人說，聖上已經沒有多少耐心了，道長要是還不能煉出丹藥來，說不定就地位不保。咱們已經跟他坐一條船，總不能讓它沈了！你現在把李家攪亂，到時候我再找機會參一本，總要把白與時跟李源清拉下馬來！」

張大人拍著桌子搖頭。「唉，你有所不知……」

「怎麼？她不是你姘頭嗎，難道竟不聽你的話？」丁大人驚訝地問，語氣裡頗有不屑，不過是青樓女子，給些錢就不信不能打發了。

「她要給我做偏房。」

丁大人聽了揶揄地笑起來。「難怪，誰叫你家裡有頭母大蟲呢？」

張大人豔羨地看著他。「自然沒丁大人有福氣，有個才貌雙全的娘子。」

丁大人得意地撫了兩把鬍鬚，阮玉確實是世間少有的美人，又有才智，當初就是靠她的智慧才得以讓自己保全，沒有被直接罷官。只他到底是男人，總不能樣樣都問娘子，這次若能成事，將來等官復原位再博娘子一笑也不晚。

「你誆她就是了，不過立個字據，到時候等事情成了，你再……」丁大人給他出主意，臉上露出陰狠的神色，做了一個往下劈的手勢。

張大人身子一震。「她到底懷了我的孩子啊！」

「等你飛黃騰達了，還怕沒有美人跟孩子嗎？要多少有多少。」丁大人拋出最後一個誘餌。「你如今受家中悍婦欺負，還不是因為當年她娘家助過你的關係？等你官拜三品，不，官拜二品、一品的時候，你還要那個女人做甚？」

張大人被欺壓慣了，聽到如此解氣的話，不由聯想起自家娘子伏在地上討饒的模樣，立時興奮起來，喝道：「好，好，無毒不丈夫，還是丁大人說得好！」

兩人一起哈哈大笑起來，舉杯痛飲，無比的暢快。

聽到那兩人在酒樓喝酒的消息，杜小魚終於確定他們果然是蛇鼠一窩，自凌翠以孩子挾持白與時之後，再沒有動靜，恐怕就是去商量那件事的。

「張大人出來後，就讓長隨去玉堂樓。」鍾元繼續說道：「我也派人跟去了，應是去約定時間的。」

「能打探到確切的消息嗎？」

「能，玉堂樓裡的姑娘要出門都需得到管事的同意，那管事身邊有一、兩個夥計，是容易接近的。」

「這就好。」杜小魚笑了笑。「辛苦你了。」拿出一張銀票給他當車馬費。

有了錢，事情才會更加好辦，鍾元沒有推辭，接過來告辭去了。
過了幾日，凌翠精心打扮一番，因之前就已經跟管事請示過，是以只帶了一個貼身丫鬟，坐了轎子往鹿家巷而去。
鹿家巷是京城一處比較僻靜的巷子，路段算不得好，但也算不得差，住在這裡的多是一些低品級官員或商家小戶，若是喜歡清靜的環境，這裡是再好不過的。
凌翠這一輩子的心願不過是能贖身得以自由，再嫁個男人，擁有這樣一個院子。
張大人叫人傳消息來，說是在鹿家巷給她買了一處地方，她只當他妥協了，滿心歡喜赴約而來。
兩人見面少不得一番纏綿，張大人摟著懷裡光溜溜的身子，貪婪地聞著鼻尖充斥的濃郁香甜味，抱歉的說道：「之前是我不對，如今也想好了，既然妳都有了我的孩子，我要再不娶妳，老天爺也看不下去了！妳放心，事成之後，我一定給妳贖身。」
凌翠聽了揚起眉笑道。「你家夫人肯嗎？」
「我管她肯不肯，她嫁給我十幾年了，一只蛋都沒有孵出來，如今妳有我孩子，她只能滾一邊去。」
凌翠格格直笑，雖然覺得有點不現實，但心裡還是受用的。
張大人道：「這院子妳可滿意不？將來過門了，也不用跟那婆娘住一起，受她的氣，咱倆就住在這裡。」
這院子雖然不大，可佈置得很舒適，凌翠連連點頭，兩人又貼在一起纏綿起來。

見時機成熟，張大人走到書案前拿起筆，笑著道：「妳來給我磨墨，我今兒就立下字據，到時候總不能負了妳。」

凌翠心裡更安定了，只穿了個水紅肚兜上來磨墨。

張大人字據寫了一大半，兩人眉來眼去，忽然聽外面傳來一陣急亂的腳步聲，不等二人反應過來，那門哐噹一聲就被砸開了。

第一百三十一章

張夫人鐵塔般立在門口，臉上凶悍的表情令人膽寒。

凌翠衣裳不整，嚇得尖叫一聲，回轉身奔去床上要找遮羞的衣物，張夫人厲聲喝道：「把這個小娼婦抓了，都不要臉成這樣了，還穿什麼衣服？」

她聲音冰冷尖銳，張大人渾身都抖了起來，他怎麼也沒有想到自家夫人會這個時候闖進來，又想到正在寫的字據，趕緊雙手一揉就要毀滅證據。

張夫人有備而來，又吩咐兩個人高馬大的婆子把張大人兩隻手扯開，她自己上前一把搶過字據，看到上面內容，一張臉變得鐵青，果然兩個人都有孩子了，還要娶她進門！

「你這沒臉沒皮沒良心的，老娘當初怎麼看上你的？」她一個巴掌甩在張大人的面上，打得他眼冒金星。

「娘子、娘子啊，是、是、是她勾引我在先。」情急之下，張大人立刻調轉槍頭。「我對娘子忠心耿耿，怎麼會背著娘子做這種事呢？是她拿孩子威脅我，那孩子不是我的，可是她威脅我要去告訴娘子，我不得已才寫下……」

張夫人哪兒肯聽，又是兩巴掌甩上去。「你給我閉嘴，把這兩人帶到外面去遊街！」

一聽遊街，張大人眼睛一翻，暈死了過去。

之前聽到張大人的言辭，凌翠只恨自己瞎了眼，可現在被人當場捉到，除了喊冤喊救命再也做不了別的。

當日一向清幽的鹿家巷熱鬧無比，朝堂上個個都知道了張大人的醜事。如此給全天下官員臉面抹黑的行徑，後果可想而知，張大人第二日就被言官彈劾進而革職，趕出了京城。

丁方衡沒料到事情會發展成這樣，早知如此，他必不會出主意讓張大人去跟凌翠訂協議，只這事原本隱秘得很，怎麼會被張夫人給撞見了？張夫人那妒婦生平又最是痛恨丈夫拈花惹草，自然是什麼都做得出來。

原來是想借凌翠陷害白與時，結果卻反而讓張大人丟了職位，他越想越是氣惱，回到府裡一通亂砸，把下人們嚇得心驚膽戰。

阮玉聽他一番倒苦水，臉色頓變，世上怎麼會有這樣的蠢人？明明對凌翠都不瞭解，就要她去陷害人，心裡惱恨他們沒腦子，面上卻又不得不寬慰道：「幸好沒有連累到老爺，一切還能從長計議。」

「唉，還從長計議什麼？我看玄真道長也是位置不穩，不如就算了，張大人被貶官就是一個惡兆，我要再這麼下去，指不定我也……」

做事又是沒有膽氣！阮玉冷冷瞥了他一眼。「你現在不是說離就離的，早前在玄真道長面前表了意思，如今突然放手，就不怕他針對你？到時候兩面不是人，更加不好了。」

「那妳的意思是……」

「玄真道長只要能煉出丹藥，繼續得聖上信任，別的人又敢怎麼樣？」

「話是這麼說，可長生不老藥哪那麼容易煉出來。」丁方衡嘆口氣。

「本來就是虛妄的東西，就沒聽說過有真的，不然哪輪得上……」阮玉冷笑一聲。「聖上不過是想要個安心，這種丹藥不到那一天哪兒檢驗得出來真假？吃上去覺得身體靈活輕巧也就是了，玄真道長那麼較真，反而只會壞事。」

丁方衡愣愣地看著阮玉，半晌吧唧一下在她臉上親一口。「果然不愧是我娘子，真是聰明絕頂！是了，何必要真的丹藥，有些效果也就行了，誰能看出來真假？聖上在一天，咱們就得享富貴一天，至於以後，總有別的法子，時間還長著呢。」

「那也不能被人揪住把柄。」阮玉挑起眉道：「藥還是要好好煉，現在好多人在盯著，不如……」她湊過去，輕聲說了幾句話，喜得丁方衡連連拍手。

張大人被撤職，這是反擊的第一步，想來這件事後，那一夥人定然會稍加收斂，當然，這是表面上，背地裡肯定會絞盡腦汁想出應付的方法。

李源清這日又回來晚了，他被父親叫去了府裡談話。

李瑜這一批資格老的官員慣於隱藏，不像李源清那樣偶爾高調，但不代表心裡頭沒有譜，最近各個勢力明爭暗鬥，他自然看在眼裡，也與幾位交情深的同袍商討過，眼下這個形勢，勢必要除去玄真道長。

別的勢力你爭我鬥，本來就是要一個平衡，但若被一個借助煉丹神技的道長插手朝政，那是萬萬不可的，而那些罔顧大局，胡亂攀附的小大官員也一樣留不得。

「陳閣老令幾位大人上了三道摺子，指出煉丹的種種壞處，又有彈劾玄真道長裝神弄鬼的，結果被皇上留中不發。」

留中不發就是不表明意見了，李源清想了下道：「聖上還在信任那道長，希望得到真正的長生不老丹。」

「唉，這種丹藥是提不得的，不提不會想到，一提就像中了心魔，令人恐懼起死亡來。」李瑜長嘆一聲，看來是無法勸阻的了。

「父親，兒子已經想到辦法，父親只要再跟幾位大人商議，繼續上摺子，務必令聖上一直頭疼這件事，最終磨得沒有耐心才好。真的知道如何煉出丹藥，為何玄真道長遲遲不出一顆真丹？莫非是拖延時間，欺騙聖上，這樣的想法傳給聖上，想必有效。」

李瑜瞧了他一眼。「你有何法子？」

「萬事俱備只欠東風，等一切落定，還要父親幫忙。」

李瑜看他自信滿滿，揚了下眉道：「你要多加小心，這事馬虎不得，好似只是小小一個道士，若是沒辦好，別人就有藉口對付咱們李家。」

李源清頷首。「兒子知道。」

他回來的時候，杜小魚正跟彩屏在院子裡說話。

彩屏見到李源清來了，欠身行了一禮忙就退了下去。

「要不要來兩個包子？」之前小廝說過一聲，知道他是去了李府，猜想面對那兩個哥哥，想必胃口也不會好。

李源清點點頭，坐到她旁邊。

夜空浩渺，無數的星星點綴其中，看到北斗星，令他不由想起那些年在鄉野的生活，伸手就把杜小魚攬過來。

丫鬟拿了包子來，這情景早就見慣了，也不吱聲就悄悄走開了。

杜小魚餵他吃包子。

「這北斗星妳還記得嗎？」

她抬頭看了一眼，笑起來。「記得，當初不就是你教給我的嗎？」

原來一晃眼，就已經十一年了，當年她七歲，李源清十二歲，怎麼也沒有想到以後會走到一起。

兩人慢慢說起兒時的事，不時傳出笑聲，在宅子裡久久迴蕩。

皇帝被幾個大臣左一道摺子右一道摺子搞得煩了，連跟淑儀娘娘尋歡作樂的心情都沒有，躺在床上就想起這件事，後來索性直接起來去了妍貴妃那裡。

太子正在練字，他年方十二，長得跟他父親有七分相像，個性乖巧，教他的老師沒有不誇讚的，妍貴妃寵幸不衰，跟皇帝喜歡這個兒子也有一些關係。

皇帝看到太子專心致志的樣子，頓時心情好了很多。

太子忙放下筆要行禮。

「你繼續寫，寫字在乎一氣呵成，別被朕打亂了。」

太子微微頷首，執筆慢慢揮就，白色的宣紙上又出現了一個字，字跡沈如鐵，絲毫不見輕飄，小小年紀如此穩重，倒是少見。

皇帝欣慰的點點頭。

妍貴妃這時笑著走出來。「早知道皇上會來，妾身就不去歇著了。允兒我也是讓他寫一會兒，等下就回去休息的。」

「他這般筆力，妳也有功勞。」皇帝看一眼妍貴妃，她鬆鬆綰著髮髻，面上都未來得及抹粉，但卻清麗脫俗，眼眸不由一亮。他最近好久沒跟妍貴妃親近了，只覺著淑儀國色天香，看誰都失了味道，但今日卻不是如此。

妍貴妃被他熱辣的目光看得臉上發紅。「都是允兒幾位老師教得好，妾身能有什麼功勞呢？」

「妳的字獨樹一格，這後宮佳麗可沒有人比得上妳的。」皇帝坐下來，看著窗外的清冷月光，煩心之事又重新湧上心頭。

妍貴妃猜到一些端倪，等太子寫完字就叫他回去歇息了，才關切地慰問皇帝。

「還不是那幾個臣子，說得朕求幾顆丹藥，好似都是大惡不赦的事情！」皇帝面色冷厲。「朕乃一國之君，別說一個道士，就是十個，一百個都帶進宮裡煉丹，那又如何？」

妍貴妃知道他在氣頭上，婉言道：「他們也是為國家社稷著想，聖上身體明明健康得很，卻要煉丹，外頭不知道的，會以為……聖上乃一國根本，民心不可動搖。不過煉丹自然不是壞事，只要煉出好的丹藥來，那對身體是極好的，聖上延年益壽，才是咱們大明朝所有百姓的福氣呢。」

皇帝露出了笑容，伸手把她抱過來。「還是妳最瞭解朕的心啊，朕哪是袒護玄真道長，他為朕做事，總要他發揮出所學吧？」

「聖上說得極是，只不過……」皇帝兩隻手不老實的在她身上遊走，妍貴妃臉頰緋紅，斷斷續續道：「玄真道長真要有真才實學，這些日子應該煉出成果來了才是啊。」

皇帝被說中了心事，其實幾位大臣的摺子裡也提到這個理由，他確實也開始懷疑玄真道長了。

那麼長時間了，除了奉獻過幾顆用於閨中之樂的丹藥外，就沒見特別出奇的，這樣怎麼能煉出長生不老丹？他雖年紀還不到五十，可前朝幾位皇帝都是五十多歲過世的，他懷疑他們這一血脈可能活不長，如今見太平盛世，百姓安樂，他實在很希望自己能活得更長久一些。

當初也是聽聞玄真道長煉丹神技，醫治百病，又說他手裡有神丹秘方，可材料都一一去尋，結果卻一直沒有。

「玄真道長以前在仙道門清靜無為，專心煉丹，跟在這裡自然是不一樣的。」妍貴妃話中有深意。

皇帝心裡一動，想起上次周炎說的，玄真道長現在比進宮前胖了十幾斤……

他樣樣都去滿足，難道最後反而使玄真道長延誤了正事，一心享受起宮裡的優厚待遇來？

妍貴妃點到為止，主動地把身子湊了過去。

第二日，皇帝就召見玄真道長，限他在一個月內煉出一顆真正的長生不老丹。玄真道長剛要解釋一通，就被皇帝打斷了，令他不要花言巧語，再推諉的話，立時推出午門處斬，玄真道長嚇得抖成一團，哪敢再說個不字。

出來後，站都站不穩，要不是兩個弟子扶著，肯定癱倒在地。

他實在沒有想到皇帝變得那麼快，其實他又哪是找藉口，煉丹這種事本來就是需要時間的，長生不老藥更是如此。每一味藥不是立時尋來就能採用的，還要奪其精華，每一樣都需時間，可惜皇上就是不聽。

三個人來到煉丹房，其中一名弟子說道：「如今聖上下了旨意，卻是不能違抗的，師父，您說怎麼辦才好？」

玄真道長沒有說話，另一個弟子搶著道：「師父，我看還是……」他又想說用玄妙觀搜來的秘藥，可想到玄真道長之前的嚴厲斥責，一時又閉上了嘴。

如今只怕也只能用這個法子了，玄真道長想起前些日子丁方衡跟幾位大人說的法子，當下便說道：「你去帶人取那白玉瓶中的秘藥來。」當時搜到不少，皇帝都交給他們處置，有些當面就燒毀了，其實還留有一些。

這些秘藥成分複雜，他都不能很快煉出來，而裡面有些秘藥卻是用了身輕如燕，好似能讓人年輕幾歲一般。

「師父，你真要用那秘藥？」那弟子眼睛一亮。

玄真道長左右看一眼，輕聲吩咐幾句。

那弟子張大了嘴。「這是為何？」

螳螂捕蟬黃雀在後，要不是他們步步進逼，原也用不到這個法子，玄真道長解釋一番，嚴肅吩咐道：「你務必辦好了，不然咱們指不定就得人頭落地。」

那弟子身子一抖，趕緊提起十二分的精神。「是，弟子一定辦好。」說罷去叫了幾個道士，好好商議了下從宣佑門出來了。

幾個人均穿著道士服，負責京城治安的五城兵馬司吏目一下子就發現了，趕緊稟告給他上級，這次的計劃是由好幾位官員一起聯合的，李源清等人負責最後的收網，這消息自然就傳到他耳朵裡去了。

看來打草驚蛇，聖上對玄真道長下了旨意，他無法煉出丹藥，果然要去尋玄妙觀的秘藥，到時候只要人贓並獲，自然能一併拔除。

第一百三十二章

杜小魚看他這日回來心情特別愉悅，猜想事情有了進展，想著告一段落後，總算有段安穩的日子過，用飯時就開了罈酒來。

「明兒我陪黃花去一趟天音庵。」趙氏說起一件事。「也是下午去她那裡說定了的。」應是去拜送子觀音，杜小魚不贊成也不反對。

「妳明兒要沒有事的話，也去吧。」趙氏看著李景修。「景修多一個伴兒未嘗不好。」她知道杜小魚不信奉這些，但心裡希望她去。

「是啊，是啊，現在景修也不太鬧了。」杜顯連忙附和，一個孫子他哪兒夠，起碼得三、四個才行。

他們家裡從來都是希望多子多孫，多多益善的，杜小魚看了李源清一眼，後者喝得微醺，眉眼都舒展開來，朗聲道：「岳父岳母說得甚是，妳明兒一起去，再求個觀音像回來，天天拜，嗯，我也一起拜。」

眾人全笑起來，杜小魚臉一紅，這人果然是不能喝酒，看都說的什麼了。

「好吧，那我也去吧。」看著他們殷切的目光，她最後還是答應了，反正就當去看看風景也好。

飯後，見李源清醉眼矇矓的，杜小魚拿起熱手巾給他抹臉。

他一把抓住她的手，輕聲道：「我剛才可沒有胡說。」

杜小魚哼了一聲，暗地道，這時空的男人都把自己娘子當生產機器呢，恨不得生個十個、八個，李源清又怎能例外？只他不會強迫她罷了。

「妳不願意？」李源清坐直了身子，兩人那麼熟悉了自然能讀懂對方臉上每一抹細微的表情。

「倒也不是。」杜小魚撇了下嘴。「只覺得一個都夠麻煩了，再生一個……你看看清秋跟文濤，幸好文濤乖，要是跟清秋一樣，爹娘可不得懊惱？咱們的景修也是皮得很，我真沒有精力再應付一個。」

「原來是這樣。」他笑起來。「那等景修長大些好不好？一般四、五歲就能看出來了。」

「那你是不要我生了？」那給不給吃避孕藥呢？話說，這地方有沒有避孕藥的？杜小魚又傷腦筋了。

「看妳心意，反正我有一個兒子已經夠了，當然，多幾個更好。」他更在乎的自然是兒子的娘，他娘不好好的，他跟兒子的心情能好到哪兒去？

杜小魚嘻嘻笑起來。「那好，這可是你說的。」

「嗯，我說的，只爹跟娘那裡，要妳去應付。」

他拿下巴蹭著她臉頰，一陣陣的癢，杜小魚笑了會兒，說起正事來。「是不是很快就能抓到玄真道長了？」

「今兒他派幾個弟子出城了，仙道門是專門煉丹製符的，他們門派有一處專門存放物什的別院。」這些他們早就查好了，只那別院很大，裡面材料很多，也不知秘藥是被藏在了哪裡。

「他動作那麼快？」杜小魚皺了下眉。「怎麼感覺事情那麼順利呢？」一開始只當事情有進展，卻沒料到直接就到了最後一步，若是那些弟子取了秘藥回宮裡，再面聖要求搜查，玄真道長就算完了。

可總覺得太快……

她向來心思敏銳，李源清見了問道：「妳是有什麼想法不成？」

「你覺得玄真道長這個人行事謹慎嗎？」她不答反問。

除開那次當街衝撞了戶部尚書陳大人，玄真道長確實沒有別的把柄被人抓到過，是以他們長期以來才會一直都在尋找機會。

李源清沈思了下。「妳的意思是，這次太容易，很有可能是……」

「只是一種感覺。」雖然李源清做事胸有成竹，可如今並不是捉拿一個人，而是兩批勢力之間的較量，小心些總是好的。

李源清立起身來，在房裡走了幾步，他忽然想到吏目說的宣佑門，宣佑門那裡向來守衛多，玄真道長既然是派徒弟去拿秘藥，首先就應當避開人多的地方，這樣才不會引人注意，可是卻選了宣佑門。

出來後，吏目一眼就看到了，根本就沒有動用到其他幾個門的耳目。

如此說來，莫非裡面真的有什麼陷阱？

從一開始挑動周炎，進而影響到妍貴妃，直到聖上因為摺子的事給玄真道長下了限制的時間，這些都進行得很順利，到了緊要關頭，他們也許是太過自信了，只想著守株待兔，卻沒料到黃雀在後。

他拿起手巾在臉上抹了一把，感覺整個人完全清醒過來，這時說道：「我出去一趟。」

如果不出意外的話，派出去的人已經跟著那幾個道士去了仙道門的別院，但還沒有趕回來，這個時候改變計劃還來得及。

「你小心些，」杜小魚拉住他，看他腰帶的玉扣有些鬆了，伸手整了整，慢慢道：「不要再受傷了。」

她的聲音軟而輕，李源清低頭抱了抱她。「不會的。」

她確實擔心，這樣的關頭，不是你算計我，就是我算計你，有一些武力上的打鬥也未必不會發生，他的手已經受過兩次傷，她不想再聽到這樣的消息了。

「我可能會直接去衙門，妳好好休息，明日還要去天音庵呢。」

「哪還有心情去。」

他捧起她的臉。「都答應岳母了，去了給我求支好籤，或者妳願意，請個送子觀音像回來也成。」

她一拳頭捶他身上。「都說好暫時不要的。」

他看時間也不好再耽擱，吻了下她的嘴唇，一笑之後推開門就走了。

深夜果然沒有回來，杜小魚在床上翻來覆去，眼瞅著天要亮了才沈沈睡過去，等到趙氏跟杜黃花過來叫醒她，簡直稱得上頭痛欲裂。

看她臉色憔悴，兩個人都駭了一跳。

「這是怎麼了？哎呀，何菊，妳快進來。」趙氏急著把何菊叫進屋。「快找人去請大夫來，快去！」

只是睡少了，哪需要看大夫？杜小魚打了個呵欠，阻攔道：「是沒睡好，昨兒源清衙門裡有事。」

李源清出去他們是知道的，趙氏皺了下眉。「妳這孩子，他衙門裡有事，妳也不用擔心得不睡覺吧？只一個晚上的工夫，妳就不習慣了？」

杜黃花掩嘴笑起來。「誰不知道他們倆如膠似漆，小魚是離不了源清的。」

杜小魚從床上爬下來，一邊回擊道：「妳離得了姊夫不成？姊夫為了不去煤窯都敢上玉堂樓了，你們比我們好到哪兒去？」

杜黃花被她說得臉一紅。

「妳們兩個……」趙氏聽得直笑，看著杜小魚問。「那妳還去不去天音庵？我怕妳路上走不動呢，要不改個時間？」

「妳們都選了吉日了，改了不好，我一會兒在馬車裡睇一下就行。」

趙氏便叫何菊把早飯端上來，她們都吃過了，杜小魚吃完又抱了李景修一會兒，吩咐下人照顧好，方才坐車去了天音庵。

卻說玄真道長等到那個弟子把秘藥帶回來，立即擺足架勢要煉丹，開爐之前還畫符奏樂，生怕別人不知道似的。

一番祈禱之後，才開爐放下藥材。

他這些做法自然是為了告訴外面的耳目，這裡已經開始煉丹了，結果左等右等，不見有人奉旨來搜查，不由得心下起了疑惑，悄聲問：「不是叫你好好辦的？怎麼回事？這都半天了也不見有動靜。」

那弟子委屈道：「明明咱們引了他們跟著去，又跟回來，叫他們以為咱們是去取秘藥的……弟子也不知道怎麼回事，要不師父再等等，或許聖上信任師父，沒有讓他們來搜查。」

玄真道長想想也有可能，說服聖上是要費些功夫，便裝模作樣，嘴裡唸唸有詞，時而控制火候，時而又添幾份藥材，就這樣一直到了下午，快要傍晚的時候還是沒有絲毫的動靜。

「你快找人打聽打聽。」他坐不住了。

那弟子立即就出了去，不到一會兒就回來了。「聽說沒有人上奏這件事。」

「什麼？」玄真道長奇怪道，大費周章不就是想要逮到他放秘藥的這個時機？今做給他們看卻又不動了，這到底怎麼回事？莫非還在籌謀什麼？或是想等幾日再動手？他一時想不明白，就請示出宮去了丁府。

丁方衡也正想不通，本來就要看到一場好戲的，等那些人進去搜查什麼秘藥，結果一無所獲，聖上肯定震怒！這些天，他們一道摺子、一道摺子的上，聖上已經沒有耐心，若是還抓不到玄真道長的痛腳，只能說他們是在誣陷，既然敢誣陷聖上相信的人，也就是不相信聖上，那能有什麼好下場？

然而，別說看戲了，今日風平浪靜，連這種摺子都沒有了。

「丁大人，你看下面一步棋該怎麼走？」玄真道長當然沒有把真的秘藥取回來，那弟子帶回來的玉瓶只是個誘餌。「要不，把真的拿回來？總共就一個月的時間，貧道實在不夠用啊。」

丁方衡道：「道長請等等。」說罷去了裡間問阮玉。

阮玉沈吟良久。「恐怕是發現咱們的計劃了，沒有上當。」

「那娘子覺得接下去怎麼做才好……」丁方衡道：「道長就一個月的時間，根本煉不出真正的藥來。」他說著往後看了一眼，壓低聲音。「本來這個法子奏效，可以把那些人一網打盡，可如今，哼，他既然沒有這真功夫，咱們還是……」

阮玉嘆息一聲，真是功虧一簣，沒能利用玄真道長報復到李源清，如今也只能壯士斷腕，總不能真的陪著玄真道長去死，沒有用的棋子當然只能毀掉！

「你事情都處理處理乾淨，至於玄真道長的死活，咱們也管不了了。」

丁方衡會意，走出來道：「道長，這事現在真有些棘手，我看咱們還是好好考慮考慮再說，不能輕舉妄動。道長可是在為聖上煉神丹，萬一出個紕漏誰也擔不了，道長一定要小心，實在不行，想法子跟聖上求求情，也許還能寬限些時間。」

聽他口風轉了，玄真道長沈下臉道：「你的意思是，如今這事你是幫不上忙了？」

「道長這是什麼話，道長為聖上效勞，只要有丁某能出力的，丁某一定出手。」

玄真道長一下子噎住，脹紅了臉道：「真真是無恥至極！貧道有用的時候恨不得挖心挖肺，如今卻是恨不得不認識貧道才好，你不要忘了，當初是誰在聖上面前替你說了好話，才保住你官位！」

丁方衡打了個哈哈。「道長的大恩大德，丁某永遠記在心裡。」

聽到這樣的話，玄真道長知道多說無益，一甩袖子道：「好，好，貧道算是看錯你了，希望你別後悔剛才說的話！」說罷氣沖沖地走了。

丁方衡冷笑一聲，返身又去找阮玉。

「真的秘藥你知道在何處？」她問。

「知道，他肯定會去取的，如今之計，只好由我去告發，也算替聖上除掉一個裝神弄鬼的小人。」

「只是你以前跟他來往……」

「娘子放心，沒有什麼證據留下，送些禮物算得了什麼？真要都查的話，朝廷裡一大半的官都可以不做了，誰人不會送禮於別人？」丁方衡嘿嘿笑道：「他們不就想藉著秘藥鬧事嘛，如今我先發制人，看他們還有什麼法子！」

阮玉還是有些不放心，她這個相公看著自信滿滿的，其實腦袋瓜並沒有那麼好用，不然當初怎麼會要偏向皇太后那一派，得罪聖上，差點被貶官？

「你真的沒有什麼……」

不等阮玉說完，丁方衡打斷道：「當然沒有，妳當我是豬腦袋嗎？」

阮玉看他動氣了，只得住口不語，心裡倒想起了玄真道長的侄子成培，得讓雪雁再不要見那小子才行。

杜小魚是傍晚才回來的，杜黃花順利地請了一尊送子觀音回來，她則求了道上上籤，兩人都極為歡快。

「這就好了，每日進香，總會有結果的。」趙氏笑咪咪地道：「清月師太都說妳福緣廣，只是時間的問題，妳這下放心了吧？回去我來跟親家大姊說，她肯定也會安心的。」

「是啊，不要老想著這件事，順其自然反而好。」杜小魚道：「我那會兒哪兒想到什麼生孩子，在路上吃吃玩玩的，結果就懷上了。」有時候壓力會成為懷孕的阻礙，杜黃花一直沒有再懷上，很有可能是精神壓力太大。

杜黃花點點頭。「我知道了，清月師太跟我說了好些話，我也有些體悟。」

「這就好了。」趙氏撫摸了她的頭髮，滿臉的慈愛，又看看杜小魚，只覺得自己這輩子能有這樣兩個女兒，真是天大的福氣，只盼著她們的一生都能順順利利的。

第一百三十三章

玄真道長剛從丁府出來，就下了一個決定，丁方衡過河拆橋，可見他一點利用價值都沒有了，也就是說，他的面前只有一條路，那就是死路！

玄真道長立刻就去了他哥哥那裡，急慌慌地叫他們收拾東西。

成充不知道怎麼回事，自然要問個清楚，才知道這個弟弟大難臨頭，趕緊叫下人把貴重的東西打包。

成培卻找了個機會悄悄地溜了出去。

最近這段時日他跟雪雁你儂我儂，在她身上不知道花了多少錢財，如今突然要走，那麼之前付出的如何收回？正想著這事，就有個面生的小廝遞給他一張紙條，上面寫雪雁一直以來都在騙他，全是丁府的人設計，攛掇他去乾果子鋪鬧事到在牢房被抓，這一連串的事都是設計好的。

成培大怒，哪坐得住，立時就要去找雪雁算帳。

聽到下人通報成培來了，阮玉自然不會讓他們見面，只叫下人別理會。

往常培爺前培爺後，叫得殷勤的小廝，今日卻翻臉不認人，成培怒火中燒，在大門口大吵大鬧，絲毫沒有要離開的跡象。

他們住的那條街道都是一些官員的府邸，這麼鬧下去早晚會驚動別的院子，阮玉想了下，把雪雁叫出來。「妳去看看，小心打發他走，實在不行，拖一拖，就說今日有事，改日再尋時間。」

雪雁低頭答應一聲出去了。

見到雪雁的漂亮臉蛋，成培按捺住火氣，決定再確認一下，他實在不信自己一直在受愚弄，拱著頭往她臉上親。「心肝寶貝，妳怎麼才出來？爺在外面等得心焦，可是丁夫人不肯讓妳見我？哼，果然是一幫子忘恩負義的！」

「哪有的事，是今日府裡來了幾位夫人小姐，咱們夫人要親自招待，我也不得空。」雪雁左右看一眼，見四處並沒有人，主動挽住他胳膊哄道：「今兒實在不行，要不你再尋個時間來，到時候我總有空的。」

成培盯著她道：「不行，就非得今日，妳早說好要嫁與我的，如今我帶了銀票來，妳帶我去見妳夫人，贖了身好跟我回去。」

雪雁一愣，沒想到他竟然說出這麼一句話。

「今兒有貴客……」

成培臉色一沈。「怎麼？妳反悔了不成？」

「沒有的事，只……」雪雁有些慌。「這不是小事，總要給奴家時間。」

往常送她東西不見推三阻四的，怎麼叔叔才告知他們成家有危險，就不對頭了？難道真是像紙條寫的一般？成培性子向來蠻狠，不達目的不甘休，眼見雪雁說著話就要往後退，他忽然伸手揪住了她的胳膊。

雪雁尖叫一聲。「你、你幹什麼？」

成培眼裡露出凶狠之色，質問道：「妳之前是不是都在騙我？」只是短短工夫，就像換了個人似的，一聽到要娶她，歡喜的表情都沒有，不是騙又是什麼？

雪雁嚇得不敢說話，只一味拖延。「實在是不便……」

「以前也不見妳不便的，」成培扯住她。「妳倒要跟我說說清楚！」

雪雁見他胡攪蠻纏，心知是難以勸走了，暗暗叫苦不止，偏這時丁方衡正好回了來，見成培在門口胡鬧，現在這種情形哪兒又給他面子，立刻叫護衛把成培趕走，一邊責罵他不成體統。

雪雁生得嬌俏秀麗，丁方衡早就看上了，只苦於阮玉的關係一直不敢下手，這時殷勤地走上前去，關切地托起她的胳膊問：「有沒有被那臭小子弄疼了？」

成培在外面瞧見了，眼睛都成了赤紅色，厲聲喝道：「原來妳竟然勾搭上了主子，難怪不肯跟我走了，妳這賤人！」

那是突然之間的事，兩個護衛還沒有反應過來，成培用盡全力掙脫出他們的手，拔出一把匕首直接衝到丁方衡身邊，一刀就戳了過來。

丁方衡躲閃不及，直接被戳中肚子，疼得哎喲蹲下來，連連叫喚。

護衛大聲叫來人，立刻又跑出來好幾個護衛，把成培團團圍住，抓起來一陣痛揍送去了衙門。

那邊成充正要帶著家人出京城，結果卻傳來成培傷人的消息，成家立刻亂成一團。

成培刺傷官員，那是重罪，他老娘直接就暈了過去，成充沒想到自己的兒子在這節骨眼上居然會犯事，趕緊又去找玄真道長。

玄真道長哭都哭不出來，偏偏成培傷的還是丁方衡，他只好丟棄自尊再次去找丁方衡，希望他可以為成培開脫，就說是一場誤會，只要丁方衡願意去衙門撤了這樁案子，成培就沒有事。

然而，丁方衡不肯見他，他等了半日，丁方衡就是不出面。

看著哥哥老淚縱橫，玄真道長在這瞬間萬念俱灰，本想著哥哥一家能逃出去，他自己再另行想辦法，誰知道就出了這樣的事。又痛恨丁方衡落井下石，一把匕首又刺不死人，明知他處境危險，卻連他的家人都不放過，當下把平生積蓄都拿出來，去牢房疏通，好叫成培不會吃到苦頭。

如今之計，真的就只剩下一條路了。

玄真道長第二日就去聖上面前坦白從寬，說自己一個月內煉不出來神丹，願意以死謝之，只希望聖上看在以往煉丹的功勞，可以赦免成培傷人之罪。又拉上丁方衡當他的墊背，說他曾攛掇自己，利用從玄妙觀搜到的秘藥冒充神丹給聖上服用，但被他拒絕了。

皇帝大怒，當即就把丁方衡抓來審問，又派護衛去搜府，可憐丁方衡還沒來得及指認玄真道長，就被他先下手為強，成為階下之囚。

最後皇帝還是顧忌自己的面子，畢竟玄真道長是他尋來的，要是直接處斬說明自己看錯了人，他既然願意主動承擔，便把他發落去邊疆充軍。

至於丁方衡，當然是沒有好結果的，嚴刑逼供之下，一連說出好幾個官員，全部革職查辦。

事情告一段落，李源清回來後把這好消息告知杜小魚，沒說上幾句話就坐上了床。

這兩天他都沒有好好休息，杜小魚聞了下他的衣服，皺皺鼻子道：「看你這一身汗味的，我叫人去準備水。」

「不急。」他拉住她，最後時刻還是多虧了成培，才成全這一借刀殺人之計，想到這裡，李源清笑了笑。「還好妳告訴我成培跟那丫鬟的事情，不然也不至於那麼順利。」他找了個手下混進成府，成培果然中計去了丁府，又把丁方衡引過來，兩人一見面，結果就出了事，最後才會讓玄真道長作出那樣的決定。

杜小魚笑起來。「這麼說裡面還有我的功勞？」

「當然。」他撫摸著她的掌心，順勢側躺在她腿上，輕聲道：「幸好有妳。」

他臉上的溫度散發出來，一陣的暖，杜小魚看著那張優美的側臉，伸手撫了上去，看他閉上眼睛竟是睡著了，一時也不忍心叫醒他。

也不知過了多久，他才醒過來，發現自己仍然是這個姿勢，急忙坐起來。

杜小魚哎喲一聲。

「是不是腿麻了？」他笑著給她捏腿。「剛才還叫準備水的，妳看看，現在天都黑了，怎麼也不弄醒我。」

還不是心疼他？杜小魚嘿嘿笑道：「你跟豬似地哼得呼嚕嚕，我難得聽見，自然要多聽一會兒了。」

李源清一愣，繼而臉慢慢紅了。「我……」打呼嗎？他竟然會打呼嗎？

杜小魚看著他這個樣子，越發想笑，認真地點頭道：「相公，你老了，竟然跟爹一樣開始打呼了。」

李源清咳嗽一聲，站起來。「妳肯定聽錯了……要不，就是我太累了。」

杜小魚實在忍不住了，一張臉憋得通紅。

「好啊，妳居然敢捉弄我！」李源清這才反應過來，一把橫空抱起她。

杜小魚哈哈笑個不停。

李源清氣得牙癢癢，忽然眨著眼睛道：「妳猜我要幹什麼？」

那眼神有些邪惡，杜小魚忙道：「你這麼臭……」話還沒說完，就發現自己被拋上了天，她啊的一聲驚叫起來。

空中飛人。

他居然跟她玩空中飛人！

她小時候最怕杜顯跟她這麼玩樂了，李源清肯定發現了，才會想到用這招對付她，杜小魚現在後悔也來不及了，在尖叫聲中整個人飛了起來，被扔得七葷八素。

幸好趙氏抱著李景修過來，李源清才停下手。

杜小魚撫著胸口，恨恨的瞪著李源清，一副敢怒不敢言的樣子，這下輪到李源清大笑起來。

真像兩個孩子，趙氏微微地笑，可是看起來那麼歡樂，李景修卻興奮地伸出手撲向了李源清。「爹，爹……」

「景修也知道要爹抱了啊？」李源清十分驚喜，李景修只要杜小魚跟他在一起，一般都只想要杜小魚抱的。

「爹，爹……」李景修瞪著烏黑的眼睛，不知道該怎麼說，急得兩隻手亂搖亂擺。

「他要玩那個，」杜小魚讀懂了，一拍手道：「就是剛才你……這小子居然喜歡玩這個！」其實小孩子哪兒會不喜歡玩，她是因為年紀大了的緣故。

李源清隨之就把李景修拋了起來，他有武藝，自然是穩穩當當的。

空中，傳來李景修格格格的歡笑聲，比任何時候都來得高興，一家子見此情形，全都笑了起來。

剛剛到了秋天，空氣裡飄蕩著淡淡的桂花味兒。

趙氏路過市集，看到有賣楸樹葉子的，就上去買了幾把，杜小魚一看樂了。「娘您買這個幹啥？不會是要戴在頭上吧？」

那葉子已經被剪成了好看的花樣，趙氏瞥她一眼。「聽說立秋戴這個好，正巧碰上，咱們就戴一回。」說罷在杜小魚跟自己頭上插了幾片，又給了李氏一些，還留了幾把。「拿回去給黃花、清秋、念蓮她們戴。」

杜小魚看看來往的行人，果然有女子就戴著這個，往常倒是沒有注意呢。

趙氏又挑挑揀揀，買了些新鮮的棗子梨子，這才又繼續往前走去。京城的喜榮街就跟它的名字一樣，喜慶繁榮，賣什麼的都有，三人在各個鋪子中穿梭，很快就買了大把的東西，有琺瑯鏡子，有雕花的銅盆，有小巧的木箱。兩個下人都要拿不下了，季氏才戀戀不捨地打算回去，又覺得自己的錢包太癟，不免遺憾，不然就可以給女兒買些更好更精美的東西了。

三人笑著轉過巷子。

趙氏看著不遠處的金運街，停頓了一下，說道：「我前些日子也不知道是不是看錯人了……」她搖搖頭，自言自語。「應該不至於吧。」

「怎麼了？」杜小魚問。

「我好像看到了阮姑娘，那會兒圍了好些人，隱約聽是哪戶人家的夫人把兒媳婦抓了起來，說什麼剋她兒子，要動家法。」

杜小魚嘴唇一抿，暗自冷笑。

所謂自作孽不可活大概就是如此，趙氏其實沒有看錯，丁府就是在這條街上。當初也不知道阮玉用了什麼法子，讓丁方衡娶她回來當正室夫人，丁家書香世家，丁方衡的寡母自然是不喜的，可又挨不住兒子的請求這才同意。但現在丁方衡被罷官流放，阮玉沒了庇護，她婆婆很有可能把什麼怨恨都發洩在這個兒媳婦身上了。

杜小魚轉移開話題。「娘，快些回去吧，小福跟東林的手都要斷了。」

說的是兩個小廝，趙氏回頭看一眼，兩人果然汗流浹背，當下忙笑道：「哎喲，辛苦你們了，咱們這就走。」說罷趕緊往家裡面去。

季氏擺弄著買來的物什給彩屏看，杜顯則叫丫鬟將新鮮水果一洗，端上來給她們吃。

「叫妳姊跟念蓮也過來。」趙氏說著就讓一個丫鬟去白府。

不到一會兒，杜黃花抱著白念蓮來了，白念蓮如今已經有三歲，眉眼無一處不精緻，全長了父母的優點。杜小魚每回看到白念蓮就得想到李景修，怎麼這孩子就沒有全隨了李源清呢？以後長大了鐵定沒有他爹好看。

「來，給妳們也戴上。」趙氏笑咪咪地把楸葉往她們倆頭上插。

「今兒是有什麼好事？」杜黃花問，一邊拿了棗子給白念蓮。

白念蓮性子乖巧，經常不聲不響的，叫她做什麼，儘管才三歲多，居然都能聽明白，也會照做，拿了棗兒就慢慢地吃起來。

「娘是買了新鮮水果叫妳們來吃，哪兒非得要什麼好事。」杜小魚笑著道。

杜黃花也笑了。「說得好像咱們屋裡頭沒有。」

「是啊，娘偏心呢。」杜小魚撇著嘴。

「妳這孩子。」趙氏一戳她腦袋。「這梨子是妳愛吃的，棗子黃花喜歡，要說這一點，為娘我可不心虛，咱一點不偏心！」

幾個人都笑了。

正說著，李源清跟白與時也回來了。

杜顯要去準備晚飯，李源清拉住他。「岳父，姊夫有事情要說呢。」

「什麼事？」

看他神態嚴肅，眾人都看過來。

「反正是好事。」李源清走到杜小魚身邊，把李景修抱過來，那孩子立刻「格格格」地笑了，自打玩過空中飛人之後，他就無比喜歡這個父親。

白與時這時道出原委，原來他工部主事的三年任期到了，經過吏部政績考核，得了優，被提升為衡州府同知，五日內前往赴任。

這確實是個好消息，可是卻又不是那麼好，雖然從六品官升到正五品，可衡州那麼遠，竟又要同家人離別了，杜小魚聽了，立時難過起來。

李源清早料到她的感受，握住她的手道：「這是必經的，將來我也可能會外調，但回京是早晚的事。」

「我是擔心大姊。」杜小魚嘆口氣，這才去天音庵求了個送子觀音回來天天拜，如今姊夫卻要走了，那大姊一個人怎麼可能會懷上？但要同去衡州，就說明她們姊妹倆又要分開，爹跟娘肯定也很捨不得。

杜黃花果然愣住了，一時也不知道是喜是憂。

白士英夫婦自然也知道了，聽說兒子升遷高興得不得了，但很快也想到這個問題，難道要讓他們夫妻倆又分開嗎？崔氏立刻又苦惱萬分，她是多麼想要一個孫子好繼承白家香火的，可現在卻是要如何處理？

白與時心裡肯定希望杜黃花能跟他一起去，但也不好很快下決定。畢竟京城有院子、有下人，都不是能立刻解決的。

這事拖了三天後，最後崔氏為兒子著想，也不要杜黃花在身邊服侍了，叫她隨著一同去衡州，白念蓮反正年紀也不小了，一個多月路途應該沒什麼關係。而他們也不太想再搬來搬去的，畢竟白與時以後很有可能還要回來，在京城，也有杜顯一家相互照應，生活上完全沒有問題。

這件事就這麼說定了。

趙氏跟杜顯雖然心裡不捨，但也沒有辦法，只儘量地多準備東西，把所有的心意都放在上頭。

「我去了衡州，爹跟娘就要妳好好照看了。」杜黃花臨走時跟杜小魚說話，眼睛紅紅的，聲音都哽咽起來。這些日子以來她們在京城跟年幼時也差不了多少，想見就能見，本以為就這樣一輩子了，結果還是要面對再一次的分離。

杜小魚忍住眼淚。「妳就不能換些話說，爹娘都跟我住一起，我能不照看嗎？倒是妳記得把那尊觀音像一起帶走，省得我找人再給妳捎過去。」

杜黃花噗哧笑了。「還用妳說，婆婆早給我放好了，還專門去天音庵買了好多香回來，說是特製的，叫我每日都進香不要忘記呢。」

「這就最好了，等下回咱們再見面的時候，我肯定能看到咱白白胖胖的小外甥。」

杜黃花摸摸她的頭。「我現在也放開了，相公說凡事不能強求，只要我跟他好好的就行。人也不能太貪求不是？妳不用為我擔心這個，就像妳說的，順其自然。」

不知怎的，聽到這句話，杜小魚的眼淚就流了下來，撲到她懷裡抽著鼻子道：「姊，我好捨不得妳啊！」

「我也是。」她伸手抱住妹妹，兩個人臉貼著臉，能感覺到彼此的溫度。

第一百三十四章

冬去春來，一晃眼半年就過去了，杜小魚看著窗外的白雲，想著遠在千里之外的大姊，不知道她怎麼樣了，那邊的氣候如何？白念蓮是不是更加漂亮了？她有一連串的疑問。

這半年，連封信都沒有，她倒是派人去送了一次，但杜黃花當時正好不在，據說跟別的太太到山裡一座廟去吃素齋了，是白與時回的信，說一切安好。

後來就沒有更多的消息，偶爾想起來，總是牽扯到一大片的回憶。

她從「前世」來這裡約十三年了，陪伴她成長的、最親密的人如今都在身邊，就只有杜黃花一個人不在，所以想到這裡，就特別期待能有再重聚的一天。

「夫人，夫人，衡州來信了。」何菊大聲叫著跑進來，她知道夫人一直在等那邊的信。

杜小魚跳起來。「快拿來！」

何菊忙遞過來，她把信打開，第一眼就看到——「小魚，妳要幫我去天音庵還願了……」

「啊！」杜小魚大喜，叫著衝到院子裡。「爹、娘，大姊懷上了，懷上了！」

六年後——

李家大院裡，二十五歲的杜小魚拿著把掃帚追趕前面的李景修，前者怒火滔天，後者嬉皮笑臉，還不時回頭做一個鬼臉逗他的娘親。

「李景修！」杜小魚大叫道：「你給我停下，停下還好商量，你要被我抓到，有你好受的！」

「騙人，娘上次也這麼說的，結果還不是罰我跪地板，我才不信哩！」

杜小魚氣得牙癢癢，怎麼就生出這麼一個不聽話的兒子，上回是把白念蓮頭上的珠釵送給了路邊的乞丐，這回又偷拿了她的鐲子給一個唱戲的姑娘！

倒不是說善心不好，可能不能別拿別人的東西啊！他自己腰間明明有一塊玉珮的，屋裡也有很多值錢的物什，卻是從不捨得讓別人碰一下，這倒好，其他人的東西都是垃圾，就他的是寶貝，杜小魚能不教訓他嗎?!

「唉，好了，好了，罵兩句就算了，不過是個鐲子。」杜顯出來包庇自個兒外孫了。「妳心疼，爹明兒給妳再買一對。」

杜小魚哭笑不得。「就是爹寵他，你看看他現在都無法無天了！」

李景修衝她得意地吐舌頭。

杜清秋也不知什麼時候來的，冷不丁一把搶了李景修腰間掛著的匕首，冷笑道：「喜歡接濟別人是吧？欺負念蓮不說，還氣你娘了！」說罷直接把匕首投到了前邊的水池裡。

她動作如此迅速，李景修一下子驚呆了，繼而哇地一聲叫起來。「妳！妳居然扔我的匕首？」

「怎麼？你知道心疼了嗎？」杜清秋一雙眸子冰冷。「嗟，自己想法子去拿。」直接轉身就出去了。

李景修愣愣地立在那裡，氣得差點吐血。

這把匕首是李源清送給他的禮物，三年前李源清調任鄭州做知府後，一年才見一次，他更是把這匕首看作最重要的寶貝，結果卻被杜清秋隨手扔在水裡。

看他面色慘白，杜小魚又有點不忍心了，但這孩子不通情理，也是該讓他嚐嚐滋味。

「你們，你們快把匕首給我撈上來！」李景修衝旁邊的下人大聲呵斥。

杜小魚卻道：「不許去，沒有我命令，你們誰也不准給他去撈。」

「娘！」李景修都要哭了。「那是爹送給我的！」

杜小魚哼了一聲不理他。

杜顯求情道：「小魚啊，這，這……」待看到杜小魚的目光之後，他立時也住嘴了，知道徹底惹怒女兒的下場，趕緊對李景修道：「快給你娘道個歉，你這孩子，你娘也說過好幾回了，怎麼就不聽呢？」

李景修咬著嘴，家裡他娘最大，外祖父外祖母都說不得的，因而含含糊糊道：「娘，我錯了，以後再不敢了。」

一看就是不誠心，杜小魚狠著心腸道：「你們把匕首撈起來，一會兒送去給外面的叫花子，隨便哪個叫花子都行。」

「什麼？娘您要把爹給我的東西送叫花子？」李景修不可置信。

「是。」杜小魚轉身就回了房。

那些下人立刻就去水池裡找匕首了，找到之後根本也不聽李景修的，直接就走到外面去找叫花子。

李景修急得滿頭大汗，眼看匕首真要被叫花子得了，什麼也顧不得，搶了匕首就跑，結果又被下人抓了，把匕首搶回來，又要給叫花子。

李景修終於哭了，拉著拿匕首的下人說要去找杜小魚。

杜小魚再看到李景修的時候，這孩子已經哭得不成人樣。

「知道心疼了？」

李景修連忙點頭。

「那還拿不拿別人的東西了？」杜小魚教育道：「你念蓮姊姊的珠釵是我送的，在她眼裡也是很重要的寶貝，你現在知道寶貝被別人搶走的滋味了吧？你覺得那些人可憐，大可以拿自己的東西做好事，哪怕別的人手裡的錢是搶來的，也斷容不得你來作主那些東西！」

李景修真真切切地感覺到心疼，哭道：「娘，我知道了，快把匕首還我吧！我以後再不敢拿別人的東西送人了！」

杜小魚這才叫下人把匕首遞給他。

李景修接過來，小心翼翼地拿袖子擦乾淨，極為珍視。

杜小魚看在眼裡，心裡一軟，上前蹲下來把他抱在懷裡。「又想你爹了吧？」自上回見面已經有一年了，說思念，可能思念的滋味都已經麻木，但現實就是需要人不斷的做出妥協，唯一的期待便只有那句話，分離是為了最後的團聚。

李景修抬起小臉，輕聲道：「娘，爹什麼時候能再回來？」

「快了。」她揉揉他的頭髮，看著這張與李源清有七分相似的臉，心裡又酸又甜，柔聲道：「就快了。」

趙氏立在門口，她是聽杜顯剛才說了，所以來看看，見母子倆又好了，立時露出笑容來。

「娘。」杜小魚瞧見她了，站起來，又對李景修道：「自個兒去玩吧。」

李景修自然是要進私塾唸書的，只今兒放假，才在家裡頭鬧騰，聞言跑了出去，一邊道：「我去找表弟玩。」

表弟自然是杜黃花生的兒子，白與時在三年前調任京都做了工部郎中，一家子又搬回京城，兒子取名白景宏。

李景修與白景宏表兄弟倆常常在一起玩樂，兩人差了兩歲多，白景宏性子沈穩，五歲的年紀，說起話來倒跟七歲的李景修差不多，今年也進了私塾。

兩個隨從立即跟在李景修後頭去了。

兩人正要說話，卻見司馬靜抱著三歲的睿兒來了，她去年在城外跟人合股包了處山頭，種了各種果樹。黃立樹在城裡管鋪子，她一個人忙山頭的事情，杜小魚從來不知道，從小錦衣玉食的司馬靜，竟然能有這樣的毅力跟魄力。

如今人是曬得黑黑瘦瘦的，但一雙眼睛明亮耀人，雖然苦雖然累，但她格外喜歡這種生活。

「帶了一些水果給你們，放在外頭了。」她笑著道：「才摘下來的，新鮮得很。」

「早知道咱們剛才在市集就不買了。」杜小魚嘻嘻笑，又關切地看著她。「看妳又瘦了，表哥可要心疼了呀。」

司馬靜道：「他就知道心疼兒子，說兒子好久沒見著我了，叫我這回怎麼也得待到明年才准去山裡。」

「喲，表哥也會找藉口了啊。」杜小魚哈哈笑起來。

司馬靜也笑了，看看懷裡的睿兒。「來這麼久了，還不叫聲表姑姑？表祖母？」

那睿兒是個內向的，聞言奶聲奶氣喊了一聲，又縮回他娘懷裡了。

「這孩子的性子悶，有時候一天也不說句話。」司馬靜嘆口氣。「把景修的活潑分一點過來倒好。」

「好啥呢，上回還給我打，也是頭疼！」杜小魚抱怨。

「兩人平分下才是最好！」趙氏笑起來。

幾人說了會兒話，有個小廝拿了張單子過來，說是春安館子送來的，杜小魚打開一看，是菜單。

過兩日是趙氏的五十大壽，就準備擺在那裡。

「還真細心，專門送來叫咱們看一下呢。」杜小魚把菜單遞給趙氏。「娘您看看滿不滿意？」

「那館子咱最瞭解，有什麼不放心的。」不過趙氏接過來還是瞄了一眼。「哎喲，弄這麼好！」

「跟爹那會兒不一樣嗎？我跟姊也不偏心，爹怎麼弄，您也怎麼弄。」杜小魚笑著點點菜單。「這幾樣吃的人可多呢！」

司馬靜聽了笑道：「大姨母您就是有福呀，看看您那兩個女兒，兒子就更不用提了。」杜文濤年紀輕輕就進了翰林院，在京城裡已經小有名氣，人長得一表人才，做事冷靜沈穩，有不少父母已經把他看作心目中的最佳女婿人選了。

上回童氏還跟杜小魚說起孫家有個合適的小姐，只不過杜文濤才十五歲，倒是不急著定下來。

趙氏聽了高興地笑，拍著司馬靜的手。「都有福，都有福，妳爹娘也一樣有福喲！」

杜小魚噗哧一聲。「咱們還互誇起來了。」她言歸正傳道：「表嫂，妳上次說明年開春防蟲的事情，我倒是想到一個，也不知道有沒有用。」

司馬靜他們種果樹也是自己在摸索的，去年開春就遭遇到一場蟲災，後來請了臨時的僱工，忙了幾天幾夜才清除乾淨，但也損失了不少。所以今年肯定要預防一下，他們只知道整修樹枝是有用處的，有次就跟杜小魚提了一下，沒想到她真的認真考慮了。

司馬靜忙問是什麼法子。

「就是扒樹皮。」杜小魚解釋道：「我看書上說好多小蟲就是潛伏在下面那樹皮裡面的，開春長芽前把底下的樹皮還有開叉地方的皮都扒掉，再塗一層防蟲的東西。」這其實是她在後世見過的，想了想道：「石灰、硫磺都是防蟲的，可以試著混一起塗在上面，我感覺應該有用。」

聽她說得頭頭是道，司馬靜連連點頭。「好，我這就去找人商量下。」說罷急匆匆地走了。

「跟妳一個樣子，都有娃了，還成天的忙這忙那。」趙氏搖頭道：「幸好睿兒不黏人，妳小姨也好搭把手。」

「我現在可閒多了。」杜小魚伸了個懶腰。「人老了啊，要開始享受享受了。」最近幾年她又提拔了好幾個能幹的管事出來，確實自己都不太管了，反正還有彩屏呢，她只要月底看看帳本、等著數錢，幾乎就不太出門。

趙氏聽了忍不住笑，戳戳她的頭。「妳還老了，那為娘就是老壽星了！」

這日，杜小魚在跟杜黃花商量明兒給趙氏賀壽的事情，雖然是在館子裡擺宴，但其他瑣事還是得她們姊妹倆來處理，比如明兒怎麼接待客人啊，什麼時候舞獅子啊，怎麼處理賀壽的禮金，還有開銷等等。

正說著，杜文濤進來了，笑著道：「明兒可有什麼要我幫忙的？」

杜小魚很喜歡這個弟弟，一見他來就笑了。「有啊，帶好景修、景宏、念蓮、睿兒……」說了一大串名字出來，都是杜文濤晚輩。

他跟杜清秋一樣，小小年紀就做了人家長輩。

杜文濤揚一下眉。「就這些嗎？」

「就這些？你能帶好就不錯了。」

杜黃花拉著杜小魚笑。「他哪有經驗帶孩子，妳別逗文濤了。」

「二姊一天不逗我，一天就覺得缺了什麼。」杜文濤早就習慣了，撩了下袍子坐下來，拿過面前的單子。「我算數不錯，幫妳們算帳吧？」說罷就著桌上的算盤噼哩啪啦打起來，像極了帳房裡的先生。

「看看，不唸書，也還是能當掌櫃的。」杜小魚又在打趣。

「當掌櫃也不錯，這樣二姊就有時間了。」

冷不丁杜文濤說了這樣的話，杜小魚不由得一怔。

「假如三年前我已經長大，二姊就可以跟姊夫一起去鄭州了。」他聲音黯然。當年二姊夫要去鄭州當知府，可是二姊卻拋不下家裡的人，如果那時他能獨當一面，又如何累得他們一下子要分開三年？

杜小魚鼻子一酸，嗔道：「說的什麼話，我是自個兒貪財，不捨得關了鋪子，跟你小子有什麼關係？」

杜文濤側過頭來看她，微微笑起來。「以後我娶個媳婦，一定也要會做生意的，像二姊一樣貪財才好。」

「你這小子……」杜小魚一時又哭笑不得。

「明兒要用的大概這麼多。」杜文濤把算盤推過來。

三人頭碰頭，計算起細小的事情。

生辰這日，趙氏上身穿福壽團紋雲肩通袖大紅夾襖，下著一條駝色纏枝暗花緞裙，都是杜黃花一針一線繡出來的，看起來十分的氣派。

趙氏極為不自在，不時的摸著。「好看是好看，可就是我穿著……」

「娘穿著很合適，別拉來拉去的了。」杜小魚握住她的手，又在她頭上插了一支金光燦燦的鳳頭釵。

趙氏很是節儉，平日裡是斷不會穿這般貴重的衣物的，只五十大壽，怎麼樣也得讓她們的娘風光一回，姊妹倆確實在行頭上下了不少本錢。

「姊這樣打扮，我看比……」趙冬芝低聲道：「比宮裡頭的娘娘都差不了多少呢。」

趙氏嚇一跳。「別瞎說。」

「姊怕什麼，就一個比方。」趙冬芝羨慕地摸著那衣裙。「嘖嘖，看妳兩個好女兒多孝順，我要是五十歲能有這穿，作夢都笑醒了。」

「你們家立樹三兄弟哪兒比不上了？放心好了，肯定穿得比我好。」趙氏一擺手。「時間也不早了，別叫客人等，咱們這就去館子吧。」

杜清秋這時候忽然湊了過來，偷偷拉著杜黃花在她耳邊說了兩句話，後者露出驚訝的神色，往杜小魚看了一眼。

「真的？」她問。

「這事我還能騙？再說，這話我也編不出來！」杜清秋惱了。

「好，好，我想個法子。」杜黃花道：「妳先跟著娘去。」她側頭想了下，眼見杜小魚就要跟趙氏出去了，忙衝上去拉住她。「小魚，等等。」

「什麼事？」

「我有個東西落在妳房裡了，妳快給我拿去。」杜黃花急道：「我這會兒肚子疼。」

「什麼東西呀？妳說清楚。」

「手鐲，妳姊夫送的，我難得戴一下，可不能丟了。剛才是給睿兒拿來玩的，結果就忘了。」她說著捂著肚子。「妳、妳拿了就直接去館子，我一會兒自個兒會去的。」

杜小魚只當她不舒服，急忙問道：「妳要不要緊？要不要找個大夫看？」

「沒事的，妳快去。」杜黃花逃一樣跑開了。

睿兒今天來過嗎？杜黃花什麼時候帶他去她的臥房的？杜小魚想來想去，好像沒有這個印象，但杜黃花總不至於要騙她的。

她進去房裡，結果找了半天也沒見有什麼鐲子，正當要出來的時候，卻見一個人立在門口。

高高大大的身影遮蔽了陽光，一時看不清他的臉，就跟當年他第一次從京城回來的時候一樣，在路上，她被他擋住了去路。

感覺時間好像停住了，杜小魚抬著頭，心臟跳得胸口發痛。

兩個人凝望著對方，誰也沒有往前走一步。

她漸漸看清楚他的臉。

他瘦了，可是依然那樣俊美，讓人移不開眼睛，歲月在他面前好似走得特別慢，只替他增添了成熟，增添了閱歷，變得更加完美。

她又看到他手裡有一捧鮮豔如火的紅薔薇。

他們兩個曾說過很多的夢想、很多的悄悄話，她已經不記得自己在李源清面前說過這樣的一個願望了。

心愛的男人捧著花，這是她真正在年輕時候曾經嚮往的場面，然而，她現在已經不在乎這些。

可眼淚卻不可遏抑地流下來。

李源清慢慢走過來，把她擁入懷裡。

「你叫大姊騙我過來，就是為了看我哭？」她抽著鼻子。「你這壞蛋，玩什麼驚喜，回來就回來好了，送什麼花。」

李源清哭笑不得。「上次我回來，妳嫌我不夠有情趣，這次妳又嫌我玩驚喜？妳真是個難伺候的女人啊！」

「你現在是嫌棄我了？」

「為夫不敢。」李源清給她抹眼淚。「我以為妳至少會……」話未說完，嘴唇就被杜小魚堵上了。

兩人擁抱在一起，似要把對方嵌入到自己的身體裡面。

薔薇花瓣落下來，散了一地。

「這還差不多。」李源清滿足了，替她攏一攏頭髮，又找了一朵沒有變形的薔薇花插到她髮髻裡，笑著看了看，稱讚道：「人面桃花相映紅。」

她搖頭道：「我可不想再『人面不知何處去了』。」

李源清手一攤。「那為夫以後要再調去別的州縣怎麼辦？」

「我不管，我再不貪錢了，鋪子一關，你去哪裡，我跟景修就去哪裡！」她要賴一般抱住他胳膊。

他笑得前仰後合。「好，好，咱們一家以後再不分開了！」說罷握住杜小魚的手。

「走，去給岳母賀壽去！」

兩人手拉手，歡笑著往前去了。

——全書完

妙趣橫生的種田文／玖藍／祝你持家不敗

年年有魚

全套五冊

小小女子為自己掙得一片天，掙得深情體貼好夫君……

熟讀此持家寶典，愛自己過好日，永遠不嫌晚啊!!

萬物齊漲！

這年頭兒日子不好過，求生存不容易啊！

東方不敗有了葵花寶典，成了武林不敗，

姊妹們，想掙錢、理家、財庫年年有餘，

還想嫁個好人家，成就女人不敗，

就不可少了這部「持家寶典」，

保妳活得生氣盎然，心滿意足！

文創風 134 1

投身農家的杜小魚發現，原來小農女真不是那麼好當的！
地少要買田，沒肉吃要開源，看病沒錢要自個兒學醫……，
光靠天吃飯絕不靠譜，靠自己真個實在……

文創風 135 2

她整日埋首農書，種這種那地攢銀子，
沒想到連親姊姊的情事也落到她來操心，
加上山上來了隻吃人猛虎，壞了她採草藥掙錢的大計，
她得說服初來村裡的那位神秘的「高手」上山打老虎，
這農家日子過得可精采了……

文創風 136 3

她杜小魚年紀小小，做起生意倒是很有一套，
這村裡村外，誰不知她杜家有個會掙錢的小女兒，
因為太會掙錢、太會理家，她成了理想的媳婦人選，
對於只想掙錢不想嫁人的她，一點也不高興成了搶手貨，
掙錢不難，怎麼掙得單身的權利真是難倒她了……

文創風 137 4

打小一起長大的二哥，竟然不是爹娘親生的，
身家還顯赫得很，這已經夠教她驚訝，
更驚訝的是二哥對她的情意！
她不是不心動，只是一時轉不過來，
從二哥變成夫君，對於這個親上加親，還真的有點羞呢！

文創風 138 5 完

唉！嫁了個人見人愛的男人，果真不是簡單的事！
不過，她打小就不是個怕麻煩、怕事的，
能被這麼優秀出采的男人看上，她當然也不是個草包村婦，
她可不能辜負夫君的疼愛，
以及那些出難題的「長輩們」的期待、情敵的暗算，
她決心要做到讓所有人心服口服，小人通通退散……

溫馨樸實、生動活潑／農家妞妞

穿越時空／經商致富／婚姻經營之動人小品！

旺家俏娘子

全套五冊

聰慧靈巧，是脫穎而出的基本條件；
找對方向，致富強國並非遙不可及。
她要讓這些人瞧瞧，一個農村小婦也能有大作為！

文創風 116 **1**

原本躺在手術檯上，默默忍受失去孩子的椎心之痛，
誰知一醒來卻穿越時空，靈魂附在一個剛懷有身孕的農婦身上！
這個與自己同名同姓的女子，丈夫為了救人被洪水沖走，
頓時從新嫁娘變成寡婦，空有副漂亮皮囊，日子卻過得苦哈哈。
看著滿臉悲苦的婆婆與小姑，還有窮得什麼都不剩的家，
喬春下了決心，定要發揮所長，讓這家人徹底翻身！

文創風 117 **2**

先是合夥對象的弟弟上門鬧事，害她早產；
接著還有他那仗勢欺人的母親，不甘被黃口小兒作弄，
竟將歹毒的惡心思動到孩子身上……
面對這群不知罷休的陰險賊人，喬春在心底默默發誓，
就算得化成厲鬼，也要他們付出代價！
只是她完全沒料到，那應該已經成為天邊一顆星的丈夫，
不但好好活著，還大大方方上門認親，親暱地叫著她的小名！

文創風 118 **3**

俗話說樹大招風，這句話真是一點也沒錯！
不過就是她的茶藝了得，連頭腦都比一般人清晰、敏捷，
再加上長得漂亮一些罷了，怎麼不但大齊國皇上對她念念不忘，
貴妃嫉妒得兩眼發紅，甚至連敵國王爺都別有心思，
害得她不僅差點在村子裡混不下去，身邊的人也無辜遭殃……

文創風 119 **4**

原以為從此能平靜度日，卻萬萬沒想到，女兒豆豆生了場大病，
還被人藉機擄走，連個影兒都找不到！
這下不得了，不僅全家上下人仰馬翻，婆婆也對她不諒解，
不但白眼相待，甚至來個相應不理，當她是隱形人，
讓喬春有苦說不出，瞬間從商場女強人降格為悲情小媳婦……

文創風 120 **5** 完

色迷迷的皇帝終於伸出魔爪，更有詭異至極的國師給他撐腰，
讓他們如同砧板上的魚兒，只能任人宰割！
不，她想要一家人快快樂樂、四處雲遊啊，怎能讓惡人得逞呢？
說什麼都得化解所有困難，保全這個小小的心願，
才不枉她穿越時空走這一遭！

匠心獨具、妙筆生花／七星盟主

重生／宅鬥／言情／婚姻經營之雋永佳作！

庶女出頭天

全套五冊

人善可欺，天真與單純必須留在過去；
重生一回，計謀及陷阱都是為了自保。
這次，她要昂首闊步，走出屬於自己的另一片天！

文創風 109 **1**

若說她司徒錦真有什麼不可饒恕之處，就是身為庶女，
不僅不得父親喜愛，嫡母、姊妹更以欺負她為樂，
最後甚至落得遭砍頭處刑，連母親都因心碎而死在自己身邊！
她含冤受辱，走得不明不白，如何能甘心？!
幸而老天垂憐，給了她一次重生的機會，讓她能再返人間……

文創風 110 **2**

她司徒錦是招誰惹誰，為何重生了一回，命運依舊如此多舛？!
好在她頭腦冷靜、聰慧過人，不但逃出重重陷阱，
更將計就計、反將一軍，不但給足了教訓，
還讓那些惡人一個個啞巴吃黃連，有苦說不出，只能自認倒楣！
只不過，她的十八般武藝，在他面前全成了空氣，
他非但無視她的抗拒跟退縮，甚至得寸進尺，藉機吻了她！

文創風 111 **3**

原以為成親後能稍微喘口氣，享受片刻寧靜，
沒想到這王府裡除了有瞧不起自己的王妃婆婆，
還有備受王爺公公寵愛的勢利眼側妃、專門找碴的小姑跟大伯，
更過分的是，竟然住了個對夫君用情專一的小師妹！
天啊，難道她的考驗現在才正式開始？!

文創風 112 **4**

好不容易處理完這一團爛帳，也坐穩了當家的位置，
皇位爭奪之戰卻一觸即發，不僅王爺失蹤，世子也不知去向。
就在全府上下人心浮動之際，皇后竟下了道懿旨宣她進宮，
太子甚至親自來迎接她——這葫蘆裡賣的是什麼藥，
著實讓人丈二金剛摸不著頭腦……

文創風 113 **5** 完

當司徒錦準備迎接新生命到來時，卻傳來太師爹爹暴斃的消息，
母親也忽然病重，弟弟則是身體有恙。
看樣子，那些幕後黑手還不死心！這群傻瓜怎麼就是不懂，
跟她作對，就是跟她親愛的相公為敵，
膽敢打擾他們幸福過日子，挑戰冷情閻王隱世子的底限，
後果請自行負責！

文創風
138

年年有魚 5 完

國家圖書館出版品預行編目資料

年年有魚 / 玖藍著. --
初版. -- 臺北市 : 狗屋, 民102.11-民102.12
冊 ; 公分. --（文創風）
ISBN 978-986-328-183-2（第5冊：平裝）. --

857.7 102021314

著作者	玖藍
編輯	王佳薇
校對	黃亭蓁　林若馨
發行所	狗屋出版社有限公司
地址	台北市104中山區龍江路71巷15號1樓
電話	02-2776-5889～0
發行字號	局版台業字845號
法律顧問	蕭雄淋律師
總經銷	知遠文化事業有限公司
電話	02-2664-8800
初版	102年12月
國際書碼	ISBN-13　978-986-328-183-2
原著書名	《鱼跃农门》，由起點女生網〈www.qdmm.com〉授權出版

定價250元
狗屋劃撥帳號：19001626
網址：love.doghouse.com.tw　E-mail：love@doghouse.com.tw